imaginist

想象另一种可能

理
想
国

imaginist

书店日记

THE DIARY OF A BOOKSELLER

SHAUN BYTHELL

[英] 肖恩·白塞尔 著　顾真 译

广西师范大学出版社

·桂林·

“书店”（The Book Shop），西莱斯特·诺希（Celeste Noche）摄影

The Book Shop 永久店员“船长”，西莱斯特·诺希摄影

目 录

二月

> 那么我本人想不想当职业书商呢？总的来说，不想。虽然老板待我很好，我也确实在书店里度过了一段愉快的日子。
>
> 乔治·奥威尔，《书店回忆》，伦敦，1936 年 11 月

奥威尔不愿投身卖书行业可以理解。在外人眼里，书店老板多半缺乏耐心、偏执、厌恶交际——迪伦·莫兰[*]在《布莱克书店》里把这一形象演绎得惟妙惟肖——而这好像（大体上）就是现实。特例当然有，许多书商并不是那样的。但很不幸，我是。不过，并非一直如此。记得在买下这家书店前，我还挺温顺友善的。连珠炮似的无聊问题，朝不保夕的资金状况，与店员和一个接一个没完没了讨价还价的顾客漫无休止的争论，害我成了这副模样。至于我想不想改变现状？一点也不想。

十八岁那年我回乡小住，准备整装去上大学，那是我第一次看到"威格敦书店"[†]。记得很清楚，当时我和一位朋友走

---

* Dylan Moran（生于 1971 年），爱尔兰演员、作家、电影制片人，情景喜剧《布莱克书店》（*Black Books*）是其代表作。——本书注释若非另作说明，均为译者注。

† 威格敦（Wigtown）是苏格兰威格敦郡首府，以书店众多闻名，本书作者经营的"书店"是苏格兰最大的二手书店。

过书店门口，断言它一年之内必定倒闭。十二年后的圣诞节期间，我回家看望父母，顺便想去书店里找本利奥 · 沃姆斯莱的《三场热病》*。同店主闲谈间，我坦承我正在设法找一份喜欢的工作。他建议我买下这家店，因为他着急想退休了。听到我说没钱，他回答道："你用不着有钱——你以为银行是干吗用的？"过了不到一年，在 2001 年 11 月 1 日，我三十一岁生日刚过一个月（算上那一天），这店归我了。接过他的生意前，我也许本该读一读乔治 · 奥威尔发表于 1936 年的文章。《书店回忆》里的记述放到今天依然真实，对于幼稚如我者更是逆耳的忠告：别以为二手书商的世界是一曲田园牧歌——炉火烧得很旺，你坐在扶手椅上，搁起穿着拖鞋的脚，一边抽烟斗一边读吉本的《罗马帝国衰亡史》，与此同时，络绎不绝往来的客人个个谈吐非凡，在掏出大把钞票买单前还要同你来一段充满智慧的交谈。真实情况简直可以说完全是另一个样子。最贴切的评论或许还要数奥威尔那句"上门来的许多人不管跑到哪里都是讨人厌的那一类，只不过书店给了他们特别的机会表现"。

1934 到 1936 年间，奥威尔边创作《叶兰在空中飞舞》边在汉普斯特德的"爱书人角"书店兼职打工。他的朋友乔恩·金奇†说他好像不情愿卖给任何人任何东西——这种情绪，许多书商想必很熟悉。我在每个月日记的开头摘引了《书店回忆》里的片段，借以说明今日的书店生活与奥威尔时代的共同点——

---

* *Three Fevers*，Leo Walmsley 出版于 1932 年的作品。

† Jon Kimche（1909—1994），记者、历史学家。1934 年至 1935 年间，他和奥威尔在"爱书人角"（Booklover's Corner）书店共事。

和所在多有的不同点。

我小时候，威格敦是个热闹的地方。我和我两个妹妹在距离小城一英里的农场长大，比起萧索、散落着绵羊和盐沼的旷野，威格敦在我们眼里仿佛一座繁荣的大都市。威格敦只有不到一千人口，位于盖勒韦*这个遭人遗忘的苏格兰西南角落。放眼望去，周边是连绵的鼓丘。威格敦所在的半岛名叫"马查斯"（源于盖尔语词 machair，意思是肥沃、低洼的草原），四十英里的海岸线地形多变，既有沙滩又有峭壁和山洞。北方是盖勒韦山区，蜿蜒的南部高地路由此经过。最高的建筑是郡大楼，这座气势恢宏的法式市政府大楼从前是当地人称之为"郡"的市政总部。威格敦的经济支柱一是一家合作社性质的乳品厂，二是苏格兰最南部的威士忌酒厂"布拉德诺赫"，这两者占用了大量劳动人口。那时候，农业提供给农场工人的机会远比今天多，所以在城里城外都能找到工作。乳品厂于 1989 年倒闭，143 个人随之丢了工作；创立于 1817 年的酒厂也在 1993 年关门了。这给小城带来了明显的变化。原本是五金商店、蔬果店、礼品店、鞋店、糖果店和旅馆的地方，如今只能看到紧闭的门和钉了木板的窗户。

不过现在，这地方又繁荣起来了一点，随之而来的还有乐观的气氛。人去楼空的乳品厂里进驻了一些小商号：一家铁匠铺，一个录音棚和火炉工坊占据着大部分空间。2000 年，在一位名叫雷蒙德·阿姆斯特朗的北爱尔兰实业家热情照拂下，酒

---

* Galloway 地区由历史悠久的威格敦郡和柯尔库布里郡组成，西面和南面临海，北面是盖勒韦丘陵。

厂小批量恢复生产。威格敦同样时来运转，如今书店麇集，书商在此安家落户。曾经钉了木板的窗户重见天日，后面是逐渐兴旺的一家家小商号。

每个在店里工作的人都说，用同顾客交往得来的素材写本书绰绰有余——翻翻珍·坎贝尔的《书店怪问》* 就知此言不虚——所以，一向记性不好的我开始把书店里发生的事当 aide-mémoire† 记下来，心想将来或许能写成点东西。如果说开始的日期显得有点随意，那是因为它本来就是随意的。我刚好在 2 月 5 日想到要做这件事，从此每天写上一点。

2 月 5 日，星期三

网店订单：5

找到的书：5

9 点 25 分，一个英格兰南部的男人打来电话，说他正考虑买下一家苏格兰的书店。他想知道，怎样才能给一家有两万本书的书店估价。面对这一问题，我满心想反问他："你疯了吗？"不过到底忍住了。我让他说说店主的建议。她对他说，她店里的书均价 6 镑，提议把 12 万镑的总价分成三期支付。我告诉他，他至少应该分成十期，甚至三十期。眼下的形势，

---

* *Weird Things Customers Say in Bookshops*, Jen Campbell 出版于 2013 年的作品。

† 法语：备忘录。

要转手大量库存几乎办不到，因为准备好接手一大批书的人太少了，而那些愿意接盘的呢出价极低。如今书店稀少，可书的库存充足。是买方市场。就算是在行情良好的2001年——那年我买下了这家书店——前店主估价店里的10万册藏书也才3万镑。

也许我应该建议电话里的男人在答应买下书店前（跟奥威尔的《书店回忆》一起）读一读威廉·Y.达令那本佳作《破产书商再发声》*。这篇文章和这本书都是有志成为书商的人很应该一读的。达令本人其实不是书里的“破产书商”；他是个爱丁堡的布商。这本书是他的一个恶作剧，煞有介事地让大家都相信世上真的存在这么一号人。细节非常真实。那个达令虚构出来的书商——“不修边幅，病怏怏的，在难得来一次店里的客人眼里是个无聊人物，不过谈兴浓的时候，聊起书来滔滔不绝的劲头照样可以不比任何人逊色”——他对二手书商的这段描述之准确，同样不比任何文字逊色。

妮基今天当班。这一行现在请不起全职员工了，在漫漫寒冬里尤其办不到。多亏妮基——她脾气是怪了点，人还是能干的——每周来店里两天，我才能出去买买东西或者干点别的。她快五十了，有两个长大成人的儿子。她住在俯临卢斯湾的一座小农场里，距离威格敦大约十五英里。她是“耶和华见证人”成员；爱好制作各种毫无用处到离谱的“工艺品”——这便是她的两大特点。她大部分衣服都是自己做的，节俭得像

* *The Bankrupt Bookseller Speaks Again*，William Young Darling 出版于1938年的作品。

个守财奴，对他人却极为大方，有了点什么就乐于分享。每星期五她都会带给我一样好东西，那是她前一天晚上在王国会堂*参加完聚会后从斯特兰拉尔†的莫里森超市后面的垃圾箱里淘的。她管这天叫“老饕星期五”。她儿子说她像个“邋里邋遢的吉卜赛人”，但她就跟那些书一样，都是书店的必要组成部分，她若不在店里，书店的魅力会折损大半。今天虽不是周五，她还是带了一些从莫里森的垃圾箱里捞来的难吃的东西：一袋已经浸水变形到几乎面目全非的印度三角饺。只见她从暴雨里冲进店里，把饺子朝我迎面一推，道“啊，瞧瞧——印度三角饺。好东西啊”，说完拿了一个吃了起来，一边吃一边由着泡烂的碎屑掉在地板和柜台上。

夏天我会雇用一两个学生做兼职。这样我就有空去享受一些活动，正是有了这些活动，盖勒韦的生活才如此恬静。作家伊恩·尼奥‡曾写道，他还是个念主日学校的孩子时，深信老师提到的“乳蜜乡”§指的就是盖勒韦——这一方面是因为在他长大的农庄里总是储藏了丰足的牛奶和蜂蜜，另一方面也是因为对他来说盖勒韦就是一座天堂。我也这样深爱着这片土地。有这些姑娘帮我看店，我便可以利用宝贵的闲暇去钓鱼、爬山或是游泳。妮基说她们是我的“小宝贝”。

今天的第一个客人（10 点 30 分来的）是位老顾客：迪肯先生。他谈吐文雅，五十五岁上下，腰部长着一圈赘肉，不爱

---

* Kingdom Hall，“耶和华见证人”聚集举办宗教活动的场所，遍布世界各地。

† Stranraer，威格敦郡因奇（Inch）牧区下面的一个市镇。

‡ 当是指苏格兰编剧 Ian Niall（1916—2002）。

§ 即 land of milk and honey，语出《圣经·旧约·出埃及记》。

动的中年男人往往这样；乌黑却日渐稀少的头发费心梳理过，好让它们盖住头顶——有些秃顶男就是以这种毫无说服力的方法试图让别人相信他们依然发量丰裕。他的衣服剪裁考究，所以穿在身上也算整齐，不过他着装还是有问题：在衬衣下摆啊纽扣啊拉链啊这类细节上，他有点漫不经心。仿佛有人把他的衣服装进大炮里一下子朝他轰过去似的，虽然衣服终究是到了他身上，某些部分总归是不太顺当。在许多方面他是个理想的客人；他从来不会随便乱翻，每次过来都是已经确切知道自己要买什么书了。伴随他需求的往往是一篇从《泰晤士报》上剪下来的书评，我们谁在柜台后面他就拿给谁看。他说话简明扼要，从不聊些有的没的，从不会粗鲁无礼，总是选择货到付款。除此之外，我对他一无所知，连他的名字也不知道。说实话，我一直不懂他为什么要找我订书，明明很容易就能从亚马逊上买啊。也许他没有电脑。也许他根本不想要电脑。也许他属于快要死绝了的那一类人，知道要让书店活下去就得大力支持。

中午，一个穿战斗裤、戴贝雷帽的女人来到柜台前。她拿着六本书，其中包括两本近乎全新品相的高价艺术书。总价是 38 镑；她让我打折，我说这些书可以 35 镑给她，她回答道："30 镑不行吗？"书的价格明明已经是原定价的零头，还带折扣，顾客却还是觉得理应再砍掉百分之三十，这真是在严重考验我对人类尊严的信心。于是我拒绝再让一步。她付了 35 镑。珍妮特 · 斯特里特 · 波特 * 说穿战斗裤的人应该统统被强行用

* 当是指英国演员 Janet Street-Porter，本名 Janet Bull。

降落伞投送进非军事区，现在我举双手赞成这个提议。

流水：274.09 镑*

顾客人数：27

2月6日，星期四

网店订单：6

找到的书：5

我们的总库存是10万册书，其中的一万册构成了网店库存。我们把书目录进一个叫“季风”的数据库中，再由它上传到亚马逊和AbeBooks。今天一位亚马逊客户给我发来邮件，

* 金额不包括我们的网络销售，每两周亚马逊会把书款存入书店的银行账户。网店的营业额要比实体店少很多，日均42镑。自2001年我买下书店以来，书业经历了结构性改变，我们除了适应别无他法。那时候，网络售书还处在相对初期，AbeBooks是唯一一家真正的二手书专业平台；亚马逊在当时只卖新书。AbeBooks是书商建立的，因此各种费用都被尽量压低。价格比较高昂的书籍很适合在那儿出售——否则那种书在实体店很难卖出去——而且因为那时通过AbeBooks卖书的店家比较少，我们能够实现相当不错的销售价。现在嘛，亚马逊当然正在吞噬一切竞争对手。它甚至在2008年吞并了AbeBooks，而网络市场上在售的实体书和电子书数量都已饱和。可尽管不情愿，我们其实别无选择，只能通过亚马逊和AbeBooks出售我们的库存。竞争拉低了书价，让网上售书不是成了个人爱好就是沦为某几个拥有巨大仓库和高折扣邮政合约的商家支配的大型产业。中小型商家在这一规模的经济中毫无竞争力。一切问题的核心是亚马逊，但把这一行业的所有苦难都归咎给它也是不公平的，只能说，它无疑让所有人的情况发生了改变。杰夫·贝佐斯把域名注册为“relentless.com”不是没有道理。（转下页）

问起一本名叫《为什么总是存在些什么而非啥也没有？》[*]的书。他抱怨道："书还没有收到。请设法解决。我暂时还没有给你们的服务写评论。"拜亚马逊的用户反馈系统所赐，如今这种几近露骨的威胁是越来越常见了，据说有些无耻之徒明明收到了订购的书，却用这个办法获得了部分甚至全额退款。书是上星期二寄出的，今天应该到了，所以要么是这位买家想讹一笔退款，要么是皇家邮政极其罕见地出了问题。我回复说，等到星期一，如果在那之后还是没收到，我们就退款。

吃过午饭，我开始整理几箱神学书。都是上星期一位退休长老会[†]牧师拿来的。集中于某一主题的藏品通常比较理想，因为里面几乎肯定埋藏了一些收藏者感兴趣的稀罕物件，价值一般也高。神学或许是唯一的特例。今天这批东西即是明证：一件像样的都没有。

下午 5 点书店打烊后，我去联合超市[‡]买了晚饭。最近我左边的裤袋里磨出了一个洞，可我忘了这茬儿，老是把零钱塞进去。等睡觉前脱了衣服，我在左脚靴子里发现了 1.22 镑。

流水：95.50 镑

顾客人数：6

（接上页）（Jeff Bezos 是亚马逊网上书店的创始人；"relentless" 的意思是"残酷无情"。——译者按）统计出的顾客总数也可能会让人产生误解——并不能代表客流量，只能代表买书的顾客数量。通常来说，客流量是下单购买的顾客数量的五倍。——作者原注

* *Why Is There Something Rather Than Nothing?*，Leszek Kolakowski 出版于 2007 年的作品。

† 指苏格兰国教 Church of Scotland。

‡ Co-op，英国著名连锁超市，成立于 1863 年。

2 月 7 日，星期五

网店订单：2

找到的书：2

今天阳光明媚。妮基是 9 点 13 分到的，穿了一件她在威廉港的义卖商店里买的加拿大滑雪服。这是她在十一月到四月间的标准制服。那是种填了衬垫的连衣裤，专为滑雪而设计，她穿在身上就像个走丢了的天线宝宝。在此期间她不停抱怨着店里的温度。我也承认，确实是偏冷了一点。她开一辆小货车，堪称她那种储藏癖的理想座驾。座椅都被拆走了，取而代之的是各种东西，从一袋袋肥料到破损的办公椅，什么都有。她管她的车叫“蓝铃花”，可我喜欢叫它“蓝瓶子”*，因为它是什么基本上取决于装了什么。

诺里（前书店员工，现在是自由职业的细木工）9 点来修理花园凉亭“狐狸洞”屋顶上的一处裂缝。

十五年来，店里的职员来来去去，但——直到最近——总是至少有一名全职员工。有些极为出色，有些太不像话；几乎每个都成了朋友。开业初期我雇学生在星期六来店里帮忙，因为全职员工不喜欢在那天上班；2001 年到 2008 年间，虽然网上购书已是大势所趋，我们的营业额还是稳定而迅猛地增

* “蓝铃花”和“蓝瓶子”的原文分别为 Bluebell 和 Bluebottle，但 Bluebottle 在这里是双关语，因为这个词也是植物名（矢车菊）。

长。然后——雷曼兄弟在那年九月破产之后[*]——情况飞转直下，营业额回到了 2001 年我们刚开张的水准，区别在于生意好的时候，各种开支也大为增长了。

“狐狸洞”是好几年前诺里和我一道造的，在一年一度的威格敦图书节期间，我们用它来举办非常小型和不太常规的活动。去年，苏格兰文身“一哥”就文身的历史做了二十分钟的演讲，一边讲，他还一边脱得只剩内裤，向大家展示各种元素。有个老太太，错把那亭子当成了厕所，在演讲快结束时不小心走了进去，结果看到他几乎赤条条站在那儿。说不定她到今天还没缓过来呢。

他快走的当儿，诺里和妮基热烈地讨论着什么，我刚好听到了结尾。好像是关于进化的。“进化”是妮基最喜欢的话题，不过把《物种起源》放到“小说”区域这种事情，她也是常常干的。我则还以颜色，把一本本《圣经》（她认为是历史类）跟长篇小说放在一起。

在翻检退休牧师拿来的那批神学书籍时，找到一本叫《快乐的苦痛》的书，作者的大名读起来委实不敢恭维：H. A. 曼胡德[†]。曼胡德曾经住在苏塞克斯一节改装过的铁路车厢里。

流水：67 镑

顾客人数：4

---

* 2008 年，由于次贷危机，拥有 158 年历史的华尔街第四大投行雷曼兄弟于当地时间 9 月 15 日正式宣布破产。

† 作者名为 H. A. Manhood，*Gay Agony* 是他出版于 1930 年的作品；manhood 既有“（男性的）成年期”“大丈夫气概”的意思，也可解释为男性生殖器。

2月8日，星期六

网店订单：4

找到的书：4

今天妮基看店，所以我有空去利兹看一个藏了600册航天书籍的私人图书馆。安娜和我10点离开店，正要出发的时候，妮基劝我："看过书后，估一个价，然后对半砍。"她还告诉我当天启到来，只有耶和华见证人留存于世（不管她说的"天启"是什么样的吧——她一聊起宗教来，我就分神了）之时，她准备来我家里拿走我的东西。她总是揣着这种念头端详我的一件件家具。

安娜是我的伴侣，一个美国作家，小我十二岁。我俩合用书店楼上带四个卧室的公寓，养了一只名叫"船长"的黑猫，这名字源自《牛奶树下》* 里那位盲眼的船长。安娜在洛杉矶替NASA† 工作，为了实现来苏格兰海边的书店上班的理想，她在2008年来威格敦边打工边度假。我俩一拍即合，随后她回加州逗留了没几天，就决定回来了。2012年，她的故事引起了一位叫安娜·帕斯捷尔纳克的记者的兴趣，当时后者正好在图书节期间造访威格敦，便给《每日邮报》写了一篇报导。不久就有出版商找上门来请安娜写回忆录，2013年，她的第

---

* 指迪伦·托马斯（Dylan Thomas）的广播剧 *Under Milk Wood*。其中船长的名字就叫 Captain Cat。

† National Aeronautics and Space Administration（美国国家航空航天局）的缩写。

一本书《关于火箭,你该了解的三件事》正式由“短书”[*]出版。尽管取得了文学的成功，她却自承是个“语言学上的印象主义者”，动辄会生造用语，这既让人欢喜也让人泄气。别人的话传进她半开半阖的耳朵，经她解读、复述而成的版本跟原版虽有接近之处，却夹杂着一行行模糊的句子，造成的结果便是间或出现的混乱的一堆词语，还糅进了几个她从祖母那里学来的意第绪单词。

要卖航空书籍的女人是上个礼拜打电话来的，听起来颇为紧急。书是她一年前过世的丈夫的。她卖了房子，三月要搬走。下午 3 点，我们到了她家。我立刻注意到她戴了假发，更不用说散落在靠近门窗的地板上的那些七叶树坚果了。她解释道，丈夫是患癌症去世的，现在她也出于同样的原因正接受治疗。书放在逼仄楼梯顶上一间改造过的阁楼里。议价花了一点时间，不过最后我们达成了一致：750 镑，约三百本书。我留下一部分书没要她也很乐意。要是大家都这样就好了。人们通常希望能一次性处理掉所有藏品，如果拥有者已经故去就更是如此。安娜和我把十四箱书搬上车，回家了。一望便知，这批书凝聚了丈夫一生的热情，如今终于跟它们告别，她松了一口气，尽管对航空题材毫无兴趣，她显然知道跟它们分别将会很难。离开的时候,安娜问她那些撒在门窗边的坚果是怎么回事。原来她跟安娜一样，也怕蜘蛛，据说七叶树坚果会分泌一种化学物质驱除它们。

我是两年前买的这辆小货车（一辆红色雷诺塔菲特），已

---

* Short Books 是一家英国的独立出版社。

经快要弄坏了。哪怕是跑一趟最短的行程，都会有热情的人流迎面拥过来。显而易见，他们把我当成邮递员了。*

这批航空藏书中含有22册“普特南航空史”。这一系列讲的是飞机制造商，甚至也关于机种——福克、豪客、超级马林、火箭飞机†。以前不管是网店还是实体店这种书一直很好卖，每册售价在20镑到40镑之间。所以我在出价时先假设了“普特南系列”可以迅速转手，收回本钱。

很多次买卖的起点都是一个陌生人打电话来，说亲近的人最近过世了，由他们负责处理逝者的藏书。此时的他们通常还沉浸在悲痛中，这情有可原，而我们也几乎不可能不为他们的痛苦所感染，哪怕是以最微末的方式。翻检亡故者的藏书让我们得以洞悉书籍原主人是什么样的人，他们的兴趣，在某种程度上，还有他们的性情。如今，我连在拜访朋友的时候，看到书架我都忍不住去留意，尤其是任何一本或许可以揭示他不为我所知一面的书。就跟所有人一样，我自己的书架同样不清白——在满架子现代小说和关于苏格兰艺术与历史的书中间，你会发现一本《学讲意第绪语粗话》，还有一本《第三帝国匙类收藏品》——前者是安娜送的礼物，后者来自我朋友迈克。

迎着猛烈的冬雨，安娜和我从利兹驾车越过伊尔克利高沼地‡，大约7点到了家。我打开门，看到地上放着一堆堆书，

---

* 英国邮政专用色为红色。

† 指的都是飞机的种类，原文分别为：Fokker，Hawker，Supermarine，Rocket Aircraft。

‡ Ilkley Moor，位于西约克郡的一处高沼地。

到处是箱子，还有许多邮件等我回复。妮基好像能从把店里上上下下堆满书和箱子这件事上获得某种施虐狂似的快感，可能因为她知道我力求保持各个表面，尤其是地板的整洁。也可能是因为她生性邋遢，认定我对秩序和条理的渴望极其怪异而有趣，所以故意在店里制造混乱，然后等我怪罪她的时候借机说我有强迫症。

流水：77.50 镑

顾客人数：7

2 月 10 日，星期一

网店订单：8

找到的书：7

今天有个订单的书是《砾磨机优质肉类指南》。

因为达到了相当的寄件量，我们和皇家邮政签了合同。不必把包裹拿到邮局柜台交给局长维尔玛处理，只需在网上联系他们，然后每天妮基或者我会带着一袋子贴好邮票的包裹去邮局后面的房间里，再由他们装车运到分拣的地方。

就像许多乡下的邮局一样，威格敦的邮局其实是另一家店的一部分，店主人是个名叫威廉的北爱尔兰人，卖报刊，也卖玩具。想知道“性格阳光”的反面是什么，看看威廉就知道了。一目了然。他从来不笑，万事万物都能引起他的抱怨。我去邮局撂下邮包时，如果他在店里，我总是专门跟他道声“早上好”。难得他也会拨冗给我点回应，不过总是一句没好气的“好在哪里？”或者“我要不是困在这破烂地方，没准今天早上是挺好”。一般说来，你的招呼越是春风和煦，他的反应就越是充满敌意。为了测一测他心里到底能装下多少人间疾苦，他用三条透明胶带粘住了展架上的所有杂志，这下顾客就没法东翻西看了。维尔玛则完全是另一种人，风趣、机灵、友好。邮局实在是威格敦的社区活动中心——大家在一星期里总要去上一次，聊聊东家长西家短；讣告也贴在那里。

吃过午饭，我发现小票用完了，找了找才知道一卷也不剩，于是又订购了二十卷，估计可以用上两三年。希望用不了那么长时间吧。生意兴隆的话。

“开卷随缘俱乐部”多了两名新订户。几年前，书业不景气，前途看上去颇为黯淡，我成立了这家读者俱乐部，作为书店的衍生。订户一年缴纳 59 镑，每月能收到一本书，但至于收到什么类型的书，他们没有发言权，品质完全由我来把控。在选择什么书放进箱子里，随后打包、寄出这件事上，我慎之又慎。因为订户显然都是嗜读成癖之人，我总是专挑那些我认为但凡真心热爱阅读就会喜欢的书。其中没有需要太多专业知识才能理解的书：一部分虚构作品，一部分非虚构作品，非虚构的比重略微大一点，再来几本诗歌。最近这个月寄出去的书有克莱夫 · 詹姆斯的《另外的护照》*、劳伦斯 · 达雷尔的《普

* *Other Passports*，Clive James 出版于 1986 年的诗集。

洛斯彼罗的小屋》[*]、艾丽斯·默多克的萨特传记、内维尔·舒特的《像爱丽丝的小镇》[†]和一本名叫《100 +遗传学原理》的书。书的品相都不错，没有馆藏书，有些——每年会有几本——是百年老书。我估计，如果有会员把收到的书拿到 eBay 上去卖，应该不止能回本。网站上有个论坛，但没人用，这让我了解了倾向于这一阅读方式的人群的心理——他们不喜欢那种必须跟人打交道的俱乐部。也许正因如此，我当初才有了这样的主意——一种格劳乔·马克斯式的参加俱乐部的办法[‡]。俱乐部目前大约有 150 名会员，除了在《文学评论》[§]上刊登的极少量广告外，我做的唯一一项推广就是开了网站和"脸书"主页，而这两项我都有一阵没更新了。推广俱乐部的最好方式似乎还是口碑。在书业相当困难的时期，它帮我摆脱了经济的窘境。

流水：119.99 镑

顾客人数：11

---

* *Prosper's Cell*，Lawrence Durrell 出版于 1945 年的游记，记述希腊克基拉（Corcyra）的风土人情。

† *A Town Like Alice*，Nevil Shute 出版于 1950 年的小说。

‡ Groucho Marx（1890—1977）是美国著名电影演员，他说过一句话："我拒绝参加任何想吸纳我为会员的俱乐部。"（I refuse to join any club that would have me as a member.）

§ *Literary Review*，英国文学期刊，由时任爱丁堡大学英文系主任的安·史密斯（Anne Smith）于 1979 年创办。

2 月 11 日，星期二

网店订单：7

找到的书：5

诺里来看店，所以我有空去大概五十英里外的邓弗里斯参加拍卖会。那是场普通拍卖，拍品完全无法预测；拍卖行里什么都有，从躺椅到洗衣机、枝形吊灯、地毯、瓷器、珠宝首饰，有时候甚至是汽车。一开始我去买书，不过很快就发现要布置书店楼上的公寓（我盘下店时，公寓房是空的），最划算的办法就是去拍卖会上买家具，所以店里有全职员工的时候，每隔一个星期的星期二我便会虔诚地开车去那儿淘点便宜货：那一件件古董家具，比宜家买的同等功用的现代产品漂亮得多，也便宜得多。很难得我也会带着一箱书回家，但十有八九是一张乔治王朝时期的书桌、一只松鼠标本、一个立式台灯，或者一张皮扶手椅。常客里有个挺招人喜欢的退休潜艇水兵，名叫安格斯。我俩经常聚在一起，谈论会场上的其他买家。他给每位常客都起了绰号——帽子戴夫、主教，等等——既不刻薄，又个个妥帖。今天我的收获是一对利利怀兹*木滑雪板，我准备先放在书店橱窗里展示，再卖掉。如今我雇不起全职店员了，难得才去参加一次拍卖。

安娜在的时候，我俩总是尽量去参加拍卖，我呢，会找个人替我看店。她热衷此道，但最高出价才 3 镑，所以每次拍下

---

* Lillywhites 是总部位于英国伦敦皮卡迪利广场的运动品零售商。

的都是一堆垃圾，今天也不例外——一条黄铜柯基、五枚顶针箍、一套旧钥匙、一个破烤面包片架，尽是些乱七八糟的东西。不过有一回，她为一盒人造珠宝出到了15镑，因为里头有枚戒指她觉得很好玩。等到邦瀚斯拍卖行*的免费估价日，她把戒指拿了过去；他们建议她将戒指委托拍卖。最后拍了850镑。

好几年了，我把书店楼上的正式客厅腾给一个艺术班每周一次上课用。授课的是当地的艺术家戴维·布朗，每星期二开一次班。班级由十来个退休妇女组成。一年到了这个时候屋里冷得要命，所以我叫诺里在她们理应过来前的一小时点上火，打开取暖器，可他给忘了。其中有位学员冻得都快需要抢救了。我很乐意给她们免费提供场所，但她们善解人意地给了我足够支付暖气费的钱，还有一点点盈余。

拍卖结束后，安娜和我回到店里，这时我发现左手边的橱窗完全被水淹了（店门两边各有一扇我们用来做主题展示的大窗子）。那扇窗一直有点漏，但从来不至于这么严重。我把所有浸湿的书搬了出来，放到别处。现在，占据原本放书位置的是六张毯子、一条毛巾和一只接水滴的炖锅。每年要么是住处，要么是书店的某个地方总会需要找建筑工人来修葺一番，而且从来都是在屋外雪虐风饕、家里捉襟见肘的冬天出问题。我给头上的屋顶和四周的墙壁预留的保养费是一年7000镑，目前为止确实花了这么多钱。

傍晚7点钟，威格敦图书节的总监艾略特来了。从九月

* 英国Bonhams是全球历史最悠久和最具规模的拍卖行之一，专注于艺术精品与古董拍卖。

最后一个星期开始，到十月第一个星期为止，是一年一度威格敦主办的文学节。我刚开店的时候，这个节日只有几场活动，观众也很少，大部分是当地人，如今已规模宏大，现场支起的一顶顶 300 座席的帐篷，要办超过 200 场活动，各地的文化名流会受邀前来。这是场非凡的节日，现在——草创时的工作人员只有区区几个志愿者——建起了专门的办公室，雇了五名员工，吸引着全世界数以千计的观众躬逢其盛。艾略特以前是记者，干得非常出色。几年前他搬来威格敦，很快大家就发现他是操办图书节的理想人选，于是专为他拨了经费，设立了一个带薪岗位。他成了我的好朋友，我还做了他第二个孩子的教父。遗憾的是，现在他住伦敦了，很多时候我想见他却见不着，不过每次他来威格敦参加公司的董事会议，都会住我家。才到没多久，他就一如既往地脱掉鞋子，往地板上一扔。十分钟不到就害我绊了一跤。

流水：5 镑

顾客人数：1

2 月 12 日，星期三

网店订单：15

找到的书：14

今天又冷又阴沉，叫人很不舒服；暴雨下了一整天。艾略特在卫生间里从 8 点 15 分一直待到 9 点，开店前我都没法刷牙洗脸。

天气这么坏，妮基却兴高采烈得惹人心烦。我俩讨论了把书登进 FBA* 的事情，通过这项业务，我们可以在自己的数据库里做好书目、标上价格，然后将书寄到亚马逊设在邓弗姆林† 的仓库，由那边存储，直到有人订购。接到订单后，亚马逊的工作人员会负责拣货、打包。这解决了书店储藏空间不足的问题，而当到货的是一批在实体店里不一定好卖的书时，这办法尤其管用。妮基坚决反对这么做，支撑她的是一系列靠不住的观点，扯到了什么什么道德领域和其他不相干的哲学范畴。我无法完全理解妮基为什么如此反感 FBA，连部分理解都做不到，要么只有一个原因：交易的另一方是亚马逊。但我们明明已经借助亚马逊卖掉了一些存货。很少有书商会对亚马逊抱持任何正面的看法，可很不幸，它是城里唯一能实现网上销售的书店。我已然放弃同她理论：听了我的建议和请求，她热心地点点头，可接下来的行动同之前没有丝毫改变，根本不管我说了什么。

早上我们花了一段时间用我昨天去拍卖会买的那套 1920 年代的利利怀兹木滑雪板在没漏水的那扇窗里摆了个冬奥会主题陈列。另一扇窗里依然放满了盆子和毯子，接裂缝里滴下来的水。

---

* 即 Fulfilled By Amazon（大概可以译作“亚马逊履行”）的简称，是一种为了方便亚马逊上的卖家而提供的贩售方式。卖家直接把商品存放在亚马逊的订单履行中心，一旦有顾客下单，就由中心直接打包、配送这些商品。

† Dunfermline，位于苏格兰法夫（Fife）。

午饭时安娜和我开车去了纽顿·斯图尔特，她从那儿坐公交车去邓弗里斯，再坐火车回伦敦。

下午 2 点，一个留着穆加贝*式样小胡子的男人带来了两箱关于艺术与电影的书。他看中了店里的一些书，所以我们商定他带来的书抵偿 30 镑书款。这种事几乎每天都有，是我们除了有人清空住所外获得库存的一大途径。大部分日子里，至少每天有一个人上门卖书，日均大约 100 本的入库量就是这样来的。一般情况下，我们会回掉 70% 的书，但拿书来的人常常想全部留下。造成的问题就是店里堆满了我们不想要的一箱箱书。对店里接收的这些书，我们通常付现金，因为数量有限，不需要开支票。我们还为这类交易专门准备了一本雅致的维多利亚时代账本，卖方必须在上面写下姓名、地址和数额，藉此我们能维持书的进出平衡。

我刚买下书店不久时，有一次，一个即将移民加拿大的小伙子带着几箱书来卖。我让他在账簿上签名，他写的是"汤姆·琼斯"†。我哈哈大笑，指给他看另一些显然是编出来的名字，说签"汤姆·琼斯"的他还是第一个，他回了句"不稀奇"便走了。等我开始给他的书定价，我才注意到在每本书的环衬上都有圆珠笔写着"汤姆·琼斯"。他的读书口味跟我很像，虽然有些我还没读过。想着那些书我也会喜欢，我挑出了十来本，

---

* 应该是指津巴布韦前总统 Robert Gabriel Mugabe。

† Tom Jones，菲尔丁（Henry Fielding，1707—1754）同名小说的主人公。

留着以后读。其中有本《攀登朗姆酒涂鸦》*，W. E. 鲍曼对登山文学的经典戏仿之作。

流水：104.90 镑

顾客人数：8

2 月 13 日，星期四

网店订单：4

找到的书：4

下午 2 点，艾略特回伦敦了。

一个年轻女子和她母亲在店里待了大半个下午。那位母亲似乎早就做好准备承受店里的温度，可女儿好像对接近冰点的环境浑然不觉。她一边付钱一边风趣地随口聊天，告诉我她叫劳伦 · 麦克奎斯丁，正在受训成为一名歌剧演员。她看着有点面熟；之前肯定来过。她买了一堆曲高和寡的资料，还建议我读读《赤子之心》†。威廉 · 博伊德的《赤子之心》也许是最多人向我推荐的书了。我倾向于避开任何一本别人推荐给我的书，宁可天真地想象自己会发掘出属于我的文学金矿，不过这

---

* *The Ascent of Rum Doodle*，W. E. Bowman 出版于 1956 年的作品。Rum Doodle 应该是尼泊尔加德满都的一间小酒吧，许多有志登上喜马拉雅山雪峰的人，出发前都会在此小酌一杯。

† *Any Human Heart*，William Boyd 出版于 2002 年的作品。

次她的热情实在令人难以拒绝，于是在晚饭后，我点上烧木炭的火炉，读了起来。到临睡前，我已经欲罢不能了。

流水：13 镑

顾客人数：2

2 月 14 日，星期五

网店订单：4

找到的书：4

如果说有谁在威格敦称得上家喻户晓，那就是文森特。虽然文森特的童年是在克莱德河*上度过的，但随便找谁问起，都准会说，打他记事起，文森特就在威格敦了。他人见人爱，有趣又调皮。据传他在剑桥念过书，但就我所知，没人能证明这点。他肯定有八十多岁了，但每天还是工作很长时间——比他手下的机械工都要久。文森特的汽车修理厂从前是家雷诺经销商，专门卖新车。其实曾经的展览室还在，到处是褪色、破败的雷诺标志，可现在他麾下的不再是新车，而是——说得客气点——曾有过光辉岁月的老货。有次一个植物学家朋友来访，我俩去文森特那儿给货车加油。只见我朋友兴奋地跳下车，径直走向“文森特车队”的一员。那辆车停在展览室外面，四个

* The Clyde，位于苏格兰西南部，是苏格兰第二长的河。

轮胎都是瘪的，记得从我回到威格敦那天起，它就一直是这样子。他指了指长在轮罩拱里的一棵蕨类，鉴定说这种植物十分罕见。

吃过午饭，我开车去斯特兰拉尔附近的农场给一批书做遗产估价。迎接我的是一个阴郁寡言、戴花呢帽的农夫，他开一辆四轮摩托，叫我跟在后面，他车尾趴着一条柯利犬，朝货车叫唤了一路。不久我们来到了建在泥泞山腰凹陷处的一座农庄，样子本就颇为凄凉，如今横飞的雨点一刻不停地打在上面，显得更惨了。

进屋后，他说这农庄的主人是他的叔叔阿姨。阿姨五年前去世了，叔叔则是两年前走的。显然，从两年前到现在，屋里丝毫没有动过，或许其实自从五年前他阿姨过世，就一直是这样了。一只郁郁寡欢的猫躺在暖气上的一张毯子上，目光扫过屋外一片片漫水的田地。那农夫每天上山弄干净猫的小食盘，给它喂吃的。屋里的每样东西都沾满了灰尘和猫毛。书大概有两千册，塞满每个犄角旮旯，连楼梯的每一阶上也堆着一摞又一摞。读这些书的人是他阿姨。L. M. 蒙哥马利、《星际迷航》、阿加莎 · 克里斯蒂、“弗利欧书社”，还有许多童书，包括不少完整的系列。* 大部分是平装本，而且拜猫咪所赐，品相都不怎么好。我的估价是 300 镑，他问我等他和家里商定了，我是否会考虑把书买下来。我说会考虑的，不过其中有很多书

---

* 作者在这里提到的有作家，即以《绿山墙的安妮》(*Anne of Green Gables*)闻名的加拿大女作家 L. M. Montgomery 和英国侦探小说大师 Agatha Christie；有作品，即 *Star Trek*；也有版本，即带有精美插图的英国 Folio Society 版图书。

是垃圾。他答道，他把书卖给我得有一个先决条件：全部拿走。

下午 3 点我一回店里，立刻就受了一个顾客的气。他快步走到柜台，一句打趣的开场白都不说，直接喝道："黄金标志。"我心里叹了口气，告诉他珠宝类图书在哪里。

流水：307.50 镑

顾客人数：4

2 月 15 日，星期六

网店订单：6

找到的书：6

又是悲惨的一天。9 点 10 分，电话铃响了，情况也并没有改观，那头说"简直是奇耻大辱。我不懂你怎么胆敢称自己为书商的，给我寄来的尽是垃圾"云云。他以这种语气继续骂了几分钟。进一步询问后，我才明白原来他从另一家名字类似的书店（汤姆 · 琼斯说得好，"不稀奇"）订了一本书，书品令他很不满意。这下清楚了，是他打错了电话，事情跟我们没有任何关系。他对我说了句他要"进一步处理这件事"，便挂了电话。

一个好像裹着睡袋——只不过上下都开了口，好让人露出头伸出脚——的女人走进店里，抱怨起冰冷的温度来。我的书店陈旧、阴冷而零乱。它是威格敦宽阔的主街上一座庞大的花岗岩墙面建筑。十九世纪早期，它是一个名叫乔治 · 麦克哈菲的人的住宅。他是市长，将这座建筑重建成了乔治王朝风格，一直保留到今天。如今整个底楼都贡献给了书，上一次盘点后的数字大概是10万册。在过去十五年中，我们替换了所有书架，在结构和外观上都做了不少改造。顾客常常称它为“阿拉丁的洞穴”或者“迷宫”。为了让顾客更好地探索，我拆掉了室与室之间的门，但这种做法，加之庞大老宅里供暖不足，经常引起顾客对温度的微词。

流水：336.01 镑

顾客人数：8

2 月 17 日，星期一

网店订单：9

找到的书：8

又是暴雨天。一位上了年纪的顾客对橱窗里的陈列大加赞赏，误以为那些锅碗瓢盆和毛毯（用来接漏水的）表现的是烹饪主题。

打星期六起就没见过我的猫。安娜觉得他是被晚上来偷他食物的另一只猫逼走了。确实，最近他好像是吃得有点多，而且到处都有股猫尿味。船长从来不在屋里撒尿。

今天早上我在翻检那堆来自我们旧仓库的箱子时，发现了一本沃尔特·司各特爵士的签名本。它出自我从埃尔郡的一座城堡里买下的一批藏品。我把书装了箱，几个月来都没想到要去动它们。当意识到你触碰的书曾经被一位两百多年来声望不衰的文学天才拿在手里，这种时刻总是激动人心的。我的店不是卖这类书的最佳平台，它们通常会在 eBay 上找到归宿，或者被送去礼昂腾博*，那是家爱丁堡的拍卖行，我交给他们的东西一般都能拍出不错的价钱。我准备设 200 镑的最低价，先在 eBay 上试试，如果卖不出去，就送去礼昂腾博。

我们的仓库是花园里一幢装满书架的房子，有间带厕所的小办公室。它依然派仓库的用场，但现在把店里放不下的书装箱后储藏在里面。我们建仓库（在 2006 年）是为了扩大网店库存和销售。那部分生意之前请了人全职做，起初是诺里，后来是从附近村庄布拉德诺赫来的一个朋友，日常工作就是把新货上架，处理订单和问询。这项业务一度好像赚了点钱，可随着网络市场竞争变多，书价跌了下来，到 2012 年，网店赚到的钱显然已经都不够我发薪水，万般无奈下，我只好裁掉了剩下的唯一一名全职员工，随后将存货寄给了格里姆斯比†一位更擅经营的朋友。不过，在书寄出前，我把自认为或许可以提升库存品质的一部分货挑了出来，装好箱搬进了店里。这本司各特爵士签赠本就是那几箱书里的。如今我们入手的书（除了 FBA 的库存）都放在店里卖；如果一本书值得放到网上销售，就由妮基或者我来上货。这套办法的唯一缺陷在于顾客老喜欢移动书的位置，我们偶尔会找不到书，无法完成订单。

* Lyon & Turnbull 是苏格兰最古老的拍卖行，成立于 1826 年。

† Grimsby，英国东海岸亨伯河（The Humber）入海口上的海港小城。

虽然在签赠这本书（给玛丽·斯图尔特）时，司各特已经挺有名了，但要到六年后他才写出《威弗莱》[*]，成为家喻户晓的作家。献辞和题赠本还带来了受赠者具体身份的问题：也许我的好友、《“司各特兰”：发明了一个国家的人》[†]的作者斯特尔特·凯利会有头绪。

上午 11 点，电话铃响了。是那个每隔几个月就会打电话来的威尔士女人。她有一副我听过的最为抑郁的嗓音，总是问有没有十八世纪的神学著作。等我把在库的书名读给她听，她的回答却从来不变：“噢，真是令人失望透顶。”这电话她都打了好几年了。一开始我还会给她念书名，想看看我们的藏书里是否有她可能需要的，可当了这么些年她失望之情的忠实听众，我已经放弃了，随便编几个书名打发她了事。

那个斯特兰拉尔的农夫打来电话，说只要我们肯整批吃进，他就把书卖给我们。很难做决定，因为那批书里有相当数量一钱不值的东西，屋里又太脏乱，而且许多书都塞在极其不好拿的地方。一来去那里清书更费时，二来我的背正嘎嘎作响，使不上劲。屈身钻进旮旯里越来越成问题了，不过我还是对他说，书我要了，下星期二去拿。

流水：282.90 镑

顾客人数：21

---

* 这里应该特指 Sir Walter Scott 出版于 1814 年的长篇小说《威弗莱》(*Waverley*)，由此开篇，他创作了一系列作品（1814—1827），统称为“威弗莱小说”。

† 指苏格兰作家 Stuart Kelly 出版于 2011 年的沃尔特·司各特爵士传记 *Scott-land: The Man Who Invented a Nation*。

2月18日，星期二

网店订单：5

找到的书：3

今天的网店订单里有本讲津巴布韦一处自然保护区的，书名叫《万基》[*]。

今天早上，我收到一封亚马逊的邮件，说我们网店的整体评价已从“好”跌为“中”，如果情况无法改观，他们要暂时关闭我的账户。干个体户的一大乐趣就在于不用听老板对你发号施令。随着亚马逊“万有商店”运动的进行，它正慢慢地却又不可抗拒地成为零售业个体户的老板。我得为“开卷随缘俱乐部”招募更多会员，这样才能摆脱亚马逊日渐收紧的枷锁。网店的评价基于几个因素，包括订单缺陷率[†]、取消率、延迟发货率、违反政策的次数和回复买家问题的时间。这些标准着实不大容易弄明白，所以我总是随它去，等他们发邮件来说我有麻烦了再说。

12点30分，一个四口之家来到店里。一人买了一本书；听到“请问要不要袋子”这一问题，每个人的回答都不一样。

妈妈：“噢，来一个吧。”

爸爸：“不了。”

---

* “万基”是津巴布韦西北部城市“万盖”（Hwange）的旧称。

† 原文作order defect rate，简称ODR，计算方法是：在一段时间内，所有涉及1星和2星差评和赔款纠纷的订单除以总订单数。

儿子 1："是的。"

儿子 2："有的话就给我一个。"

下午 1 点，卡罗尔·克劳福德来了。我喜欢备一些新书，从"书源"（Booksource）这家主营苏格兰图书的批发商那里进了大概 150 个品种。卡罗尔是他们的销售代表之一。她是个可爱的女人，我们常常会聊起书业百态。她第一次踏进我店门时，她儿子还是个小男孩，如今已经上大学了。直到去年，她每次来都带着公文包，打开来是装有覆了塑料纸的新书封面的文件夹，还有订单表格。现在她就拿个 iPad。她一年大概来四次。该买哪些书不能草率决定，尤其是因为读者已经不再把新书封底的定价视作他们理应支付的价格。亚马逊和水石书店 * 给这种情况画上了句点，于是我又一次陷入了这般境地：如果狠狠心，我也许可以在亚马逊上以比批发商提供的更低的价格买到"书源"的书。我订了她书单上的大约四十种新品，每种两三本，主要是跟当地相关的和我认识的人写的书。

遥想 1899 年，英国数家最有影响力的出版社一起表态，只有书店同意按书封上的价格售书，不打折，他们才会供货。他们达成一致，只要有书店违反这条，任何出版社都不会再向违反者提供书籍。这便是所谓的"净价书协定"，简称 NBA。这一制度运转良好，直到 1991 年，连锁书店迪龙斯 † 和水石业务兴盛，让小型独立书店难以为继。他们很快意识到可以通过

* Waterstones，英国连锁书店，第一家开业于 1982 年。

† Dillons，英国书店，创办于 1932 年。1999 年，并入水石书店。

“残次书除外”的条款规避 NBA。他们用记号笔在想打折的书的书口上画一个叉。我偶尔还是会在进来的货里碰上这样的书。出版社和大型连锁商店苦战多时，1997 年，公平交易局*终于出台法规，宣布 NBA 不合法。

NBA 的一大益处在于创造了财务稳定的图书发行市场，让出版社可以出版文化价值较高却可能无法带来可观经济利益的书。没了 NBA，出版社不再有条件承担如此风险，到头来，虽然英国每年印刷的书的数量上升了，种类却减少了：册数多了，品种少了。如今控制图书市场的不是出版社，而是水石书店、乐购，还有其他奥威尔会称之为“联合企业”的商店的采购员。

猫尿味更浓了。

流水：111.50 镑

顾客人数：12

2 月 19 日，星期三

网店订单：8

找到的书：5

终于，今天没下雨。一天的大部分时间都在打包要寄给

* Office of Fair Trading，英国政府一非行政部门，负责调控经济。

“开卷随缘俱乐部”成员的书，还有同皇家邮政新石器时代的邮递系统打交道。因为威格敦邮局星期三下午不开，我只好明天上午去找维尔玛，问她能不能派个邮递员下午来把六袋包裹取走。

今天早上我把那册沃尔特·司各特爵士的签名本放上了eBay。放到亚马逊或者AbeBooks上去卖没什么意义。虽然AbeBooks设了“签名本”专区，但我这本不是司各特自己的作品，所以用户根本搜索不到。

上午10点30分，四个老太太来了店里。我背对她们在电脑前工作，但可以听到她们在研究工艺类书籍放在哪里。讨论了一阵后，其中一位看到了角落里的我，对其他人说：“我们问问这位女士不就好了吗？”

诺里觉得自己知道水是从哪里漏进橱窗造成水灾的，于是自告奋勇说要来修。

《赤子之心》我已经读到那一段：洛根的儿子决定把他的乐队命名为“死魂灵”，洛根报之以大笑，告诉他尼古莱·果戈理写过同样名字的一本书。我没听说过这书，跟洛根的儿子一样觉得自己是白痴。下一本就读《死魂灵》。

流水：24镑

顾客人数：4

2 月 20 日，星期四

网店订单：6

找到的书：6

9 点 15 分（迟了十五分钟），妮基闲庭信步来上班了，看了一眼钟，说："噢，都这个时间啦？"随后把包、帽子和外套放在店里正中央的地板上，上楼用了下厕所，给自己泡了杯茶。

流水：88 镑

顾客人数：7

2 月 21 日，星期五

网店订单：5

找到的书：5

今天的网店订单里有本书的名字是我最近见过的最无聊的之一：《1966 年以来的英国交通运输电影图书馆目录》。其中包括如此吸引人的片名：《交流电机车司机操作规则》《为骚森德提供的服务》和《布里斯山涧的雪堆》。尽管普遍认为关于火车的书籍极度无聊（这某种程度上得怪收集这类书的人的名声不好，谁让他们通常是些吃香蕉三明治、穿带风帽的厚夹

在一幢漂亮的宅第里。到她家的时候，我发现她为我和上门来看她的孙子做了午餐。我已经吃过了——从纽顿·斯图尔特的加油站买的一个干巴巴的三明治，说不清夹了什么馅儿——可既然她辛辛苦苦做了饭，我不好意思拒绝。是明虾肉冻。她今天打电话来是要给她曾孙女订一本叫《巴巴》* 的书。她至今还通过书店订购书，而不是直接从亚马逊上下单，这样的顾客很少了。

今天，有个在脸书上关注我们的用户来店里买书。她和她男朋友想搬来这儿住，我无意中听到她细声说："别说傻话，不然他会贴到脸书上去的。"晚点我得写她几句坏话。四年前给书店申请脸书账号的时候，我看了一圈其他这么做了的书店。发的内容好像大部分都很无聊，并没有真的把在一家书店里工作的惨象和妙趣传达出来，所以我故意弄险，决定集中记录顾客的言行举止，特别是愚蠢的问题和粗鲁的评论。这招似乎奏效了，我骂顾客骂得越是凶，那些关注书店的人就好像越是高兴。我最近逐一细看了谁在关注我，其中有相当一部分是别的书店。

流水：227.45 镑

顾客人数：14

---

* 或是指法国作家、插画家布隆霍夫（Jean de Brunhoff）创作的"小象巴巴"（Barber）系列故事中的一本。

2 月 24 日，星期一

网店订单：3

找到的书：3

我醒来时，雨下得叫人抑郁，不过等到 9 点 30 分，已经艳阳高照了。几名波兰建筑工过来拆掉莱兰柏树篱，新砌了一面石墙。拆完树篱，他们决定点火烧了它，害得大半个镇子都弥漫着呛人的浓烟。差不多一整天我都能看到人们踉踉跄跄走过书店门口，一边咳嗽一边咒骂。

流水：277 镑

顾客人数：16

2 月 25 日，星期二

网店订单：4

找到的书：4

桑迪，就是那个苏格兰文身“一哥”，带来了几根自制的手杖。我们商定，他每带来一根手杖就能获得价值 6 镑的书店储值。然后每根手杖我标价 10 镑卖掉。销路不错——一星期大概能卖出去一两根——他会给手杖贴上印有木材名字和与之相关的某些当地传说的标签。他的读书口味主要集中在苏格兰民俗和古代历史。他是个异教徒，住在斯特兰拉尔附近，每隔几星期和一位朋友过来转转，专门抽出一天拜访威格敦，吃饭，或喝咖啡，窝在我店里随便看书。他极其平易近人，永远和和气气的，总是有说不完的趣事。最妙的是，他很喜欢惹妮基生气。

中午我做了个三明治。安娜和我开着货车载着大约五十个纸板箱向斯特兰拉尔附近那座旧农庄驶去。那个戴着潮湿花呢帽、头发灰白的农夫再次接待了我们，领我们回到过世的老夫妻住的那幢房子里。屋里比我记忆中还要脏。安娜和我开始把书装箱，运到车上。每次我们走过那只孤独的猫身旁，它都会沙哑地“喵”一声，随后继续深沉地凝望远方，目光扫过那一片片漫水的田野和地里承受着瓢泼大雨的牛群。

把长期存放在一个地方的书清走难免如此：等完工的时候，我俩浑身上下都是灰尘和猫毛。人们很少会想到看似高雅的卖书行当还有这一面。我给农夫结了钱，在坑坑洼洼的车道上缓慢行进，载着重物的车吱嘎作响。

对大部分从事二手书买卖的人来说，清走逝者的遗物是很熟悉的经历。你会渐渐对此感到麻木，尤其像今天这种情况：去世的老夫妻没有子女。不知何故，墙上的照片——丈夫穿着挺括的 RAF* 制服，妻子则是个游览巴黎的少妇——会带给人某种愁绪，而在处理尚有子女在人世的过世夫妇的旧藏时则没有这种感觉。带走这样一批藏书好比是对他们人格毁灭性的最后一击——是你抹去了他们存在过的最后一点证

* Royal Air Force（英国皇家空军）的缩写。

据。这个女人的藏书表明了她是什么样的人：她的兴趣爱好同她本人的密切关系不逊于她遗传下来的基因特征。也许正因如此，她侄子才等了这么久才找我们来看书，就像失去孩子的父母常常好多年都无法接受哪怕是动一点点孩子卧室里的任何布置。

流水：124 镑

顾客人数：9

2 月 26 日，星期三

网店订单：4

找到的书：4

今天早上，一位顾客要找奈杰尔·特兰特*的书，透着料定我们一本也没有的自信。我让他去“苏格兰室”看看，特兰特的大部分作品我们都有，包括他收集的建筑学资料，只有几种付之阙如。几分钟后他急匆匆溜出了书店，生怕被看到。有些人吧，就想让你了解他们的阅读习惯，根本无意买书。

有个傲慢得难以置信的女人打电话来，说要在图书节期间从头至尾订下节日床位。所谓节日床位，其实是张我们去年

* Nigel Tranter（1901—2000），苏格兰作家，写过大量关于古堡的建筑、历史书籍，也创作背景涵盖苏格兰各个历史时期的小说。

设在书店夹层楼面上的床，部分作为向巴黎莎士比亚书店的致敬，部分作为营销噱头，也可以在必要的时候充当备用床铺。当我告诉她今年我们没办法这么做时，她好像故意不想听懂我的话，执意说至少 9 月 29 日那晚她是非要不可的。没过多久，对话的形势急转直下，此言一出，我就知道大事不妙："其实我另有目的——我想同你和安娜谈谈。"

原来是她写了部自传。书名叫《不，我不坐跷跷板》。谈话间她屡屡提及她在出版界认识的人（"你知道，自助出版我是不考虑的"），反复强调要专门找个校对员（"权威人士告诉过我大部分校对员都是不够格的"），还会在明显想要着重强调的地方留下意味深长的停顿。

她说——又是一通长篇大论——她觉得自己本该受邀来参加 2015 年图书节的活动。她永远，永远别想来参加图书节。

《赤子之心》读毕。极为喜欢。开读果戈理的《死魂灵》。在"企鹅经典黑皮书"* 专区里有一本。

流水：26 镑

顾客人数：7

---

* 当代市面上通行的"企鹅经典"（Penguin Classics）系列以黑色作为封面主色调，故有这样的俗称。

2 月 27 日，星期四

网店订单：4

找到的书：1

听了我妹妹的建议，我上“猫途鹰”看了看有没有人给书店评价。有九条评论，其中两条提到了食物的质量。我们不供应食物。我们从来没供应过食物。还有两条抱怨书店不像他们期待中“那么大”。

受此启发，我写下了一条荒唐不堪的评论，夸赞店主英俊不凡的外表，热情好客的风度，勾魂摄魄的体香，店里品质绝佳的藏书，震撼人心的氛围，还有一长串其他不切实际的夸张语句。很快这条评论就被删掉了，猫途鹰发了封邮件来，威胁说不准再这么做。我重新打开他们的网站，又写了一条评论，还鼓励书店在脸书上的关注者也去留言。

吃过午饭，我上 eBay 看到司各特爵士的签名本卖了 250 镑，于是给胜出的竞价者发了邮件和发货清单。买书时，你很容易错过书上的重要签名和题赠这类东西，卖书时同样如此。刚接手书店的时候，有次我看也没看就从一个书商那儿买下了十箱书，他名叫戴维 · 麦克诺顿，干这行将近四十年了。每箱书他要价 10 镑，向我打包票说这批货价格公道。从之前同他做过的生意来看，我没有理由怀疑这点。但没有料到的是，其中竟有本南丁格尔 * 签赠给她手下一名护士的书。是本查尔

* Florence Nightingale（1820—1910），英国女护士，近代护理学和护士教育创始人。

斯·金斯利*的作品——哪本我忘了。南丁格尔喜欢给书写上题词再赠予友人，所以带有她题赠的书为数不少，但这本还是在 eBay 上卖出了 300 镑。买书的是密苏里州的一位护士。我送了戴维一箱红酒，把事情告诉了他。说来可惜，几年前他过世了。他是现在被视作传统书商的那一代人中最后几位。在亚马逊和 AbeBooks 这些你可以很快核查书价的网站尚未出现的年代，书商必须掌握和携带所有信息，而戴维是一座人物生平、目录学和文学知识的宝库。如今这种知识——倾注大半辈子心血积累、曾经那样为人所珍视、可以藉此谋得体面生活的知识——几乎没了用处。那种看一眼封皮就能告诉你出版年份、出版社、作者和该书价值的书商难得一遇，而且数量在日渐减少。我依然认识一两位这样的行家，他们是我在这行中最为钦佩的人。无一例外，我接触到和打过交道的此类书商——以现在的眼光看来，培养他们走上卖书道路的岁月已经一去不复返——个个诚实而正派。

正准备关门，我发现“苏格兰室”里有只流浪猫。看我赶它走，它嘶嘶叫唤了几声，跳出猫洞跑了。

流水：11 镑

顾客人数：3

* Charles Kingsley（1819—1875），英国圣公会牧师、作家，代表作为儿童文学《水孩子》（*The Water-Babies*）。

2 月 28 日，星期五

网店订单：6

找到的书：6

萨拉·梅特兰[*]从她的书斋里运来了三箱书要卖。我们聊了聊她最有名的书之一，《沉默之书》，说起她有没有可能在除夕[†]那天办场活动：或许可以先沉默着走上一段路，然后谈一谈沉默的重要性。萨拉住得不远，就在新卢斯[‡]后面的山上，偶尔会来店里玩。见到她总是很开心的。

今天早上我到卡勒姆家里去拿之前放在他车库里的三十个箱子。大部分箱子里装的是一批总计 500 本的关于高尔夫的书，一年多来我一直想脱手。卡勒姆跟我关系很好；我认识他差不多有十二年了，我俩经常结伴上山远足、航海和山地骑行。他住在柯金纳附近一幢陈旧的农宅，离威格敦大概四英里，和他同住的有他的三个儿子，最小的十岁，最大的十五岁。他老家是北爱尔兰的，比我年长两三岁。这半辈子，他干过许许多多非常有趣的工作，从勘探委内瑞拉的地质到去高地采集欧洲赤松的松果，再到给别人当财务顾问。最近，他正砍伐、售卖木柴，也做点其他的。我想我俩之所以处得来的一大原因是我们都不认为自己适合任何形式的常规职业，虽然有些事情我俩

---

* Sara Maitland（生于 1950 年），英国作家，以写宗教题材的奇幻小说著称。

† “除夕”原文作 Hogmanay，苏格兰及英格兰北部用这个词特指一年的最后一天。

‡ New Luce，距斯特兰拉尔约十英里。

意见有分歧，但在更多的事情上面看法是一致的。

存放在他车库里的书是我去年从曼彻斯特的一户人家买的。店里的书架上没地方摆，仓库又满了，所以当卡勒姆提出让我暂且把书寄存在他车库里时，我欣然同意了。现在他要腾出地方派用场，我只好另想办法。

下午，《邓弗里斯和盖勒韦生活》杂志来店里拍了张照。我不知道照片准备用来干吗，不过他们要把大量书拍进背景里去。他们折腾了一个小时，四点钟离开的。

流水：51 镑

顾客人数：3

三月

> 我在二手书店——局外人很容易把它想象成天堂一般的地方，往来的尽是镇日流连于小牛皮精装对开本的风雅老绅士——工作的日子里，最让我印象深刻的一点是：真正的爱书人少之又少。
>
> 乔治·奥威尔，《书店回忆》

真正的爱书人少之又少，不过自认为爱书的人却有许许多多。后一种人很好辨认——他们常常一走进书店就自我介绍说是“读书人”，还要向你强调“我们热爱书籍”。他们穿的 T 恤或者拎的袋子上印着的正是表明他们觉得自己有多爱书的标语，不过要识别这种人最万无一失的办法还得要数：他们从来不买书。

近来我难得有时间读书，每一次阅读于我都是最纯粹的放纵——比任何其他感官体验都酣畅。三十多岁时，我的一段重要感情走向了终点，我唯一能做的就是阅读，我把自己埋进书堆，藉此逃离周遭世界和内心世界。乔纳森·米德斯、威廉·博伊德、若泽·萨拉马戈、约翰·巴肯、阿拉斯泰尔·里德、约翰·肯尼迪·图尔*和其他作家笔下的风景让我不再胡思乱想，把千头

---

* 这里提到的分别是 Jonathan Meades（生于 1947 年），英国作家、电影制片人；William Boyd（生于 1952 年），苏格兰小说家、电影编剧；（转下页）

万绪强行推入背景之中，任它们自顾行进，不再来烦扰我。我用书在书桌上砌了一面墙，随着我读完一本又一本书，墙慢慢矮了下去，直至消失。

在更现实的意义上，书是我在买卖的商品，世上数量浩瀚的书籍刺激着我思维中不同的部分。上人家家里收书的时候，那份期待无可比拟。好比撒下渔网，你永远不知道打捞上来的会是什么。我想，接到电话后去上门验货的书商和古董商，其激动的心情是一样的。正如果戈理在《死魂灵》里写的那样："在一去不复返的从前——那是很久以前了——当我还是个少年的时候，当我还是个孩子的时候，第一次驾车去陌生的地方总是赏心乐事。"

3 月 1 日，星期六

网店订单：5

找到的书：5

阳光灿烂的一天。

我们在亚马逊上的卖家信誉跌到了"差"。

像往常一样，邮递员凯特上午 10 点来派件。在一堆慈善

（接上页）José Saramago（1922—2010），葡萄牙作家，1998 年诺贝尔文学奖得主；John Buchan（1875—1940），苏格兰惊险小说作家、政治家；Alastair Reid（1926—2014），苏格兰诗人、学者；John Kennedy Toole（1937—1969），美国小说家。

团体的常见传单和求助广告里，有一封皇家邮政的信，通知我——作为提升办事效率的推动力的一部分——他们要提高运费。还说如此办法，我们双方都能节省开支，因为他们提价的幅度要小于通货膨胀。我稍加计算后发现平均每个包裹的运费从 1.69 镑涨到了 1.87 镑。上升了百分之十。之前我查过，通货膨胀率是百分之二。皇家邮政涨价，亚马逊会随之让顾客多出运费吗？基本上肯定不会。眼下每本书我收 2.80 镑运费，跟实际支付的价格差别很大，所以寄重的书我们会亏运费，叫人不太高兴，而寄轻的书我们能赚点运费，轮到买家不高兴了。亚马逊成了唯一的赢家，它在顾客支付的运费里每本收取 49 便士，留给我们 2.31 镑的空间。

午饭时有个顾客问起会不会有人偷书。这一点我倒从来没有真正多考虑过，尽管店里迷宫似的布局为潜在的偷书贼提供了大把机会。之前有几次我找不到书，心想大概是落到了小偷手里，但最终它们几乎都在各种地方冒了出来。比起偷别的东西，比如一只表，偷书在道德上可以指责的程度似乎小一点。也许是普遍认为书籍启人心智，所以获取书中蕴藏的知识带来的社会和个人价值就盖过了犯罪的影响。或者说，就算其重要性不至于盖过犯罪，必然是使之缓和的。欧文·威尔士*在《猜火车》里写到瑞顿和“屎霸”去水石书店行窃遭人抓获时探讨了这个观点。在法庭上“屎霸”承认他偷书是为了转卖，瑞顿则说他偷那本让他叫人逮个正着的克尔凯郭尔的书是因为他

* Irving Welsh（生于 1958 年），苏格兰小说家、编剧。*Trainspotting* 是他出版于 1993 年的作品，有同名电影（1996）风靡全球。

想读。法官不大相信他的说辞，于是考考他对这位存在主义哲学家了解多少，瑞顿答道：

> 我对于他的主体性和真实的概念颇感兴趣，尤其注意到他关于“选择”的思想。真正的选择是在怀疑和不确定的情况下做出的，并不依赖经验或者别人的意见。我们可以大概判断，克尔凯郭尔的哲学思想是一种中产阶级的哲学理论，和整个社会的智慧是背道而驰的。但从另一个角度而言，克尔凯郭尔的思想也是一种解放的哲学，因为一旦社会智慧遭到削弱，那么社会对人的控制也必将被削弱基础……我觉得自己说得有点儿啰唆了，于是结束了发言。这些家伙讨厌聪明的人，你越是与其争辩，被判的罚金就会越高，甚至刑罚也会更重。别逞强了瑞顿，别逞强了。*

法官将瑞顿无罪释放，却宣判“屎霸”有罪。

不管怎样，我都非常反感摄像头，宁可偶尔丢本书也不想在店里装那种冒犯人的监控。这又不是《一九八四》。

猫尿味又出现了。

流水：236 镑

顾客人数：14

---

* 译文出自重庆出版社《猜火车》（2010 年，石一枫译）。

3 月 3 日，星期一

网店订单：9

找到的书：8

又是明媚的一天，可早早就被一个穿短裤和及膝羊毛长筒袜的顾客给毁了：他撞翻了一堆书，任由它们散落在地上。没过一会儿，一位顾客边吹口哨边走了进来，他扎着马尾辫，戴着一顶只可能是向马戏团小丑借来的帽子。他买了一本保罗·柯艾略的《牧羊少年奇幻之旅》，我怀疑他是故意要折损我对人性的信心，再给我浇一盆冷水。

三周前，我们寄出了一本在亚马逊上卖掉的名叫《东方快车：一场私人旅行》的书，今天书退了回来，附带一张顾客的纸条："很遗憾，跟预期的不一样。想要插图更多的版本。请换一本，或者退款。"我怀疑这位顾客把我们当成网上图书馆了，书也读过了。

下午 5 点，艾略特来了。还不知道他这次要待多久。我敢肯定这星期某个时间他有场公司董事会会议要开，不过他还没跟我说起。

流水：90 镑

顾客人数：4

3 月 4 日，星期二

网店订单：6

找到的书：6

书店有个常客，名字有时叫威廉，有时叫艾格尼丝，具体叫哪个取决于他或她一觉醒来时的心情。跟往常一样，他／她带着一袋子书上门来卖。威廉或者艾格尼丝是个八十多岁的变性人，来自尔湾*，开一辆里莱恩特知更鸟†。我不确定他／她是从哪个性别变成哪个性别的，所以只好"他／她"个没完。他／她戴着硕大的圆形耳环，谈起自己带来的书兴致勃勃，但其实从来都是些垃圾。收他／她 4 镑，书拿去。他／她花了一段时间抱怨福利制度繁文缛节太多，骂到最后来了一句"我是个非常忙的男人，斜杠，女人"。

自从获封"书城"的名号，威格敦吸引着越来越多人来卖书和买书。"书城"的概念 1970 年代由理查德·布斯‡所创。他说服书商们搬去威尔士边境的"怀河之上海伊小镇"，一起来试验他的理论：一个开满书店的小镇可以带来游客，经济会随之重新焕发生机。布斯的理论成功了，"书城"的概念最终传到了苏格兰。威格敦的"书城"计划肇端于 1998 年。虽然一开始有许多当地人对此心怀疑虑，但这地方的状况已然得到

---

* Irvine，苏格兰北艾尔郡的一座新城（new town）。

† Reliant Robin，一种三轮汽车，1973 年由英国里莱恩特公司推出。

‡ Richard Booth（生于 1938 年），威尔士书商，在"怀河之上海伊小镇"（Hay-on-Wye）成为二手书交易重镇的过程中做出了巨大贡献，自封"海伊之王"（King of Hay）。

改善，口号中的愿景也成为了现实，镇子又一次繁荣了起来。记得2001年我从布里斯托尔搬回威格敦的时候，在《盖勒韦报》上读到一封来信——信的作者抱怨她在威格敦连一双袜子都再也买不到了——指责威格敦的效颦之举。现在，这种愤慨情绪销声匿迹了，硬要主张“书城”计划没有给威格敦带来不可估量的改观则需要勇气。别说在此地，如今在附近纽顿·斯图尔特的集镇上都不可能买到袜子。那个女的肯定炸毛了。

贝弗撂下了一箱搪瓷杯，她把《快乐的苦痛》的封面印在了上面。

流水：57镑

顾客人数：5

3月5日，星期三

网店订单：3

找到的书：3

一位澳大利亚的顾客要用零钱买一本1.5镑的书，但显然完全搞不清楚每个硬币的面值，花了5分钟才搞定。中途他问了句：“这些1便士、2便士的硬币你们用来买啥？”

下午3点安娜打电话来，我们回忆起能说明她“语言学上的印象主义”的一个著名例子：那次她朋友萨拉从美国来访，我们一起去盖勒韦山区的格伦特鲁尔。格伦特鲁尔不止是风景秀丽的山乡，其间还贯穿着一条条水流湍急的小溪，点缀着一个个湖泊，更是1307年的一场重要战役的遗址。那场战役标志着罗伯特·布鲁斯*率军反抗英格兰统治的开端，1314年，他终于在班诺克伯恩一战定乾坤。我们同萨拉走到一处瀑布的时候，安娜告诉她“格伦特鲁尔是罗伯特·彭斯†打最后一仗的地方”。在短短一句话里，她搞混了罗伯特·布鲁斯、罗伯特·彭斯和卡斯特将军‡，甚至篡改了苏格兰历史上一场关键战役的结局。

流水：70.49 镑

顾客人数：11

3月6日，星期四

网店订单：7

找到的书：7

早上我上传了那箱星期六我从卡勒姆家拿回来的高尔夫球书。我在eBay上拍卖过两次，想一次性清掉，都没成功，

---

* Robert the Bruce，即罗伯特一世（Robert I，1274—1329），苏格兰国王（1306—1329），带领苏格兰摆脱了英格兰的统治，获得独立。

† 安娜将Robert the Bruce说成了Robert the Burns。彭斯（Robert Burns）是苏格兰著名诗人。

‡ General Custer，当是指美国内战时联邦军名将George Armstrong Custer。1876年，卡斯特在袭击蒙大拿州小比格霍恩河（the Little Bighorn）附近印第安人营地时战败身亡，史称“卡斯特的最后一仗”（Custer's Last Stand）。

所以等检查完其中是否有值得上传到网店的货色后，我可能会把它们拿去邓弗里斯的拍卖会。这个周末妮基可以帮我检查一下。仓库开始显得有点乱了。

有位戴着一根缀有又大又厚十字架的项链的顾客问道："你这儿有没有老版本《圣经》和关于教堂的东西的专架？"我不是很明白啥叫"关于教堂的东西"，于是指了指神学类书籍的区域。我们确实有一些漂亮而且非常便宜的老版本《圣经》，但找这种书的顾客从来不买。他找出一本1870年的袖珍版《圣经》，书没有标价，问我卖多少钱。我说4镑。他没买。找到一本没有标价的书准是能让人的心理产生某种变化。你回应的价格不管多低，好像总是会高过顾客准备支付的价位。都不知道有几回了，顾客把尚未标价的书拿到柜台，说："这书没标价啊，肯定是免费的。"这话第一次出现时就不好笑，十四年后，它已经彻底失去了原本就压根不存在的光泽。

快打烊时，一个操着浓重约克郡口音的女人买了本菜谱，对我说："你不是本地人。"我答道，我打小就在这儿。又来了，老听人这么说，我都渐渐快受不了了。她说我的口音里带着"奇怪的鼻音"。

流水：47镑

顾客人数：3

3月7日，星期五

网店订单：4

找到的书：4

我下楼准备开门，却发现妮基已经到了，还把店里的电器都打开了。她以一贯的悠扬曲调向我打招呼："你好哇——"随后急匆匆跑上楼，把昨晚从莫里森超市的垃圾箱里淘来的各种恶形恶状的东西塞进冰箱。

下午2点，艾略特走了，把一双鞋分别留在了不同的房间。

今天早上，正当我在几袋子书中间艰难跋涉时，我在其中一只袋子里发现了一张购物清单。看着很像妮基的字迹。清单上有"发胶""刮腿刀片"和"女巫牌洁面乳"。待我向她问起这份购物清单，她却全盘否认，说她从来不在冬天刮腿毛，还说可以给我看证据。

下午2点，我离店开车去邓弗里斯，坐火车去伦敦跟住在汉普斯特德的安娜一起过周末。我把那三十箱高尔夫球书托付给妮基，叫她检查好后把能卖的放到FBA上。她又忿忿不平地抱怨了一阵，不过还是勉强应允了。

在往南的旅途中读了詹姆斯·霍格*的《清白罪人忏悔录》，考虑到此书写于1824年，内容可谓毫不过时。

流水：90.50镑

顾客人数：6

* James Hogg（1770—1835），苏格兰诗人、小说家，其代表作 *Confessions of a Justified Sinner* 匿名出版于1824年。

3 月 8 日，星期六

在伦敦。

流水：305.48 镑

顾客人数：28

3 月 10 日，星期一

网店订单：7

找到的书：4

今天阳光明媚。卡勒姆打电话来问我要不要去爬山，可店里只有我一个人，去不了。

中午时分，年轻的一家子走进店里：父母带着一个 7 岁左右的男孩和一个 9 岁左右的女孩。男孩径直走到放童书的地方，在那儿待了一个钟头，直到父母对他说该吃午饭了，才不情不愿地从童书旁的椅子上缓缓站起来，请求母亲给他买本《阿噗角的小屋》*。她一脸气愤地走到柜台前买下了那册 2.5 镑的平装书，说道："我从来没见过这么爱看书的孩子——他除了看书啥也不干。他把每一分零花钱都用来买书了。"

整个周末妮基一本书都没有录入，她在纸条上写了原因："打印机坏了。"我检查后发现：她根本没有开机。

---

* *The House at Pooh Corner*，英国作家米尔恩（A. A. Milne，1882—1956）创作的"小熊维尼"系列第二本，出版于 1928 年。

今天的当地新闻是布拉德诺赫酒厂破产了。

流水：47 镑

顾客人数：3

3 月 11 日，星期二

网店订单：6

找到的书：6

又是个明媚的好天，而且相当暖和。妮基倒是明智，围巾、帽子、外套全副武装走了进来。哪怕气温低，屋外通常也比店里温暖。

今天花了很多时间翻检我储藏了整整一年的几箱书。它们来自道格拉斯城堡[*]一幢维多利亚时代的大房子。一年前我去取书的那天雪下得很大。车载着货，好不容易才沿滑溜溜的山路开回主干道，我原以为没准得跟那个卖给我书的怪男人一起在屋里过夜，不过总算走成了。当时没地方放，所以我把这几箱书跟那些高尔夫球书一起寄存在卡勒姆家。在今天整理的书里，我发现了一本谢默斯 · 希尼签名的稀见小册子。网上唯一在售的另一本在伦敦的哈灵顿书店[†]，标价 225 镑，于是我把

* Castle Douglas，位于苏格兰邓弗里斯和盖勒韦的一个市镇。

† 全称 Peter Harrington Books，伦敦著名古旧书店，珍本收藏颇丰。

自己那本挂了 140 镑。

老太太们在楼上上艺术课——暂时没有人冻死。

准备打烊时，我决定再次打开猫洞，希望那位入侵者厌倦了撞门而入，能换一户人家去撒尿。

流水：49 镑

顾客人数：6

3 月 12 日，星期三

网店订单：4

找到的书：3

非常安静的一天。

快要关门时，迪肯先生来了，神色激动慌张，问我能否订到一本关于詹姆斯一世的书，下星期五是他姑姑的 90 岁生日，他准备买来当礼物。一如既往，他拿出一篇《泰晤士报》上的书评，留给我参照订购。书下星期应该就能到。

锁上书店后门的时候，我听到山脚下的盐沼里的鹅叫，田野里新生羊羔的咩咩声，还有花园池塘里的蛙鸣。没有人。没有过往车辆。对于自小成长于苏格兰乡间的我来说，这些声响预示着季节的转变，在我眼里，春天是一年中最重要的时节。一旦在城里住上一些年头，你可能就会疏远这些由青蛙、羊羔和鹅——来自水、陆、空的三位传递春之消息的使者——提醒你去注意的季节嬗变。

流水：28.49 镑

顾客人数：4

3 月 13 日，星期四

网店订单：4

找到的书：4

妮基今天当班，因为她明天请假（她通常是星期五和星期六上班）。一来店里她就又抱怨起猫尿味来。我告诉她那只是流浪猫，联合超市的迈克已经从猫咪保护联盟借了一只捕猫笼设法捉住它。迈克的花园在我的花园后面，稍高一点，船长经常去他厨房串门，他的几只猫也常来我的厨房。那只流浪猫也去他屋里撒尿了。

艾略特请我帮忙给“打开的书”计划写份企划书，好让我们明确知道它在经济上是否立得住脚。倘若立得住，它就能在图书节公司的庇护下运转。“打开的书”是安娜、费恩和艾略特的点子：他们打算在镇子上找一家楼上可以安排住宿的空店面，让人们有机会来当两个星期店主，体验做一名书商是什么样的。费恩是我的发小，住得不远。他是个有机奶农，是我的相识中数得上号的聪明人。大约十年前，他当选为那时候的“威格敦图书节”志愿者团体的主席。不到一年，他就把那个团体转为了一家慈善机构“威格敦图书节公司”（意味着可以筹集新的资金），其成员也从几个缺乏经验却充满热情的志愿者变成了一批熟练而专业的全职带薪员工。离开岗位几年后，如今他又回到了理事会。我想我在写企划书前得先做点研究，所以就在谷歌上搜“经营书店”。讽刺的是，跳出来的第一个条目是亚马逊上在售的一本书，叫《开办和经营书店完全指南》。

午后，我接到来自 Yell.com* 的一个女人的电话，说的是关于我的“黄页”广告和网上信息的事情。她问我，我的店是不是“位于威格万郡†”，她管那叫“所在地区”，然后继续说她会给我“一个例子，举个例子”。她还说我的 Yell.com 网站“样子完全不同，但很相似”。完全听不明白是跟什么东西相似。

今天，七个人带着几箱书来店里卖。在一年中的这个时间段，我往往买的比卖的多。

流水：20 镑

顾客人数：9

---

* 英国的本地搜索引擎，提供商业信息，包括企业网站、地址、电话号码等。

† 原文作 Wigwamshire。

3 月 14 日，星期五

网店订单：3

找到的书：2

今天妮基不在。据说她正在大扫除呢。今天有个网店订单是一本关于测量放射线仪器的书，买家在伊朗。上午 11 点 30 分，电话铃响了。是妮基："你要不要我的冰箱？我要把电器统统处理掉。"一张嘴，她吐出来的就是一颗完全成形的宝石。

下午 2 点，老妈来了。她带了四只种好植物的挂篮，准备放在店门口。她每年都会这样，尽管我抗议说我完全可以自己来。

流水：42 镑

顾客人数：3

3 月 15 日，星期六

网店订单：3

找到的书：2

今天的第一位顾客是个留着长髯的矮个男人，他突然出现在柜台前，吓了我一跳。他咧嘴笑笑，道："你家还真有些好货啊，是吧？有些好货。有些好货。"他买了一本《霍比特人》。我把每一个从店里买走此书的顾客的形象整合起来，在脑海里拼凑出霍比特人的样子。

吃过午饭，有个客人问我们有没有《杀死一只知更鸟》。店里没有，但在他离开不久后，一个女人带着两箱书来卖，其中一只箱子里正好有这本书。要是两件事时间顺序倒一倒，情况就有益多了。

流水：78.98 镑

顾客人数：13

3 月 17 日，星期一

网店订单：7

找到的书：6

今天在网上卖掉一本《鉴别出生一天雏鸡的性别》。

今天的第一位顾客是一个穿着非常时髦的马耳他女人，她说马耳他没有二手书店。我不清楚她来威格敦干吗，不过纵然什么也没买，她看起来很开心。就在她离开时，电话铃响了。是离这儿大概 60 英里远的埃斯克代尔缪尔"三昧耶林"佛教中心的图书管理员。他们最近在清理旧书，想卖掉一部分。商定下周去拜访他们。

正忙得不可开交呢，我妈来店里了，开始以相当高的音量跟大家分享她对 SNP* 的逆耳之言。她来自爱尔兰西部，虽然已在苏格兰生活了近五十年，讲起话来还是带着童年故乡的轻快律动。或者说我朋友都是这样一口咬定的——我听不出来。我敢打包票，像她那么能聊的人世界上还没有第二个，而她厌恶沉默就好比大自然厌恶真空。好几次，我亲耳听到她一口气以十几种不同的方式说着同样的事情（通常是某天下午她吃了什么样的点心，或者某天早上她去了哪里）。相反，我爸却是个文静人。他把这一性格归因于我妈的喋喋不休，他连说话的机会都没有。他个子挺高，6 英尺 3，学的是工程，却在三十岁不到就转而务农了。他俩齐心协力办起了好几项实业，供两个妹妹和我上了寄宿学校。

家人和朋友突然造访并不稀奇，这当然不是我妈独享的权利。来访的熟人常常公然谈论一些我认为不适合让陌生人听到的话题。令我经常深有感触的一点是，对于大部分人来说，书店主要是一个休闲场所，人们逃离现代生活的无情苛政和数字化要求，来到这个平和、宁静之处，所以我的朋友和家人会兴高采烈地当起不速之客，不请自来，不论我手头正在忙什么，都很少或者说不在意这其实是我的工作场所。如果我是在联合超市或者图书馆上班，很难说他们还会不会这样随随便便突然来访。换了别的工作场所，恐怕他们也不会如此无拘无束地在素不相识的人面前高谈阔论。

---

* Scottish National Party（苏格兰国民党）的缩写。

打烊后，我打电话给迪肯先生，告诉他他订购的詹姆斯一世传记到了。

流水：41 镑

顾客人数：4

3 月 18 日，星期二

网店订单：2

找到的书：2

早上又冷又潮，所以我生了火。截至上午 11 点，共有五位顾客踏入店门；一个都没有买东西。随后来了个高大、瘦削、身穿连帽运动套装的男人，问我们有没有关于药理学的书，因为“他们刚给我用这种新的海洛因替代品，我想了解点相关知识”。

午饭时间，迪肯先生来了，付了订购的书的书款。星期六 * 是他姑姑的生日，他应该来得及把书寄过去。

流水：82.99 镑

顾客人数：9

---

*　前文作星期五。

3 月 19 日，星期三

网店订单：2

找到的书：2

上午 10 点 30 分，我上楼泡了杯茶。等下楼的时候，我闻到了一股熟悉的泥土气息。我刚坐下开始录入书目，就听到一个矮小、非常邋遢、胡子拉碴的爱尔兰佬在书架后面大呼小叫。藏在他外表（还有气味）后面的，其实是一位对书了如指掌的专家。大约每年两次，他会给我载来一车好东西。他的货车便是他的住所。这一次，他带来了四箱关于铁路的书和两箱关于拿破仑的书，这批书我给了他 170 镑。

下午 2 点，电话铃响了。是个在市政会工作的女人，负责为有学习障碍的人找活干：

女人：“我们这边有个想去书店工作的年轻人。他患有阿斯伯格综合征。你听说过阿斯伯格综合征吗？”

我：“听说过。”

女人：“嗯，你知道吗？有些阿斯伯格综合征患者特别擅长某件特定的事，算数啊，画画啊。”

我：“知道。”

女人：“哎，可他不是那样的。”

所以我同意给他一个试用期。他下星期二开始来店里。

打烊前，我给要寄给“开卷随缘俱乐部”的书贴好邮票，归拢装好袋子，(但愿能) 哄维尔玛派邮递员明天开货车来取走。

经过多年买书、标价、录入和卖书，你会对某些出版商变得非常熟悉：二十世纪初推出过大量书籍的麦克米伦；请塔尔温·莫里斯[*]设计了许多特色书封的布莱基父子；以出版苏格兰旅游指南著称的 A. 和 C. 布莱克；拥抱科技革命，在十九世纪中叶采用木浆造纸的两家短命出版社富乐顿和卡塞尔，还有纽恩斯和格雷欣，它们的出版物特点便是纸张蜡黄；出版了英国旅游指南"红皮书"系列的沃德·洛克；出品了关于地区铁路的第一流书籍的纽顿·阿伯特[†]的大卫和查尔斯；出版了一度受人追爱、如今无人问津的"国王的英格兰"系列的霍德和斯托顿；还有尼尔森，他家的红色布面版约翰·巴肯作品依然颇有销路。

另外几家的突出之处主要不在于装帧和风格，更多以内容取胜。比如说胡普和威格斯特德，他们家出版的弗朗西斯·格罗斯《苏格兰古迹考》收录了彭斯《汤姆·奥桑特》第一次见书[‡]的版本；出版了约翰·辛克莱爵士[§]第一本《苏格兰统计报告》——首次把"统计"一词引入了英语——的威廉·克里奇；

---

* Talwin Morris（1865—1911），英国图书设计师，也做家具和金属制品的设计。

† Newton Abbot，英国德文郡泰恩桥区（Teignbridge）的一个集镇。

‡ 格罗斯（Francis Grose，1731—1791），苏格兰古文物收藏家、词典编纂者，也长于绘画。*Antiquities of Scotland* 是其代表作，在为写作准备材料的实地考察过程中，格罗斯结识了苏格兰大诗人罗伯特·彭斯。彭斯建议他在书中收入阿洛韦教堂（Alloway Kirk），作为交换，格罗斯要求诗人为此书写一篇传奇故事，彭斯在交稿时不仅提供了散文版本，还附上了韵文版本，后者便是《汤姆·奥桑特》（*Tam o' Shanter*）。

§ Sir John Sinclair（1754—1835），苏格兰政治家，研究经济与农业，代表作 *Statistical Account of Scotland* 出版于 1791 至 1799 年间，多达 21 卷。

推出了基尔马诺克版彭斯《主要以苏格兰方言创作的诗》* 的约翰·威尔逊；《物种起源》的出版者约翰·默里；让亚当·斯密《国富论》问世的威廉·斯特拉恩。

时间上离我们比较近的出版商有着相似的影响：企鹅，出版全本英文版《查太莱夫人的情人》让他们被告上了法庭；敢于出版《尤利西斯》的莎士比亚书店；小型出版社，比如威廉·莫里斯短命的凯尔姆斯科特；金鸡出版社，艺术家埃里克·吉尔†（创造了 Gill Sans，Perpetua 等字体的设计师）专为其设计了同名字体。名单列不完，但这些出版者——这些个人——勇于冒险，以各自的风格，从他们的题材内容到他们的设计、版式和生产价值，给世界带来了全新的理念。

流水：31.33 镑

顾客人数：10

3 月 20 日，星期四

网店订单：4

找到的书：4

店刚开门不久，“腰包戴夫”来了，买了三本航空类图书。

---

* 彭斯诗集《主要以苏格兰方言创作的诗》（*Poems, Chiefly in the Scottish Dialect*）于 1786 年出版于苏格兰东艾尔郡（East Ayrshire）的基尔马诺克（Kilmarnock）。

† Eric Gill（1882—1940），英国雕刻家、字体设计师、版画家。

他是位知识渊博的人物，不修边幅，胡须茂密，有点轻度的妄想倾向，觉得出于某种原因，有一伙当地的律师要敲他竹杠。他获此绰号是因为他总是随身携带至少两只腰包，脖子上挂一只，腰间缠一只。某些特定场合下，他还要多带几只，绝大多数时候还有个手提包或者帆布背包。他住在索比*附近，整天坐公交巴士到处游历，尽最大可能利用公共设施——图书馆之类。今天临走，他问我去惠特霍恩的公交几点发车。听我说不知道，他回答："那种事情你应该知道的。你照理是在提供公共服务。"真是头一回听说。他还戴着一块每隔几分钟就要嘟嘟响的数码表，移动电话呢至少有一部，似乎总在发出各种烦人的声音。

午后，一位老先生打来电话。他看中了网上我们在售的一本 3 镑的书，想直接购买。因为他重听，很多问题互相又没有弄明白，整个过程花了半个小时。还在同他通话的当儿，邮递员来了，取走了那五袋要寄给俱乐部的书。

都下午 5 点 15 分了，"腰包戴夫"还在店里东摸摸、西看看，身上尽是发出响声的各种装置。他问我们有没有宠物书的专门分类。我告诉他，有的，但我们已经关门了。5 点 25 分了，他还在店里晃悠，咕哝着律师要敲诈他的事。

流水：107.49 镑

顾客人数：14

* Sorboie，威格敦的一个小村庄。

3 月 21 日，星期五

网店订单：5

找到的书：4

妮基今天回来上班了。我们吵了一架，无非还是说她不该把东西弄得一团糟，也不该把书放错书架。她威胁要辞职，这种话她一般每个月都要说一次。

午饭时间，我出发去埃斯克代尔缪尔的三昧耶林，那是个藏传佛教教徒的避世隐修之所。En route*，我在邓弗里斯火车站接了从伦敦的生活中暂时抽身出来的安娜。

我上一次造访三昧耶林还是在二十年前，经过这么久，其整体规模已经大了许多，在贫瘠的苏格兰高沼地上，它雄伟的存在显得格格不入：四下散布着金灿灿的佛像、宝塔和五颜六色的寺庙、屋宇，还有寥寥几幢半新不旧的活动板房和一些尚未正式动工的中心建筑的废墟。我们寻进图书馆，见到了管理员麦吉——一个坐着轮椅的六十多岁的女人。

图书馆很新，是一个巨大的房间，没有书架，地上堆满了一叠叠书。我看了一圈他们想处理掉的存货，开价 150 镑。她显然期望更高的价格，但当我告诉她我很乐意让那批书留在原处，他们可以另找别人来看时，在那儿工作的其他志愿者齐声道："不行！"于是我只好把垃圾书也一起接盘了，不过其中确有些不赖的东西——虚构类和非虚构类作品笼统地混在

* 法语：在途中。

一起，一般说来，这样一批藏书你会在某些人家里看到，在一座藏传佛教的寺院里碰到就比较出乎意料了。他们肯定已经把适合留作馆藏的所有书籍都挑走了。

安娜为三昧耶林所深深打动——风景与建筑的对照，甚至寺院不同部分之间的差异：有些是货真价实的东方风格，另一些看上去仿佛是“二战”后不久由市政会建造的。

我们驾车驶回威格敦，临近书店，安娜的举止终于松弛了下来。一进店里，她的第一道直觉便是去找我的猫，船长，没过多久他俩就快乐地团聚了。

“苏格兰室”里有只电灯的变压器烧掉了。我烦透了在电线上换灯泡，直接上 eBay 买了三只二手法式铜吊灯。

伊莎贝尔过来做账。她和她丈夫在纽顿·斯图尔特附近有个农场。伊莎贝尔精通“赛捷”做账软件。她答应帮我处理账目，这么一来，我就不用面对一星期里最恐怖的任务了。她通常星期三来店里，但这星期她的一个女儿要在音乐会上演出，所以延后了。她今天的临别赠言是：“你账户里有不少钱啊。”此前还没有人以这样的语序对我说过这番话。

流水：122 镑

顾客人数：11

3 月 22 日，星期六

网店订单：3

找到的书：3

太阳好了一整天，暖和得可以打开正门了。妮基老时间（迟到十五分钟）来上班，我们开始上传购自三昧耶林的那几箱书。妮基找到一家名叫“换钱买衣服”的公司，他们以 50 镑每吨的价格收旧书。她预约他们下周三来店里提书，那样我们就能清掉从三昧耶林吃进的许多垃圾了。

几星期前，有个女人买了本艾玛·布莱尔*的《无人哭泣之地》。她的话让我吃了一惊，说布莱尔其实不是女的，而是一个身长 6 英尺 3 英寸、爱喝啤酒、烟不离手的格拉斯哥汉子，真名叫伊恩·布莱尔，笔名用了女人名字才靠浪漫小说获得成功。过去二十年，布莱尔的作品是苏格兰大小图书馆借阅次数最多的书。成为作家前布莱尔是位演员。他的演员生涯是这样戛然而止的：他接到电话去面试《夺宝奇兵》†中的一个角色，结果却干等了很久，最后斯蒂芬·斯皮尔伯格终于进了屋，说：“你能明天再来吗？”他回答：“不行，妈的来不了。”他去世于 2011 年。

吊灯送来了，正好诺里在店里拿一批送错地方的涂料。

---

* 即 Iain Blair（1942—2011），苏格兰演员、作家，Emma Blair 是他发表浪漫传奇小说时使用的笔名。

† *Raiders of the Lost Ark*，斯蒂芬·斯皮尔伯格导演的电影，上映于 1981 年。

他自告奋勇说要把灯拿回去修修好，毕竟它们当年也是高档货。

流水：160.38 镑

顾客人数：17

3 月 24 日，星期一

网店订单：8

找到的书：5

我正端着一杯茶从厨房回来，一位穿着比正常尺寸大约短了 6 英寸的涤纶裤和风雨衣[*]的顾客差点撞翻我的茶，他问："店里死过人吗？有没有人从折梯上摔下来没命的？"我告诉他："还没有过，但我今天大概要撞大运了。"

今天的电子邮件中有一封来自我以前的员工萨拉，几年前，她在学校放假期间来店里打过工："嗨，大胸弟[†]，我需要一封推荐信。表格在附件里。好好填，你个狗杂种，不然我来弄死你。"于是我写了下面的信寄给她。

---

* Donkey jacket，野外作业工人穿的工作服。

† 原文为 bitch-tits。

2014年3月24日，星期一

敬启者：

萨拉·皮尔斯的推荐信

萨拉在道格拉斯·尤尔特中学就读时，每星期六来威格敦北大街17号的“书店”工作了三年。这里的“工作”一词，我取其最宽松的意义来使用。她要么整天站在店门外，抽烟，朝想进楼的人们大呼小叫，要么看4OD[*]上重播的《圣橡镇少年》[†]。她一般不迟到，但来的时候经常不是喝醉了就是带着严重的宿醉。她通常又粗鲁又暴躁。她很少按吩咐做事，在店里工作的整整三年里，除非被迫无奈，从来没有做过任何一件有建设性的事。她总是在下班后留下一串垃圾，其中一般有艾恩布鲁[‡]汽水瓶、薯片袋、巧克力包装纸和香烟盒。她老是偷店里的打火机和火柴，对我蛮横无理，频频带有暴力倾向。

她是位宝贵的员工，我毫不犹豫愿意推荐她。

流水：109.39镑

顾客人数：12

---

* 英国第四频道电视公司于2006年推出的视频点播服务，全称“4 on Demand”，2015年更名为“All 4”。

† *Hollyoaks*，英剧，由第四频道首播于1995年10月。

‡ Irn-Bru，诞生于1901年，苏格兰传统软饮料。

3 月 25 日，星期二

网店订单：3

找到的书：3

今天有两个订单是要买 1960 年代开往英格兰北部的公共汽车时刻表。

上午 11 点，那位患有阿斯伯格综合征的志愿者安德鲁来了。为了确保他安全到达，一切妥当，那个市政会的女人陪他来的。她建议我安排他按照字母顺序整理犯罪类作品。到中午他整理到了 B；随后回家了。

安德鲁前脚刚走，后脚就来了个粗鲁至极的老太太，说要买本蒙蒂菲奥里 * 的斯大林传记。俄罗斯专架那边有一本，她带着书来到柜台前。那册书新得非比寻常，书衣完美，显然没有阅读痕迹——原价 25 镑。她问我多少钱，我指指标签上的 6.50 镑。她把书一推，转过身去，咕哝着“太贵”，走了。我很肯定她会回来的，所以把定价改成了 8.50 镑。

安娜的朋友露西过来玩。她会待到下星期一。

流水：34.50 镑

顾客人数：7

---

* Simon Sebag Montefiore（生于 1965 年），英国历史学家、电视节目主持人。

3 月 26 日，星期三

网店订单：5

找到的书：4

早上天气很好,阳光充足。继续翻检三昧耶林的那几箱书。

伊莎贝尔今天在店里做账。上次来访后的那句“你账户里有不少钱啊”已然很遥远，这次临别她留给我的是一段慎重的警告，提醒我注意书店危险的财务状况。这大概是因为在她告诉我我有不少钱后，我决定是时候去付清几笔逾期未还的账单了。

“换钱买衣服”的人不见踪影，他们本该来取走卖不掉的书，帮我们盘活库存。

下午 5 点，卡罗尔—安来了。她今晚在这过夜，因为明天一早得去斯特兰拉尔干活，从这儿走要比从她住的达尔比蒂近多了。卡罗尔—安十几岁的时候，每星期六会来店里打工；现在她差不多二十五岁了，跟我成了好朋友。她跟安娜处得特别好，总是在一起酝酿各种希望渺茫的事业，幸亏从来没有成真过。

妮基明天当班，所以决定在给图书节预备的客床上睡一晚。屋里有了她、卡罗尔—安、安娜和露西,好像一下子住满了,闹哄哄的，每个人都说个不停。

流水：95.75 镑

顾客人数：8

3 月 27 日，星期四

网店订单：5

找到的书：5

露西、卡罗尔–安和妮基早餐想吃培根卷，所以早上最初那段时间我被困在了平底锅前。我问妮基为啥“换钱买衣服”的人没来，她说她并没有回复他们，确认来取书的事宜，因为“当时你气呼呼的，所以我决定不来烦你”。现在她预约好了，但愿他们很快就来，好让我们清出点空间。大概有四十箱准备卖掉的书，约半吨重。

今天的当务之急是把桌上的书清走、上架，这样我们就能着手处理一箱箱新存货了，眼下看起来它们堆得到处都是，包括一部分放在朋友库房里的。吃过午饭，我去纽顿·斯图尔特的银行存钱，回来一看，妮基几乎把箱子统统打开了（明目张胆地违抗我“一次开一箱”的规矩），桌上的书也才清理了一半——这是我出门之前嘱咐她要干完的事。我俩大声争吵起来，露西一脸尴尬，找了个借口上楼了。卡罗尔–安则不然，她笑得像只鬣狗，促使我俩吵得更凶了。

有人在脸书上贴给我一个网站链接，点进去是几位匈牙利图书馆员的照片，他们举着封面上有人脸的书挡住了自己的脸。整整一晚我都在试图说服露西和安娜这么做，不过要用我大约一年前买的 1980 年代情色杂志。她俩暂时还没有答应我。

流水：128 镑

顾客人数：15

3 月 28 日，星期五

网店订单：4

找到的书：4

那个嫌斯大林传贵的老太太又来了。当看到我已把价格调高时，她对我说我不可以这么做。我告诉她我可以。她很生气，不过还是买下了书，然后咕哝道她不会再踏进这地方一步。

妮基还是老样子，9 点 15 分才来上班。在我俩简要重复了一遍昨天的吵架内容后，就她应该在店里做些什么爆发了新一轮争吵。我俩达成一致，每天早上制定一张任务列表，这样就一清二楚了。后来我发现她补充了几条，包括“提醒肖恩几次，叫他给人回电”“认真对待肖恩”“别把宝贵的时间用来在摄像机前给脸书拉人气”“对于顾客来卖的书，出价至少要三倍于它的价值”。让我高兴的是，最近她有了一位半心半意的追求者。每次看到她的车（蓝瓶子）停在店门口，他都会来串门问声好，跟她搭讪几句。不管一天中的什么时候，他总是醉醺醺的，然后喷上大量百露 33 香水遮住酒气。妮基几乎毫不掩饰对他的厌恶，但这似乎令他的热情烧得更旺。

午饭过后，我去联合超市买了牛奶。迈克告诉我他抓到那只在他家里和我店里乱撒尿的公猫了。船长可以松一口气了。他担惊受怕了几个星期，这地方一股浓烈的猫尿味。

下午，安娜、露西和我去盖勒韦别墅花园采野大蒜，晚上用橄榄油、帕尔马干酪和胡桃做了野大蒜酱。这是安娜一年中最重要的时刻之一。

妮基从三昧耶林那批书里找到一本叫《即席伴奏轻松学》* 的书。令人失望的是，这书是关于钢琴音阶的。

打烊前不久，迪肯先生来订购了一本书，并向我们确认说他姑姑已经收到书，很喜欢那部詹姆斯一世的传记。

流水：97 镑

顾客人数：10

3 月 29 日，星期六

网店订单：6

找到的书：6

妮基今天请假，所以店里又只剩我一个人了。今天有六个订单，其中有一本是关于中世纪苏格兰诗歌的，要寄去巴格达。

午饭后，一对老年夫妇提着一只装满书的“农场食品”† 购物袋来到店里。这样的开头，从来就是没什么好指望的了。他们之前在清理一位姑妈的房子，找到了一些旧书，后来一看是一套 1920 年代的狄更斯集——书况很差，而且不全。他们请我估个价。那位丈夫一拿出第一本，我就告诉他这书一钱不值。

---

* 书名原文为 *Vamping Made Easy*，“vamping”一词既可以指爵士乐等中的即席伴奏，也可以指色诱男子以骗取钱财。

† Farmfoods 是一家苏格兰冷冻食品连锁超市。

他显然不相信，继续一边拿出其他几本，一边问："这本怎么样？"我努力向他解释道，拿给我看一套书中的不同分册是没有意义的，可五分钟过去了，他还在往外掏书。

下午晚些时候我上了趟楼，可我刚到厨房就有个声音把我叫下去了。站在店里的是个留着络腮胡、戴着花呢帽的潮男，他拎着一只装满书的乐购购物袋。就里面可能装着的书的质量而论，比起"农场食品"袋子，乐购袋子是一个进步，但也只是稍胜一筹。眼前这个袋子里的货色确实要好一些，但依然是我已经库存很充裕的品种，所以我没要——其实主要是因为他老是叫我"兄弟"。

流水：105 镑

顾客人数：12

3 月 31 日，星期一

网店订单：5

找到的书：5

今天早上，迟开店了半小时，因为我忘记已经夏令时*了。

"季风"出了点故障，于是我检查了一下设置。机缘巧合

* 在英国，三月的最后一个星期天会在格林威治标准时间的基础上拨快一小时，新的时间就是夏令时（British Summer Time）。

让我发现了一些妮基“频繁使用的”对我们网店书籍的描述：

“没有墨迹。”
“看上去没被读过。”
“有好看的图片！”

一般情况下，我对书籍的描述是这一路的：

“前环衬上有前藏家的名字。”
“封面印有素色图案，书脊五道竹节。”
“书页毛边，硬封边缘斜面。”

不过，正如妮基经常指出的那样，这些术语只有在跟书业同行说话时才有效。跟听不懂书林行话的人打交道时，它们起不了什么作用。我的书商朋友、格里姆斯比来的伊恩经常和他太太聊起这个话题，他太太觉得书林行话已然过时了，互联网让它们沦为了赘疣，只有拍卖目录算个例外。如今互联网已成为巨型零售机器的一部分，但在我买下书店的 2001 年，尚不是那样，许多书商会给邮寄名单上的顾客递去商品目录册，而且出于必要，他们得提供在售书籍的详细描述，但从那时候起，诸如“烫金压花”“偶数页”“奇数页”“八开本”“排版花饰”和“版权页标记”渐渐同卖书这一行几乎不相关了。就我所知，这一行里已经没有哪家店还在给顾客寄目录册了，而随着实体书店快速、显然不可逆转的衰落，只怕我们也会步其后尘。不过，我们经历的时代并非出版和书业历史中第一个转型期。就像珍·坎贝尔在《书店之书》* 中指出的那样，当年古腾堡发明活字印刷，第一本“大众市场”图书行世，“佛罗伦萨的一位著名书商维斯帕西安略 · 达 · 比斯梯西因为书籍不再是手抄而大发雷霆，一气之下关掉了书店，他也成为了历史上头一个预言图书行业死亡的人”。

我们的亚马逊整体评价重新回升到了“好”。

今天心情愉快，吃饭时我给店门口的长椅刷了涂料。一个与我有点头之交、上了年纪的邻居正巧走过（几年前，我买过她已故姐妹留下的书）。她推着购物车向联合超市缓缓走去，在我店门前停下脚步，跟我攀谈起来。她说十五年前，她花了不少钱打理花园里的长椅，因为那是她第一次拥有自己的花园，觉得应该好好犒赏自己。我问她来威格敦之前住在哪里，她列出了一长串地方，里面有东京和耶路撒冷，在耶路撒冷，她出力编出了第一部希伯来语词典。没想到她的人生如许精彩。啊，这就是自以为了解别人的风险吧。毫无疑问，我对待顾客每天就基于这样的原则，在我眼里不屑一顾、无非是些钥匙晃得叮当响的大老粗的人，很可能曾经率领士兵登上诺曼底海滩或者开创了突破性的医学研究。

午饭后，我开车带安娜和露西去了邓弗里斯，送她们坐火车回伦敦（她俩人手一罐野大蒜酱），下午 4 点回到店里。

今天营业时间的最后一个小时，店里来了一个六口之家——妈妈，爸爸，还有四个女儿，最小的六岁，最大的十六岁。临近结账，那位母亲告诉我，早上一家子出门散步，明明天气

---

* *The Bookshop Book*，出版于 2014 年。

很好，姑娘们却闷闷不乐。她问她们为什么不高兴，四个女儿异口同声道，她们想逛“书店”，因为已经两年没来了，满心期待着可以故地重游。她们花了 175 镑，拎走了六袋子书。这种事情太难得了，每次有幸遇上，我都会心怀感激地想起自己选择当书商的初衷，想起书店对许多人来说是何等重要。

下午 4 点，我妈拿来了一盒复活节巧克力蛋。我也谈不上非常爱吃巧克力，但我的口味是属于未经世事的那种。安娜偏爱特浓黑巧克力，卡勒姆也是，他俩总是狼狈为奸地嘲笑说，我的口味跟小孩儿无异。当我偶尔馋劲儿上来的时候，我会想吃牛奶巧克力，复活节巧克力蛋完全对路。

书店打烊后我去联合超市买了牛奶和面包。迈克正在那儿干活，他告诉我猫咪保护联盟给他捉到的那只到处乱撒尿的猫做了绝育。他和艾玛（他女朋友）决定收养它。

流水：288.48 镑

顾客人数：14

四月

> 我们店里的书都特别有意思，不过我怀疑顾客里能分辨出好书坏书来的人，十个里都没有一个。
>
> 乔治 · 奥威尔，《书店回忆》

当然，一个人眼里的好书可以是另一个人眼里的坏书；这完全是个主观问题。我有个朋友在伦敦经营高档珠宝。有次我问他，在拍卖会上他是怎么决定该买啥不该买啥的。他说刚入行的时候，他买样子不讨人厌——在他看来具有普遍吸引力的东西。可他很快认识到这类东西不太好卖，而且很少能卖上高价，于是改变了策略——“现在嘛，如果看到什么能激起我强烈反应的东西，我就买下来。我喜欢透顶也好厌恶至极也罢，我敢打包票它一定能卖出个好价钱。”

许多书商有专营的门类。我没有。我尽力搜罗，给店里塞进题材广泛的各类书籍。我希望每个人都能找到心仪的书，可即便我店里有十万册存书，很多顾客还是空手而去。至于一个人是花 2.50 镑买了本“米尔斯和波恩”* 的出版物还是花 2.50 镑买了本斯宾诺莎《伦理学》的破旧平装本并不重要。我只希望

* Mills & Boon，隶属于英国出版公司 Harlequin，成立于 1908 年，擅长出版通俗类小说。

每个人都能从阅读的体验中获得同等的快乐。

4月1日，星期二

网店订单：2

找到的书：2

诺里过来用吊灯换掉长条灯，让“苏格兰室”黑了整整一上午。吊灯比那些奇丑的长条灯好看太多了，之前装了长条灯，这地方俨然医院走廊。这些年来我慢慢替换掉了它们，2001年我买下书店时有二十二盏，现在还剩四盏了。

上午11点，安德鲁（患有阿斯伯格综合征的志愿者）来了。他工作到中午。他已经整理到犯罪类作品中书名以C开头的书了，但当有人问他铁路书籍放在哪里时他变得很慌张，只好坐下来休息。

今天早上我收到一封我妈发来的邮件。她是借我爸的iPad发的，因为她自己那台“卡机了”——问我能否找个时间快点去修一下？我回复说我尽快去。

下午3点，我开车去了纽顿·斯图尔特的银行，赶在书店关门前回来，正好碰上“换钱买衣服”的人，他们提走了那几箱书，付了我25镑。他们是按重量计价的，运走了半吨书。

今天的邮件里有封菲利普斯太太（九十三岁了，失明了）的信，收信人只写了“苏格兰威格敦书商肖恩·白塞尔”，得亏盖勒韦人烟稀少，信这才到了目的地。跟往常一样，她是要给她的曾孙辈中的一个孩子订购一本书：这一次是罗伯特·路易斯·史蒂文森的《绑架》。

流水：71 镑

顾客人数：10

4 月 2 日，星期三

网店订单：1

找到的书：1

今天的第一位来访者是个头发蓬乱的女人，她经常过来放几本《苏格兰西南部绿色指南》，那是种印满顺势疗法医生和晶体疗法术士地址的小册子。她来的时候我正在打电话。每次她来我都在打电话，所以始终没机会告诉她我不想她再过来放那些小册子了，因为根本没人拿起来看。

她前脚刚走，后脚就来了一对穿着紧身莱卡自行车运动装、将近七十岁的老夫妻。他俩拿了四本近乎全新的温赖特*写的湖区登山书。男的把书往柜台上一放，问："这几本给个价吧？"于是我算了算总价。一共 20 镑，我说可以 17 镑卖给他。他皱了皱眉头，接着回答："15 镑怎么样？"我说那样的话就

* 当是指 Alfred Wainwright（1907—1991），英国荒野远足者、旅行指南作者和插画家，代表作是七卷本《湖区山野插图版指南》（*Pictorial Guide to the Lakeland Fells*）。

是打七五折了，他解释道："会哭的孩子有奶吃啊。"最后他们不情愿地付了17镑。人是离开了，一股怨恨之情依然延宕不去。

流水：115.94镑

顾客人数：10

4月3日，星期四

网店订单：6

找到的书：5

今天开局不利，上午8点50分接到卡罗尔-安的电话，说她正在门外，为啥店不开。我告诉她我是9点开门的，接着下楼让她进了屋。我忘了前一天下午她打过电话来问能不能借我的厨房跟她客户谈事情。她所在的公司助人小规模创业，业务范围很大，所以她常常用我的厨房开会。一进门她就指责我样子太糙，头上还有块地方快秃了。不久妮基也来了，对她说的两点表示赞同。

老妈又发了封邮件来让我去帮忙修她卡机的iPad。

吃过午饭，我开车去格拉斯哥看那批铁路方面的藏书。到那儿一看，是批非常棒的书，每本都崭新。卖家是个老人，他正处理过世的兄弟的遗产。八箱书，我给了他400镑。铁路类书籍或许是店里最好卖的门类，这一点在我十五年前买下书店时根本无法想象。

今天的最后一项活动是下午 5 点 30 分威格敦书商联盟（AWB）在此举行的会议。有茶、饼干等等，一如往常。讨论的主要问题是五月份我们该去哪儿办节，因为酿酒厂倒闭了。情况有点尴尬，因为此番的主题是威士忌，大部分活动都被安排在酿酒厂举行。五月的节庆是由 AWB 组织的，而这个联盟的成员便是我们几个在威格敦开店的书商。我们没有预算，活动经费很少。虽然它不比九月的节庆，既缺少经济价值又没有名人捧场，渐渐也成了威格敦文化日程上的一部分。在节目的汇总和组合上，图书节公司的全职员工安为我们提供了宝贵的帮助，没有她，活动恐怕根本办不起来。

会议进行得颇为顺利，像往常一样讨论了新标志、各人的分工、乔伊斯骨折的肩膀，等等，全场的高潮是开发一个关于威格敦殉道者的 App 的提议。大部分人的态度是含糊的支持或者漠然置之，不过在这一问题上，公司里有两位抱持截然不同的对立观点，一场争论由此引发，一方怪罪一方盲从，一方指责一方偏执，剩下的人只好局促而尴尬地充当旁观者。

威格敦殉道者指的是两位拒绝穿上当时——十七世纪末——的宗教约束衣的女性。那时候的教义规定——还规定了许多别的东西——国王应被视作教会的领袖。在苏格兰有反对的声音，反对者被称为“神圣盟约派”。他们受到了政府军的残酷镇压，史称“杀戮时代”。玛格丽特·威尔逊和玛格丽特·麦克劳克伦是神圣盟约派的两个女性成员，她们因为信仰遭到了处决。涨潮时，她们被绑在威格敦山山脚下的岸边。他们把年纪大的那位玛格丽特绑在离海比较近的地方，希望年纪轻的那位玛格丽特看到战友溺亡会改变主意，归顺政府。她没有。盐沼滩上有块标记处决地点的纪念碑——殉道者之桩——她们的坟墓则在镇上的长老会墓园里。在被押去溺死之前，她们被关在那座旧监狱的牢房里。这小房间现在被称作“殉道者牢房”。

威格敦最出名的两个女儿落得如此叫人心塞的下场，真是不幸。威格敦给世界贡献了很多大人物，有海伦·卡特，她（和丈夫理查德一道）运营起了德利卡特歌剧团*；保罗·拉弗蒂（肯·洛奇†的编剧）曾就读于威格敦如今已不复存在的天主教学校；植物学家约翰·麦克康内尔·布莱克和足球运动员戴夫·凯文也是威格敦的儿子。其实，演员詹姆斯·罗伯逊·贾斯蒂斯‡——一度住在威格敦——特别喜欢这地方，在好几个场合都谎称他出生于此。

流水：301 镑

顾客人数：14

---

* D'Oyly Carte Opera Company，专业轻歌剧团，成立于 1870 年代，直到 1982 年才停止活动，不过在 1988 年到 2003 年间，依然有间歇性的演出。Helen Carte（1852—1931）帮助丈夫一起管理剧团。

† Ken Loach（生于 1936 年），英国影视导演、编剧、制片人。Paul Laverty（生于 1957 年）为他担当了多部电影的编剧。

‡ James Robertson Justice（1907—1975），英国演员。他其实出生于伦敦南部的刘易舍姆（Lewisham）。

4月4日，星期五

网店订单：3

找到的书：1

三个订单，都来自亚马逊；却只找到一本书。其中一本找不到的是罗瑞·斯图尔特*的《寻路阿富汗：在历史与现实之间》，妮基把它归在"苏格兰室"的Q6架上，尽管此书明明写的是阿富汗的事，作者生在香港。或许是作者的姓名听着挺苏格兰，她糊涂了。带着几袋邮件去交给维尔玛的路上，我撞见了乔克，他之前在书店的前老板约翰·卡特手下工作过。乔克出了名地爱讲那种又冗长又一听就是无稽之谈的故事。一般都是有人想设计骗他，而后他识破了骗局，挫败了阴谋。几乎每个故事都以搏斗收尾，每次他都打赢。他讲话难听懂也是臭名远扬，因为口音重，方言多，还因为没牙齿。今天他故事的主角是个女人，他每周去她花园里干一次活。乔克说，她开车不行，因为视力太差。"她眼睛里塞着胡萝卜。"

下午12点15分，一个顾客打来电话说他从我们这里买的一本书是"三部曲"中的第一部。连运费他花了7.20镑，书他很喜欢。现在他想买第二部，但我们店里的第二部是网上在售的唯一一本，标价200镑，他不打算付这个价格。他想花跟第一部一样的钱买到第二部。我只好认真跟他解释我们这本第

* Rory Stewart（生于1973年），英国政治家、外交官、作家。*The Places in Between* 是他出版于2004年的作品。

二部是网上在售的唯一一本，所以比第一部珍稀很多，要买就得 200 镑。他对我说他“感到恶心”，随后挂了电话。

跟安娜聊过后，我正在考虑到伦敦办一场“开卷随缘俱乐部”的活动——也许请个作家来做讲座吧，但听众在讲座开始前不会知道来的是哪位作家。我给罗伯特·特威格[*]写了封邮件，他很乐意帮忙。罗伯[†]是威格敦图书节的常客，十天里一般都会住在我家。他是作家，得了很多奖：最有名的作品可能是《愤怒的白睡衣》，他凭借此书获得了“威廉·希尔年度体育类图书奖”[‡]。他是个探险者，也是个冒险家，行事极其有趣，能结识他、跟他做朋友算我三生有幸。他之前和家人住在开罗，2011 年革命[§]爆发后决定搬回英国。他现在住在多赛特。去年九月的图书节期间，我发现艾略特拔掉了我一个台灯的插头，插上了他的 Kindle。这一行为在很多层面上都是冒犯之举，当我向罗伯指出时，他认为最好的复仇方式是给那台 Kindle 下载一本名叫《二鸟在林：拳交之道》。不知道艾略特太太有没有给吓着。

打烊后，卡勒姆和我去喝了一杯，随后我赶去联合超市买了牛奶。迈克在干活，他看起来困得厉害。我问他那只刚做了绝育的流浪猫安顿得如何，他说昨天有个女人跑到超市来骂了他一顿，说他偷了她的猫。她显然已经找了好几个星期了，

---

* Robert Twigger（生于 1962 年），英国作家、探险家。下文提到的 *Angry White Pyjamas* 是他出版于 1998 年的作品。

† “罗伯特”的昵称。

‡ The William Hill Sports Book of the Year，英国一年一度的体育类图书奖项，由博彩公司威廉·希尔赞助。

§ 指 2011 年 1 月下旬至 2 月上旬的埃及骚乱。

因为猫跑丢了。听到她家猫的睾丸已被切除时，她实在不大高兴。

流水：103.99 镑

顾客人数：12

4 月 5 日，星期六

网店订单：3

找到的书：2

妮基还是老样子，晚了十五分钟才来上班。不管她的借口听起来多么荒谬，我知道那些都是事实。今天的说辞是开车时她不小心把正在吃的泡芙（从莫里森超市的垃圾箱里掳获的）掉在了腿上，只好停下来趁巧克力还没化掉赶紧弄干净裙子。我没用她惯用的麦当劳格子马克杯，而是换了只杯子给她泡了茶。她对骨瓷特别讲究，一只普通的瓷杯好像会引起她过分的困扰。她到了没多久，“臭凯里”，就是她那个喷了一身百露 33 的追求者也来了，想要约她一起去参加什么家族聚会。她不肯去。

今天的一个订单里有本叫《狂欢史》的书。

今天，“开卷随缘俱乐部”注册了一位新会员。

上午 11 点，一个块头特大的女人拿来了六箱烹饪书，大部分是关于节食的。我给了她 70 镑。

吃过午饭，我把星期四在格拉斯哥买进的那八箱书搬进店里。我正在书店靠近门口的地方码堆，一个男的（本事倒挺大，恰好站在我每搬进一个箱子来都要说一声“借过”的位置）问我：“这些箱子里是别的书吗？”仿佛发现了一个不可告人的秘密。听到我给予肯定的回答后，他大声狂笑起来，一笑就笑了半天，着实令人难受。

当你每天要跟大量各色人等打交道，你就会开始注意他们的行为模式。其中比较让我感到奇怪的一点是顾客的笑点。我实在不明白那位客人为什么会觉得一个书商往书店里搬几箱书这件事好笑到不可想象。引起哈哈大笑的往往是一点都不有趣的东西，更常见的情况是人们会嗤笑自己无聊的评论或见解。有些时候，笑似乎起的是标点的作用，表示一句话的完结。我以前从坎布里亚郡的一栋宅子里买过一批心理学书，其中有本就叫《笑》*，作者是罗伯特·R. 普罗文。按照他的观点，只有灵长类动物才会笑，“语言有数千种，方言更是有几十万种，但每个人笑起来几乎是相同的”。笑也并不局限于幽默；说话者常常比听话者多笑百分之二十。虽说如此，而且我也明白从人际角度讲，笑是友善的简单表达方式，对顾客们的笑点我还是一头雾水。

下班后我去父母家修理那台“卡机”的 iPad。有个他们的朋友在，我们聊了很久宠物的事。他坦言他从来不会给宠物吃他自己不准备吃的东西。所以他吃过好几次罐头狗粮。

流水：345.87 镑

顾客人数：23

* *Laughter*，美国马里兰州大学教授 Robert R. Provine 出版于 2000 年的作品。

4月7日，星期一

网店订单：6

找到的书：6

有个订单里是企鹅版的约翰·斯坦贝克书信。这书是几个星期前放进网店的，价格5镑。这次在网上却卖了24镑。上架的时候，我们这本自动匹配了网上的最低价，然后那本肯定卖出去了，所以我们这本又重新匹配了第二便宜的价格，也就是24镑。这一般都会带来相反的结果，因为店家之间互使阴招，拉低了网上的书的价格。

拜上周五和上周六没有完成的订单所赐，我们的亚马逊信誉从“好”跌到了“中”。

卖了一本《节食者性交瘦身指南》给一个美国女人。

在整理上星期六一个男的用垃圾袋装来的一些书时，我发现了一根编织而成的维多利亚式书签，上面绣了一句话：“我爱小猫咪”，下面还有一幅猫的图片。

今天店里忙坏了，肯定是学校放假的缘故。下午5点，一个女人来问她丈夫走了没有，我告诉她我既不知道她丈夫是谁，也不知道他长什么样。她悻悻然走了。

收件箱里有封法夫*的克雷尔书店发来的邮件，他家刚刚歇业。他们有12,000册图书待售，说要是我有购买意向的话可以去看看。我婉言谢绝了。同行的库存在整体出售前一般都

---

* Fife，苏格兰的市政会辖区（council area）之一。

被筛过一遍，好货早挑走了。

另一封邮件是一位爱丁堡的藏书家写来的，他有 13,000 册书要卖。我回复说想进一步了解点情况。

流水：239.37 镑

顾客人数：33

4 月 8 日，星期二

网店订单：4

找到的书：4

上午 10 点 15 分，一个女人走进店里，大吼道："得其所哉！书籍！"随后一边像只"神气的鹅"——用果戈理在《死魂灵》里形容松巴科维奇太太的话来说——一边大声问了我一个小时各种问题。果不其然，她啥也没买。

上午 11 点，安德鲁来了，工作到中午。他整理完了犯罪类作品中书名 C 开头的部分。

我泡完茶，正在下楼，这时一个男的从店里摆古玩的桌上拿了一只铜手镯走到柜台前，问道："C'est combien?*"他为什么要说法语我实在搞不懂。他根本不是法国人，他是苏格兰人。

* 法语：这个多少钱？

下午 4 点，艾略特来了，一进门就脱了鞋。没到 5 分钟我已经绊了两跤。

四个顾客就船长胖成了什么样发表了一番评论。

店里今天忙了一天，不过我还是把《死魂灵》读完了。

流水：451.41 镑

顾客人数：33

4 月 9 日，星期三

网店订单：1

找到的书：1

今天妮基难得地准时上班了一回；她有时候会早到十分钟，但通常都迟到十五分钟。来的时候，她手里攥着梳子和牙刷，跑上楼去打扮了一番。下楼来的她和上楼时没有任何区别。我问她干吗急急忙忙的，她回答："开车的时候甭吃剩菜。偏巧遇到路面上有块隆起，菜撒在我袖子上，还淌下了我的乳沟。"

她刚溜出去吃饭，一家美国人就来店里了。祖孙三代。爷爷拿着三本书走到柜台前，把书用力一扔，朝我大喝一声"喂，小伙子"，随后掏出信用卡插向刷卡机，又道："你们这儿能刷卡的对吧？"与此同时，那几个孙辈正在店里乱哄哄地横冲直撞，而他们的父亲则大声训斥着他们。他拿着一套标价100镑的十八世纪四卷本苏格兰史来到柜台前，问关于巴德诺赫[*]的书都放在哪里。我说我们没有为巴德诺赫相关的书专门辟一个地方，他没有气馁，继续告诉我他的家族就是发源于巴德诺赫，仿佛作为家族起源地，那地方比其他地方强似的。他们走后，能明显感觉到店里实实在在安静了下来，不过要说句公道话，那套100镑的书他们还真买走了。恩怨相抵。

时常发生这种情况：你明明已经告诉顾客店里没有他们要找的某本书，他们却还是会坚持对你啰里八嗦说上一大通解释他们为什么要找那本书。这一现象的可能的解释我也想到了几个，但对我最有说服力的要属——这是一种知识上的手淫。他们想让你知道他们在某一方面很懂行，哪怕他们选择来夸夸其谈的内容已经错了，也要无聊地说下去——通常会把嗓门刻意提到不光能让柜台后面的书商听到，也能惊动周围所有人的程度。

费恩、安娜和我在厨房开会，这时艾略特边打电话边闯了进来，说话声音还很响。他非但没有为打扰到我们而道歉，反而一踢脚脱掉鞋子，继续讲电话。最后我们只好去客厅聊，因为我们的声音还不及艾略特当着我们面打电话的音量的一半。

妮基今天过夜。艾略特说他在酒吧请吃晚饭，所以我拉上妮基一起去了。我们喝了好几杯啤酒，随后回了家。妮基一

---

* Badenoch，现在同斯特拉斯贝（Strathspey）一起组成苏格兰海兰市政会（The Highland Council）管辖的一个区域。

头栽上了那张给节庆用的床，我和艾略特则在二楼闲聊，所处的位置就比她头顶高几英尺。

流水：537 镑

顾客人数：24

4 月 10 日，星期四

网店订单：3

找到的书：3

艾略特是上午 7 点 30 分走的，走之前，他又是洗漱又是喝茶又是打包行李，跺脚声踏步声碰撞声交相呼应，7 点钟就把我吵醒了。没过多久，我听到楼下的妮基起来了，一边抱怨艾略特太吵，一边自己做着跟他一模一样的事情。

妮基建议我们做一点小招贴画，请顾客读一段他们最喜欢的书里的段落并在店里录制成影像，我勉强同意了，随后逼迫卡罗尔-安来了一段。妮基从童书区里为她选了一本目标群体是十一岁孩童的书。她看起来深受冒犯，不过还是读了几句。

流水：424 镑

顾客人数：31

4 月 11 日，星期五

网店订单：3

找到的书：3

“老饕星期五”。今天，妮基带来了两只从垃圾箱里找到的蛋挞。开车时，她不小心坐在了其中一只上面。

上午 11 点，我泡了杯茶正下楼呢，一个穿着短袜和凉鞋的顾客突然走到我跟前，说道：“我想跟你聊聊你那本《公交车售票员海因斯》* 的价格。标价是 65 镑。肯定弄错了。”于是我上网查了查，我们这本确实是在售的带有护封的初版中最便宜的。他咂了咂嘴，最后拿了本标价 2.50 镑的平装版本来柜台结账。上星期，在伊恩·M. 班克斯 † 的《费尔萨姆·恩德吉恩》这本书上也发生了同样的事。

午饭时我无意间听到一群二十出头的顾客在讨论我的书店。其中一个说“这是她到过的‘最酷’的书店”。她可能说的是温度吧。‡

关上书店后门的时候，我看到小池塘里漂着几大团蛙卵。

流水：182.49 镑

顾客人数：19

---

* 苏格兰作家凯尔曼（James Kelman，生于 1946）出版于 1984 年的小说。

† Iain M. Banks（1954—2013），英国作家，生于苏格兰。“伊恩 · M. 班克斯”是他写作科幻小说时的笔名，而写作主流小说时则直接用“伊恩 · 班克斯”。*Feersum Endjinn* 是其出版于 1994 年的科幻小说。

‡ “Cool”的意思既可以是“酷”也可以是“凉”。

4 月 12 日，星期六

网店订单：4

找到的书：2

妮基来了，都一年的这个时节了，还一如既往穿着那身滑雪服。她看起来更像是在一个辛勤的肉商的冷库里而不是在书店里工作的。今天早上，她告诉我她实在没心情在皇家邮政的系统上处理订单了，我可以星期一自己来做。在这种事情上，我已经放弃同她斗争了。以前我叫她做事的时候，她总是满腔热情地点头答应，然后完全不顾我是怎么关照的，只管做自己想做的。不过，她为人可靠，也勤劳，而且特别有趣。她热爱这家书店，尽其所能提升库存的质量，让生意更好地运转。只是有一点稍稍不幸：关于上述几方面的理解我们存在分歧。

今天的东风挺冷，所以上午 10 点钟，我生了火。顾客很多。穿过书店把新书上架的时候，我看到三个小男孩在给节日准备的那张床上安静地读书。我一般不鼓励顾客坐到那张床上，主要是因为上去的通常是小孩子，他们会把它当成游戏场所，弄得一团乱，事后我还得爬上床整理干净。入口拦了根绳子，这几个小男孩准是从下面钻进去的。他们坐在那儿，全神贯注地静静读书，我得要生就一副铁石心肠才能开口赶他们走吧。

今天晚上，开读《第三个警察》[*]。这本书是前女友送的，好多年了，一直没空读。

流水：479.97 镑

顾客人数：36

4 月 14 日，星期一

网店订单：3

找到的书：2

今天收官的顾客是一个年轻的意大利姑娘。她买了一套两卷本的薄伽丘《十日谈》，出版年份 1679，在架子上放了起码有十年了。这两本书得自新卡姆诺克[†]一家接近废弃的意大利餐馆楼上的一套公寓，是那儿唯一一件像样的东西。房子原本属于一位老太太，她过世几个月后她的其中一个遗产执行人请我们去清理她的书。

那是 2003 年 1 月一个漆黑、雨雪交加的夜晚，书店打烊后我驱车赶往那儿，见到了那位承担着吃力不讨好的工作——处置公寓内遗留物件——的女人。屋里破旧不堪；屋顶严重漏水，花墙纸已然剥落，天花板木板条裸露在外，石膏满是裂纹，被蛛网覆盖的电线上荡着几只没有灯罩的灯泡。看起来那里的

---

* 爱尔兰作家弗兰·奥布莱恩（Flann O' Brien，1911—1966）的代表作品。

† New Cumnock，苏格兰东艾尔郡的一个市镇。

一切已经好多年无人清理了。看起来，住在屋子里的是个老处女；床上用品都是粉色的，上面落满了猫毛。书大概有两千册，统统受了潮，而且粘了一层猫毛——除了这套《十日谈》——每一本都是“图书俱乐部”版，这个版本的书多数书商都会不惜一切代价避开（几乎没有市场）。当我在那堆潮湿的垃圾里寻找值得我跑这么一趟的东西时，接待我们的女人说房子最后的主人是个 1920 年代移居苏格兰的意大利人的独生女。那意大利人与一个苏格兰女人相识、结婚，夫妇俩利用这套公寓楼下一处空置的房产开了咖啡馆。它很快就成为了镇上最热闹的地方，人来人往，生意兴隆。

遗产执行人看到了一个沾满灰尘的五斗橱，在上面的一只抽屉里取出了一本泛黄的相簿，其中保存着几百张鼎盛时期咖啡馆的旧照片——店里坐满了笑吟吟的顾客，没有一张桌子是空的，人们翩翩起舞。当那位意大利人在 1970 年代过世时（他妻子已于几年前先他而去），他把生意托付给了唯一的孩子，可世事变迁，咖啡馆渐渐门庭冷落，最终倒闭了。楼下的大玻璃窗被钉上了木板，曾经人声鼎沸的店堂寂静得犹如坟冢，只能听见雨水流下屋顶和滴落在地板上的声音。曾几何时，那个意大利青年与他的苏格兰妻子在此地安家落户，他的生意兴旺发达，拥有一个年幼的女儿，他勇于背井离乡，学习另一种语言，开创一番事业，开始崭新的人生，对未来充满信心的他不会料到命运会给他的梦想写下这样的悲惨结局。我很确定这套两卷本《十日谈》是他从意大利带来的寥寥几件个人物品之一；我不知道从这套书由他的家族成员世代相传到最终在新卡姆诺克的一套潮湿的公寓里断了继承者，其间过了多少个春秋。不过今天，这两本书在买下它们的那个姑娘手里获得了新生，而谁知道接下来的几百年又有什么样的故事在等待着它们呢？

流水：248.28 镑

顾客人数：21

4 月 15 日，星期二

网店订单：3

找到的书：2

桑迪，就是那个“文身控异教徒”，顺道过来看了看他的手杖是否需要补货。至少有一个月一根也没有卖出去过了。

市政会打来电话，说安德鲁今后不来了，因为他觉得在书店工作太累。我开始有点喜欢他了。

下午 4 点 20 分，迪肯先生来订了一本詹妮·阿格罗的《赌徒》*，这书我今天早些时候恰好刚上架。他非常开心——应该是他允许自己在外人面前表现出的极限了吧。

流水：179.99 镑

顾客人数：12

---

* Jenny Uglow（生于 1947 年）是英国历史学家、传记作家和出版人。《赌徒》一书出版于 2010 年，是关于查理二世与王政复辟的著作，全名作 *The Gambling Man: Charles II and the Restoration*。

4 月 16 日，星期三

网店订单：5

找到的书：5

今天早上，两个姜黄色头发、非常可爱的姑娘来到店里，问这里是不是船长的书店。她们准是当地人，也可能是书店在脸书上的粉丝。看来船长的声名比我想象中传播更广。我们正在聊天说最近船长胖成了什么样的时候，一个穿着超级紧绷的短裤衩的男人来到柜台前，买了一本《壁炉的成功之道》。

吃过午饭不久，一个年龄与我相仿的男人来到店里，脚一踢脱掉鞋子，把它们留在门边。说起来我可能没资格批评他；夏天我常常光着脚在这儿走来走去，不过我不敢说到了别人店里我还会这么做。

流水：340.35 镑

顾客人数：35

4 月 17 日，星期四

网店订单：3

找到的书：3

妮基来了。她穿上了夏天的衣服，那身滑雪衫终于收进了冬装的衣橱里，再见天日得到十一月了。她今天的行头包括：一条荨麻纤维材质的长裙，一件自己做的佩斯利涡旋纹花呢衬衫和与之搭配的棕色束腰外套（也是自己做的）。要是哪部低预算的《罗宾汉传奇》要招募临时演员，她一准能通过面试。

今天有个订单里是一本维多利亚时代早期的"家庭幸福指南"，书名叫《女性指导》。在今天的语境下，这本书读起来就像一部家庭施虐指南。

下午，有位顾客问能不能拍他朗读最喜爱的书的片段，于是我支起三脚架，让他坐在炉火旁。他读得很优美，用抒情诗一般的威尔士口音读了《寒冷舒适的农庄》* 中的段落。录完后我跟他和他太太聊天，问他们来这边干吗。她告诉我他们正在去往拉恩† 的路上，我脱口而出："去那儿做什么？那地方一塌糊涂。"结果他们就住在拉恩。

流水：319.70 镑

顾客人数：30

---

* *Cold Comfort Farm*，英国作家斯特拉 · 吉本斯（Stella Gibbons，1902—1989）出版于 1932 年的幽默小说。

† Larne，北爱尔兰安特里姆郡（County Antrim）东海岸的一个海港小城。

4 月 18 日，星期五

网店订单：5

找到的书：5

美好的星期五。

今天凯蒂当班，因为妮基去忙耶和华见证人的事了。凯蒂是个医学院学生，这几年的夏天都会来店里打工，不管在什么方面都不太尊重我。她是小时候和她妈妈和姊妹从牛津搬来这里的。

一位客人走到柜台前，说："我在小说类的 W 部分找了一圈，却找不到瑞德·哈葛德*的书。"我建议他去 H 部分里找找看。

流水：197.89 镑

顾客人数：18

4 月 19 日，星期六

网店订单：3

找到的书：3

今天还是凯蒂来给妮基代班。我叫她打包"开卷随缘俱

* 当是指 Sir Henry Rider Haggard（1856—1925），英国小说家，代表作有非洲冒险小说《所罗门王的宝藏》（*King Solomon's Mines*）等。

乐部”的书（现在有 163 位会员），处理皇家邮政的资费账单。我去了趟邮局，问维尔玛能不能让邮递员来取件，她说星期二可以来（复活节星期一*邮局放假）。

书店快要打烊的时候，菲利普斯太太打来电话（“我九十三岁了，失明了，你知道的”），她记不得盖斯凯尔夫人†第一部小说的名字了，问我能不能告诉她。

流水：250.49 镑

顾客人数：17

4 月 21 日，星期一

网店订单：3

找到的书：2

今天的第一个客人拿着一本包了气泡膜和棉纸的书来到店里。是部拉丁语神学著作，出版于 1716 年。他请我估个价，听到我说 40 镑应该是合理的价位，他立即义愤填膺道，邦瀚斯拍卖行的估价是 50 镑。

今天有个订单里是本叫《液体黄金：用尿液培养植物的

* 即复活节星期日（Easter Sunday）后的第一天。

† Elizabeth Cleghorn Gaskell（1810—1865），英国小说家。她的第一部长篇小说是《玛丽·巴顿》（*Mary Barton*）。

知识与原理》的书。

流水：162.43 镑

顾客人数：18

4 月 22 日，星期二

网店订单：3

找到的书：3

上午 11 点，有人打电话来问："你们在店里读书的活动是怎么个弄法？"又详细聊了几句后才知道，他是个写奇幻小说的，想到我们店里来读他的新作。那本书写的是美人鱼——"以大海为故事背景"。很难想象除此还能以什么为故事背景。

下午 2 点，一个顾客拿着一本 1920 年代出版的写如何钓鲑鱼的漂亮插图书来到柜台前，书他是从放园艺类作品的那间屋子里拿的。没有标价。他问书多少钱，我——自我感觉很慷慨——答道："2.50 镑给您吧。"他转身就走，嘴里还在咕哝着"亚马逊上肯定便宜"。于是我立刻上网查了查这本书，亚马逊上最便宜一本卖 22 镑。现在我店里这本标价 12 镑，不过我觉得他未必会回来。

我正要打烊，一个住在莫弗特[*]的女人打来电话，说手上有批法律类的书想卖掉。这类书我往往不收，因为销不动，不过你永远不会知道从一堆书里能淘到什么宝贝，所以我跟她说定，星期六去看一眼。

下午 4 点 30 分，邮递员来取走了要寄给“开卷随缘俱乐部”会员的七袋包裹。

流水：286.49 镑

顾客人数：22

4 月 23 日，星期三

网店订单：2

找到的书：2

一个身上散发着三氯苯酚气味的男子是今天开门第一个钟头里的唯一一位客人，当时我正在上新货。此君仿佛有特异功能，不管我要上什么类别的书，不管相关的书架在哪个位置，只要我要去某个书架前干活，他就能准确挡住道。

流水：233.48 镑

顾客人数：19

---

* Moffat，原先是苏格兰邓弗里斯和盖勒韦下面的一个自治市。

4 月 24 日，星期四

网店订单：3

找到的书：3

妮基今天来上班了，这样她明天就能请假了。她决定在店里吃早饭而不是在车里。通常情况下，她会在上班路上一边开车一边狼吞虎咽，结果不外乎大部分食物撒了出来，把她的麻布裙子和罗宾汉外套弄得一塌糊涂。

一个上了年纪的顾客对我说她的读书俱乐部接下来要读《德拉库拉》*，但她不记得作者写的是什么了。

我发现老妈拿来的三个万圣节巧克力蛋中有两个不见了。

流水：160.70 镑

顾客人数：14

4 月 25 日，星期五

网店订单：3

找到的书：3

妮基今天不在，所以来自莫里森超市垃圾箱的那些令人

* 爱尔兰作家斯托克（Bram Stoker，1847—1912）的哥特鬼怪小说代表作。这位顾客似乎把“德拉库拉”记成作者的名字了。

作呕的美味佳肴也不会出现在店里了。

午饭过后，一位顾客抱着四箱书来到店里："这些书准对你胃口，都是畅销货。"我挑了几本，说可以付给他 5 镑。他大惊失色，说他宁可把书给慈善商店，那边的人——他满怀信心地向我断言——"懂得欣赏品质"。

出版业中的现象级畅销书到了二手书行业里似乎无法复制其辉煌。肯为畅销书这一概念买单的人总是会买最当红的新书，而不太会去买已经退潮的旧作。可能也因为丹·布朗和汤姆·克兰西的书在全世界印行了不计其数，对于书商和藏家而言，它们永远不会成为身价倍增的稀缺品。新书市场上的畅销书恰恰是旧书市场上的滞销书。来书店的客人常常不明白这一点，还以为他们的初版《哈利·波特与死亡圣器》很值钱，其实这本书的印数高达 1200 万。随着一位作家获得成功，名声渐长，他或她的作品的印数也会一部比一部高。所以一本初版《皇家赌场》（印数只有 4,728 册）要比一版一印达 82,000 册的《金枪客》昂贵许多。*

流水：243.40 镑

顾客人数：20

---

* *Casino Royale* 和 *The Man with the Golden Gun* 都属于英国小说家伊恩·弗莱明（Ian Fleming，1908—1964）创作的"詹姆斯·邦德"系列小说。前者初版于 1953 年，是著名珍本，市价高昂。

4 月 26 日，星期六

网店订单：3

找到的书：2

今天妮基上班。我问她是否知道有谁动过柜台后面的那只装了我妈给的三个复活节巧克力蛋的盒子。她起初矢口否认说完全不知道，随后告诉我“有个小孩儿在店里的地毯上摔了一跤，哭鼻子了”，所以她把巧克力给了他。我问她她有没有吃，她答道：“大概就吃了一点点。”那个哭鼻子的小孩儿显然就是她。最后她承认都是她吃的，还说：“我也不知道为啥要吃。我根本就不爱吃巧克力蛋。”

上午 10 点，一个顾客出现在柜台前，问：“童书在哪里？”我指了指放童书的区域，说：“穿过那扇门就到了。”那位顾客跟我所指的方向来了个 180 度大转弯，手指朝她几秒钟前——是真的几秒钟——穿过它跨进店里的那扇门一戳，说：“啥，那扇门吗？”

吃过午饭，我开车前往莫弗特，去看一看一家几年前已歇业的律师事务所的藏书。大约有四十箱。大部分都没啥意思，所以我就要了治安法庭相关的大约 150 册，那些书都有着法律类书籍的标准装帧，煞是美观。我准备挂在 eBay 上整批卖。以前，这种装帧的书能卖 300 镑一码，所以我还挺想看看这些书能卖出什么价。它们叠在一起足有 7 码高呢。

回到店里我闻到一股异味，绝对是“臭凯里”身上的味道，不过可惜我来迟了几分钟，没碰上他。

流水：269.99 镑

顾客人数：24

4 月 28 日，星期一

网店订单：4

找到的书：4

开门不久就接到一个电话，来电的是位从网上在我这订了本书的顾客。书是星期六送到的，但收到后有五页破损，她不太满意："我害怕带有破损页的书，看了就起鸡皮疙瘩。能退吗？"我不情愿地同意她退货，我退款。

下午 4 点半，一个留八字须戴棒球帽的家伙问我："你们该不是卖书的吧？"随后纵声大笑起来。

流水：92.96 镑

顾客人数：13

4 月 29 日，星期二

网店订单：3

找到的书：2

三月份造访过书店的那个马耳他女人（当时她抱怨马耳他没有二手书店来着）上门来自我介绍。她名叫屈赛，是 RSPB* 的代理人，上次光临其实是为了在“鱼鹰屋”里做一个专访。过去六年里，有一对鱼鹰每年都会回到它们筑在离威格敦不远的巢里；RSPB 在郡大楼里设了连接鹰巢的视频直播设备。她今年夏天会在这边工作，不过究竟要干些什么还是个需要思量的问题，因为今年那对鱼鹰还没影儿呢。

三个客人一边进门一边抱怨他们在店里啥也看不见，因为外头很亮，他们的眼睛还没适应。我可不是难得听到这种怨言，他们的口气就好像我得为虹膜不由自主的生理反应全权负责。

趁着下午清净，读完了《第三个警察》。

流水：121.98 镑

顾客人数：12

* Royal Society for the Protection of Birds（英国皇家鸟类保护协会）的缩写。

4 月 30 日，星期三

网店订单：0

找到的书：0

今天凯蒂当班。她花了大半天把新到的书标好价，再上架。

最后一次生了店里的火炉，下一回要等秋天了。五月到十月，店里够暖和，没必要生火。而且五月里会有雨燕、金丝燕和毛脚燕来，毛脚燕会在柴火堆里筑巢。鸟儿开始孵卵了我就不想打扰它们了。

一早上没订单，这通常来说是“季风”出了问题，于是我给他们写了邮件，希望他们能赶紧修好。

一个客人拿着一堆关于缅甸的书来卖：大概五十种。我开价 85 镑，他拒绝了。

午饭后我开车去邓弗里斯火车站接安娜——她回来是为了参加春季的节庆，威格敦的活动她一场也不想错过。看她那样殷勤地照顾船长，有时候我真怀疑她对猫咪和对我的思念其实差不多。

刚从邓弗里斯回来，就有位顾客问我们店里有没有老的《苏格兰人杂志》*。听到否定的回答，不知为何他觉得这是我在示意他告诉我——详详细细地——他在找哪几期和个中缘由。

---

* *The Scots Magazine*，1739 年创刊，中间虽然几度中断，但始终能够复刊。现为世界上仍在出版的历史最悠久的杂志之一。

打烊之前我看了看收件箱，发现罗伯·特威格来了信，说他明天到访。

流水：147.50 镑

顾客人数：14

五月

> 说男性不读小说倒不尽然，不过某些类型的虚构作品他们确实会完全避开。粗略来说，“一般的”小说——书写家长里短、人物善恶分明、充满高尔斯华绥[*]笔下那种注水段落的标准英国小说——似乎专为女性而存在。男性要么读那些值得尊敬的小说，要么读侦探故事。
>
> 乔治·奥威尔，《书店回忆》

虽然电视连续剧《福尔赛世家》大获成功，奥威尔说的“充满高尔斯华绥笔下那种注水段落”的书已彻底被今天的读者所忽视，而杰弗里·法诺尔、丹尼斯·惠特利、沃里克·迪平、O.道格拉斯、奥切[†]的作品——在作者当红的岁月里，曾为大众疯狂追读——如今已沦为灰尘与虫蝇的歇脚地。至于女性是小说更大的受众这点，奥威尔的性别成见在今天依然基本准确，不过他说只有男性“读那些值得尊敬的小说”，以当下的标准衡量的话就——至少有点不合时宜。按照他的说法，我的口味应

---

* John Galsworthy（1867—1933），英国小说家和剧作家，1932 年诺贝尔文学奖得主。

† Jeffery Farnol（1878—1952），Dennis Wheatley（1897—1977），Warwick Deeping（1877—1950），O. Douglas（1877—1948），Baroness Orczy（1865—1947），这几位都是作品被认为比较“过气”的英国作家。

该算异乎寻常了：我偏爱小说（但不是侦探小说）。大部分非虚构类作品，除非写的是个人酷爱的主题（比如盖勒韦——我最近在读戴恩·勒弗的《盖勒韦高地》），就我看来似乎挺难读的，但一部优秀小说依靠白纸黑字让你进入另一个世界的强大能力独一无二。

总的来说（至少在我店里），购买小说的多是女性，而男性除了非虚构类作品很少购买其他书——几年前，作家伊恩·麦克尤恩在伦敦做过一个完全不科学的实验，证实了这一趋势。他决定在午饭时间免费派发他的某本书。流露感谢之情的几乎全是女的，一脸狐疑的差不多都是男的。于是麦克尤恩在《卫报》上得出结论："要是女性不读书了，小说就完蛋了。"——这种情绪，奥威尔也许在一定程度上会有共鸣。顾客会买什么书固然很难预测，不过进门后直奔铁路类书籍的男性着实多得惊人。

威格敦图书节（九月末举办，历时十余天）期间，确定能吸引最多观众的场次往往是非虚构类作品的活动。诗歌则好像几乎吸引不到观众——书店的销售也反映了这一可悲的事实。诗歌对每日营业额的贡献极少。希尼、休斯、奥登、艾略特、麦克德米德、温迪·科普*还有寥寥几位诗人的作品尚能缓慢地卖掉一些，但丁尼生们、柯珀们、勃朗宁们和洛厄尔们只好了无生气地端坐在书架上，偶尔才有某位好奇的顾客伸出手来打扰它们。这些书是诗歌中的化石，或许有朝一日会被文学古生物学家从地下挖掘出来，拂去尘土吧。

---

* 分别指 Seamus Heaney（1939—2013），Ted Hughes（1930—1998），W. H. Auden（1907—1973），T. S. Eliot（1888—1965），Hugh MacDiarmid（1892—1978），Wendy Cope（生于 1945 年）。

5 月 1 日，星期四

网店订单：0

找到的书：0

今天还是没有订单，“季风”也没有回音。

来上班时，妮基穿着她的中世纪粗布外衣和一条黄裤子。那裤子的颜色就像曝光在超高强度辐射下的蛋黄。她号称要把自己的面包车变成一家移动 DIY 商店，以此补贴收入。午休时她走开了，等再出现时手里拿着一颗很大的真菌，说是从威格敦山山脚下的“殉道者之桩”附近摘的，那地方就离城里住得最远的一户人家几百码。她一口咬定这东西可以吃，堪称“林中鸡肉”。她花了老半天试图说服我尝一点。我唯一确定的是她想要害死我。

“季风”终于回复了我的邮件，通过远程登录我们的系统，修好了阻止订单生成的故障。

下午两三点，当我正在和妮基就进化问题激辩时（我们刚吵到说出那句经典的“也许你是猴子，但我不是”的阶段），迪肯先生来了。他显然还没读完就弄丢了之前买的那本《赌徒》，所以想再买一本。他一走，关于进化的辩论随即波澜再起。

流水：99.50 镑

顾客人数：10

5 月 2 日，星期五

网店订单：3

找到的书：3

妮基今天又在店里。开门时我发现特威格背着包站在门外。昨晚睡觉前我忘记给他留门了。他在花园里睡了一宿。我向他道歉，他回答道："没关系的，兄弟。我喜欢睡外面。"

今天是威格敦春季图书节的第一天。所谓春季图书节，就是威格敦书商联盟组织的一系列活动。没多少邀请演说来宾或用以宣传的预算，它注定是个小规模活动，带来的客流量连如今预算已逼近 40 万镑的九月节庆的零头都赶不上。春季的活动办在我们付得起费用的商店和小场地里，来的通常是当地人。

妮基又去山脚那边采了些"林中鸡肉"。她在厨房里把它们煎熟了。特威格准备开一个局，赌她能不能活到明天。

为了给在二楼客厅里举办的"威士忌晚宴"做准备，今天安娜和我花了很多时间搬里面的家具。售出十六张门票了。晚餐由玛丽亚承办，她是个澳大利亚女人，几年前和她丈夫孩子搬来了此地。她丈夫是老师，她则承办酒席。她为人很热情。不管一个东西到底好不好，在她嘴里都是"超赞"。这顿饭很棒，威士忌也很棒，我们都喝多了。

妮基在节日床位上过了夜，保证说早上她会开门，我可以放心睡懒觉。

流水：182.49 镑

顾客人数：13

5 月 3 日，星期六

网店订单：4

找到的书：4

上午 8 点 30 分，楼下毫无动静，于是我下楼开了店门。妮基还在呼呼大睡。昨晚喝了那么多威士忌，今天早上特威格、妮基和我都头昏脑涨。

吃过午饭，我开车载着安娜去邓弗里斯接她朋友洛拉。洛拉是搞电影的，跟安娜一样，也是个生活在伦敦的美国人。她瘦瘦的，黑头发，说话很风趣。安娜把她介绍给了她朋友黛安娜，后者也是个移居伦敦的美国人，而且也从事电影行业。黛安娜和洛拉成立了一家制片公司，一心想把安娜的书改编成故事片。回家路上，我们在特里维城堡歇了歇脚。城堡建在迪河中央的一座岛屿上，我们坐了一艘带舷外发动机的小船上岛。它是一代代“黑道格拉斯伯爵”的府邸，十四世纪时由一位喜欢被称作“盖勒韦勋爵无情的阿切博尔德”的人兴建。* 那是一座威武的要塞，一看就是为此目的特意设计的，并不是要用来享受居家之乐。

我们到家时，我妹夫阿历克斯已经到了。他来为 6 点钟的一场关于开办新威士忌酒厂的讲话做准备。他在一家名叫阿德尔菲的公司上班。公司刚起步的时候，他们的策略是从酒厂买进一桶桶上好的麦芽酒，然后装瓶、贴上自己的品牌出售。

---

* 道格拉斯家族是苏格兰低地贵族，“黑道格拉斯”（Black Douglas）是其中一支家系。“无情的阿切博尔德”（Archibald the Grim，1325—1400）是第三代道格拉斯伯爵。

但现在老板觉得应该出品自己的威士忌，所以他们在不列颠大陆最西端的阿德纳默亨建了个酒厂。作为一个看上去颇羞涩的人，阿历克斯的讲话非常棒了。事实上，不管以什么标准衡量，他说得都极好，而他频频慷慨赠送的威士忌样品更是让其言辞生色不少。

流水：418.57 镑

顾客人数：28

5 月 4 日，星期日

网店订单：3

找到的书：2

上午 11 点我想开店（特威格中午要在楼上演讲），却发现锁卡住了，门打不开，于是我们赶紧做了些标识，让来的人走边门，随后我开车去纽顿 · 斯图尔特买了把替换用的插锁。下午我花了好久试着在不弄坏门的前提下打开它，好把锁换上去。今天算不上是“春季图书节”里最专业、最有成绩的一天，不过特威格的演讲精彩纷呈，人气也很旺。安娜介绍他出场，感谢了他。

趁着春光和煦，安娜和洛拉去镇上逛了逛。安娜就像个兴奋过头的导游，显然很乐意带洛拉游览威格敦各处她钟爱的地方。安娜已然拥抱了威格敦的生活，跟远比我预料中多的人交上了朋友，这得益于她完全不知害羞为何物的好性格。她最喜欢的一位当地居民是个成天骑一辆牌照上写有他名字“吉比”的摩托车风驰电掣的男人。两年前他过世了，安娜悲痛欲绝。她彻底融入了这个社区——跟威格敦的大部人一样——穿个马路都可能会花上二十分钟，取决于你在半道上撞见了谁。

开始读特威格的书《愤怒的白睡衣》。我认识他有些年头了，这书却从来没有翻开过。

流水：128.50 镑

顾客人数：13

5 月 5 日，星期一

网店订单：2

找到的书：2

法定假日。

妮基今天上班，所以安娜和我可以陪洛拉玩。我们在玛吉家吃了饭，随后我们仨（安娜、洛拉和我）做了晚餐吃的羊腿，招待十个朋友。玛吉是位剑桥的老师，几年前在威格敦买了栋房子。她是荷兰人，两个女儿都是各自科研领域的领军人物。女儿小时候，她住在盖勒韦，后来搬去了剑桥。她这次回来，部分是因为安娜的书。玛吉是威格敦一宝：充满智慧、有趣、不拘礼、宽宏大量。

午饭时，屈赛来了一趟，说午休时看到了几只燕子。春天来了。

上午 10 点，特威格走了，直接回了多赛特。

晚上又睡得很迟，靠红葡萄酒和上星期六阿历克斯演讲会上剩的威士忌提神醒脑。

流水：106.99 镑

顾客人数：13

5 月 6 日，星期二

网店订单：3

找到的书：3

今天诺里代班，因为妮基星期二要去挨家挨户宣讲耶稣事迹。我开车去了邓弗里斯——安娜和洛拉想去拍卖会。安娜买走了两箱垃圾，这是她通常的战利品。我跟那个潜艇乘员安格斯聊了很久，说“帽子戴夫”今天显然没到场，他原本是每次必来的。我们脑洞大开，猜测他出了什么事。我们仨一整天都在镇上吃吃逛逛，还去卡尔拉沃洛克城堡*玩了一圈。我在下午 5 点把洛拉送去了火车站，然后回家。

* Caerlaverock Castle，位于苏格兰南海岸。

收到了司空见惯的账单和催款单，迪肯先生的书也一道来了。

流水：120.50 镑

顾客人数：13

5 月 7 日，星期三

网店订单：8

找到的书：7

午饭时候，我给迪肯先生的电话留了言，说他随时可以来取书。

流水：140.01 镑

顾客人数：18

5 月 8 日，星期四

网店订单：4

找到的书：4

一位友善、健谈的客人说他要处理他叔叔的航海类藏书，书都放在他格拉斯哥西区的公寓里。我下个星期去看看。

下午 3 点，迪肯先生来取书了。他离开的时候，我发现他左脚没穿鞋子。

流水：180.83 镑

顾客人数：19

5 月 9 日，星期五

网店订单：2

找到的书：2

今天早上开店时，有个客人抱着两箱书等在门口。都是企鹅版，大部分是绿皮犯罪小说，目前为止最好卖的品种。在我花了 60 镑买下它们的十分钟后，妮基出现了，问我这些书花了多少钱。我让她猜，她草草一翻，说 20 镑。

这周“老饕星期五”的美食是一块从莫里森超市垃圾箱里搞来的吉卜林先生牌巴腾堡蛋糕。一整天我们都在给那些企鹅版平装书标价、上架，争论在店里卖书时应该多大程度上参考亚马逊的售价。妮基完全赞成要比亚马逊便宜，但我相信大部分顾客理解我们的定价不可能总是比亚马逊最低价低，因为有运营成本。

流水：192 镑

顾客人数：14

5 月 10 日，星期六

网店订单：6

找到的书：6

池塘里的蛙卵几乎都不见了，取而代之的是几百只小蝌蚪。

流水：170.70 镑

顾客人数：14

5 月 12 日，星期一

网店订单：5

找到的书：3

午饭后有个身穿连帽防风雨衣、说话口齿不清的男人上来搭话。他走到柜台我坐着的那一侧，脸凑过来，距离近得叫人不爽，问道："嗨，你们专营什么东西？"我回答："书啊。"我得承认，这是句蠢话。不出所料，他没有打退堂鼓，又说道："别跟我耍滑头。"我接着之前那句蠢话不知所谓地答道："干吗不呢？"不用说，聊到最后我俩都没有好话了。事实上，他实在太烦人，我只好动用老板的权力，派妮基跟他打交道。

流水：84.50 镑

顾客人数：14

5 月 13 日，星期二

网店订单：5

找到的书：5

我们在 AbeBooks 上的网店肯定出了问题，因为今天的所有订单都来自亚马逊，于是我查了查我们在那儿的线上库存，发现总数从一万册掉到了 450 册。给他们发了邮件问问是怎么回事。粗略一算，没了 AbeBooks 上的销售，损失大概在每星期 100 镑。要卖比较值钱的书，AbeBooks 是最好的地方。我们在他们网站上的售书均价是 30 镑，约等于亚马逊上六本的价格，所以虽然在 AbeBooks 上卖的数量不多，但相对于亚马逊来说，其价值是很可观的。

两对燕子开始筑巢了，一对在书店和隔壁人家中间的过道里，另一对在柴火堆里。

中午，一个客人把他汪汪乱叫的小猎狗拴在店门口的一张长椅上，自己和他太太进店看书了。一小时过去，那条狗还在叫个不停。他们啥也没买。他们走了没多久，一个左眼上用胶布绑着一只蛋杯似的东西的男人问我有没有讲"数字命理学"的书。我只好请教他什么叫"数字命理学"。

流水：107.99 镑

顾客人数：12

5 月 14 日，星期三

网店订单：3

找到的书：2

上午 11 点，一位顾客拿了一堆给他先生买的铁路类书来柜台付账。她一边付钱，一边告诫我："千万别跟铁路员工结婚。"说得好像这是我会认真考虑的问题一样。

今天早上，收件箱里来了这样一封信：

亲爱的苏格兰最负盛名书店的店主，

见信好！

我是个写奇幻和超自然小说的独立作者，目前有三本电子书行世。另有一部最新发行的中篇小说，以我最喜欢的地方——海洋——为背景。是的，我是那类相信美人鱼——或者用我喜爱的称呼，"阿斯佩里尼"[*]——存在的人中的一分子。这部中篇，《白皇后》，是小型系列小说"无尽的潮水之外"的第一部。小说写的是当许多阿斯佩里尼披巾[†]（原文如此）明白世界上的海洋生物，不论大小，都将因为浮游生物的数量减少而即将灭绝时，她们为了一个安稳的未来而抗争的故事。其中许多披巾相信关于她们生存的关键一点就是要彻底放弃海

* 原文作 asperini。

† 原文作 asperini shawls。

洋，去陆地上与人类——或者用她们对人类的称呼，诺扎斯[*]——一起生活。达成这点的唯一办法是同诺扎斯交媾，自己也变成诺扎斯。不是所有的阿斯佩里尼都这么认为，比如莫格就一心想寻找其他办法。

莫格被迫同一个诺扎斯交媾，幸好得到她父亲的一位朋友相助，逃脱了。她知道其他阿斯佩里尼身在何处，很快去找到了她们，但她不确定她们对与诺扎斯交媾的想法。有个家庭接纳了她，这令她很开心，但当她的老披巾出现时，她就只剩下逃走一条路了。在与这个家庭的男青年私奔前，她听说有条名叫“白皇后”的美人鱼（黎格弗[†]）可以看见遥远的未来，或许她能成为挽救阿斯佩里尼命运的关键。莫格和伊索斯一路向南找寻传说中的黎格弗。

故事暂且说到这儿，如果想知道更多，请随便问。

今天给你写邮件是因为我很有兴趣在你那儿做一场诵读会，也给我的书计划了巡回宣传活动。我 2014 年 9 月 19 日星期五会到你那边去，到时有可能安排活动吗？我知道定这个日期的话这封邮件是否发太迟了[‡]，所以烦请告知哪天您最方便。如果您愿意提携我这样的无名作者的[§]，这是理所应当的。

我会自带诵读会后要签售的书，当然了，您若是

---

* 原文作 nghozas。

† 原文作 ligphur。

‡ 原文不通。这位“作家”不仅生造了一些词，而且写信不时有语法错误。

§ “作者的”原文作 author’s，本该用 author 才对。

想给店里进点货，我也会为您准备一些，按照较低的定价给予35%的折扣，包退包换。我的书的亚马逊Createspace版[*]售价是4.99镑，FeedARead版售价是5.99镑，这个页数的书，他们不允许我卖得更便宜了。

期待与你见面，

祝好

“文身控异教徒”桑迪拿三根手杖来换了三本书。

流水：324.47镑

顾客人数：29

5月15日，星期四

网店订单：2

找到的书：2

今天阳光明媚，暖洋洋的。

《观察者丛书的观察者之书》——观察者丛书[†]的书目提要——的作者来抱怨说我们店里的观察者丛书质量不如从前

* Createspace和后文中的FeedARead都是定制按需印刷出版物的品牌。

† “观察者丛书”（The Observer’s Books）指的是Frederick Warne & Co.在1937年至2003年间出版的一系列口袋本图书，主题丰富（艺术、历史、野生动植物等），总数超过800种，是有些藏书者倾其一生收藏的一套书。

了。我大致数了数，我们大概有 150 种。

今天妮基当班，所以我可以开车去邓弗里斯送安娜坐火车回伦敦。我们半路歇了歇脚，在盖特豪斯的“盖勒韦小舍”同卡罗尔-安和拉迪一起吃了午饭。“盖勒韦小舍”是拉迪的店。是家很大的餐馆，而拉迪是我从小就认识的朋友。他对我一向又粗鲁又无礼，丝毫不留情面。下午 4 点 30 回到家，发现一位客人正在给妮基上课，说她是怎么教会自家的猫咪像人一样上厕所，甚至给马桶冲水的。妮基的表情混合着轻蔑与着迷，有意思极了。

流水：75.50 镑

顾客人数：9

5 月 16 日，星期五

网店订单：3

找到的书：2

又是阳光灿烂的一天。今天妮基也在。

吃过午饭，我开车去格拉斯哥看上星期那位客人提到的航海史藏书。天气温暖、晴朗，他的房子坐落在格拉斯哥西区的一条优雅、宽阔的乔治王朝时代的街道上。戴维（他自我介绍说叫这个名字）在门口迎接我，带我走进二楼漂亮的起居室，春日的阳光透过窗户照亮了房间。书都放在地上的二十来个箱子里，书脊朝上。我翻检书的时候，戴维在一旁告诉我他已故的叔叔在“二战”时是海军军官,这些书是他一生的收藏。他还说这幢房子是他和他太太几年前买下的，当时他获得了一份——用他的话来说——“很难拒绝”的工作。我挑出了这批藏书中的精品，写了张 700 镑的支票给他。

从他家出来后，我想既然来了格拉斯哥，不如趁此机会去给自己买双新鞋，于是我把车停在米歇尔大街的多层停车站，去了弗莱德百货。我发现我那辆小货车的高度正好跟停车场的限高差不多。我驾车（载着一双新买的棕色拷花皮鞋）离开的时候，道闸臂虽然抬了起来让我通过，可——它可能是为更小型的车设计的——我的车尚未完全出去它就开始下落了，道闸上的链条挂住了货车后门，整条机械臂都从框架上被扯了下来。谢天谢地，开到 A77 公路前，它在牙买加街半道上自己掉下来了。

在我买下书店的 2001 年 11 月，一个老人在店里翻看航海类书籍。他来到柜台前，问道：“你们啥时候生篝火？”我非常困惑，问他什么意思。他回答：“说你的书呐。从没见过这么垃圾的货色。只能用来生生篝火。”这是我第一次遭遇一个真正粗鲁的顾客，那时候，我还在为开书店的风险、库存和我正从事的工作提心吊胆。幸亏另一位顾客看到了这场冲突也感受到了我的局促，拔刀相助道：“说实话，这家店里的航海类书比其他书店都出色。你要是不喜欢走就是了。”他走了。

流水：127 镑

顾客人数：11

5 月 17 日，星期六

网店订单：3

找到的书：3

今天早上菲奥纳，就是在隔壁开店的女的，有点慌张地跑来跟我说需要一顶额外的帐篷，因为这个周末的美食节上有现场厨艺展示。幸好我有顶弹起式帐篷，是去年夏天我买来在花园里办活动用的。

妮基和我过了一遍“开卷随缘俱乐部”的部分成员名单，上面都是去年四月入会却在收到上个月的提醒后没有续费的人。俱乐部的人数又在缩减了，只剩下 137 人。搞清楚哪些人还在哪些人不在后，我俩第一时间打包了这个月要寄的书，计算好邮费。

妮基一走开去吃午饭，“臭凯里”就准时出现了。我怀疑她现在练出了很好的嗅觉，老远就能闻到百露 33 香水的味道，在“臭凯里”现身前可以及时逃走。发现妮基不在他大失所望，只好不情不愿地跟我简单聊了几句。据说他下星期要去医院做臀部手术。

一个北爱尔兰客人（身穿紧身短背心的老头）拿着两本书走到柜台前，问：“这两本能便宜点吗？”一共才 4.50 镑。我告诉他这两本书从亚马逊买的话运费都不止这个数，没法打折。他勉为其难接受了，嘟哝道：“行吧，希望下次来的时候你还在。”从他的口气里你很难判断他到底什么意思：是说像我这样不肯给 4.50 镑的书打折会让顾客纷纷一去不回最终害得书店倒闭呢，还是他真心希望书店能度过一个个困难时期存活下去。

今天的订单里有本传记，叫《E. D. 莫雷尔：其人其作》。作者是 F. 西摩·考克斯[*]。

流水：119 镑

顾客人数：19

5 月 19 日，星期一

网店订单：5

找到的书：5

上午 10 点，一个顾客来店里问有没有关于苏格兰别名的书，于是我让他看看布莱克[†]的《苏格兰别名》。他简单扫了一眼，对我说这书“范围太大”。他离开后店里没客人了，我就去邮局问维尔玛是否介意晚点派邮递员来一趟。那个坏脾气的北爱尔兰人威廉压根没搭理我那句“早上好，威廉，天气真不错，哈”？

回到店里时，有对小两口抱着两箱书等在柜台前，都是品相完好的现代小说。他俩刚结婚，要搬进两人的第一套公寓了，说

---

* F. Seymour Cocks（1882—1953），英国工党成员、下院议员。他为之立传的 E. D. Morel 也是工党成员。

† 应该是指 George F. Black。

好各自把藏书减半。这做法真是老派得可爱啊。我给了他们 45 镑书款。

一位客人拿了几本书来柜台结账，其中包括一册非常破旧的基尔马诺克版彭斯诗集。总价 14.50 镑——他没讨价还价。我问他要不要袋子，他答道："也许吧。"我很确定，这是第一次有人在店里做出这样的回答。

快 5 点时邮递员来取走了五袋子"随缘书"。

流水：110.99 镑

顾客人数：15

5 月 20 日，星期二

网店订单：5

找到的书：5

又是温暖和煦的一天，有妮基看店，下午我便和卡勒姆去大约八英里外吉尔洛夫特里森林的山地车小道上骑行。我俩都顺顺利利完成了红色路线，不像几年前我们刚开始来的几次那样差劲了。在最初的十来次尝试中，我俩至少有一个人会以撞到树上或转弯时判断失误收场，要么干脆就在沟里摔个嘴啃泥。

流水：217.50 镑

顾客人数：16

5 月 21 日，星期三

网店订单：6

找到的书：5

今天的所有订单都来自亚马逊，其中有本帕特丽夏·温特沃斯*的初版，本来应该卖 50 镑，结果只卖了 4 镑。问题出在跟“季风”一起运行的价格匹配软件，它会参照亚马逊上的最低价来给书定价。放上去的时候我们这本是最便宜的，但后来出现了价格更低的另一本，两本的价格就会就低不就高保持一致。有时候，为了捡漏，人们会放上他们想要的高价书的假条目，再标一个便宜到荒唐的低价。然后他们就等待价格匹配软件介入，那册真书的标价跌到跟他们放上去的假书一样。他们买下真书，再删掉假书的条目。

一位买《皮普斯日记》†的客人读了柜台前印的爱因斯坦名言（“只有两样东西是无限的，宇宙和人类的愚蠢，而对于前者，我并不能肯定”），问：“爱因斯坦真的说过这句话吗？”这一点显然存在很大争议，许多人认为他并没有说过。

干完活，我坐在院子里，看着雨燕和毛脚燕一会儿骤然落到地上，一会儿在空中翻跟头。

流水：309 镑

顾客人数：15

---

* Patricia Wentworth（1877—1961），英国犯罪小说作家。

† 指英国文学家、海军行政官 Samuel Pepys（1633—1703）所写日记。

5 月 22 日，星期四

网店订单：4

找到的书：4

今天的第一位客人是个澳大利亚女人，她发不好“T”的音，所以我搞不明白她要找的到底是“诺迪的书”还是“色色的书”。* 等我指给她看放色情文学的区域后，才知道原来她是要买艾妮德·布莱顿† 的作品。

有个奇怪的现象：客人们第一次来书店的时候，往往会非常缓慢地穿过屋子，仿佛在期待着谁告诉他们，他们走进了一个禁区，而让他们驻足停留的地方永远是门道。不用说，这会让跟在他们后面的人沮丧到不可想象，而由于跟在后面的人通常是我，我便始终处于沮丧的状态中。人类学家坚持认为一旦进入全新的空间，停下脚步观察四周是否有潜在危险是人类的本能，不过在一家书店里，除了一个沮丧的书商——因为有人堵住门，他已忍无可忍，处于施暴边缘——究竟还会潜伏着什么样的危险倒是个谜。

两位顾客问我那两个书螺旋怎么回事。所谓“书螺旋”，就是先把书码出很大的柱形，再堆成螺旋状，外面裹上玻璃纤维的树脂。书店两头的门旁边各放了一个。去年，几个小孩儿想放火烧掉其中一个——没成功，因为树脂裂开来了，雨水漏

---

* 作者不清楚这位顾客要找 Noddy books 还是 naughty books。

† Enid Blyton（1897—1968），英国儿童文学作家。诺迪（Noddy）是她笔下的代表人物。

了进去。我已经让诺里用混凝土再做一对，要赶在九月的图书节前摆出来。

流水：324.49 镑

顾客人数：20

5 月 23 日，星期五

网店订单：5

找到的书：4

今天又冷又阴沉，一点不像春天。大气的状况影响了店里调到 BBC 广播 3 台的收音机。如果空气湿度高，它就会接收不到信号。今天的大部分时间里它都完全不出声，只偶尔冒出来几秒钟马勒或者肖斯塔科维奇。

今天早上，“莱卡运动装七零后老年骑行队”再次入侵书店，其中大部分人都买了一两本书，对书店和店里的书赞不绝口。

他们离开后，一个客人拿着本书来到柜台前，指着 40 镑的标价问道：“什么价？肯定不是 40 镑。”我解释道，是的，这书就是 40 镑。他把书往柜台上一丢，书弹了起来，掉到了地上，摔坏了一个书角。他盯着书看了几秒钟，随后一言不发走了。

今天卖掉的一大半书来自几个星期前我在格拉斯哥收进的那批铁路类藏书。不知道是不是铁路类书的收藏圈里传开了消息，说那批书到了我店里。我去年从一个藏家那里买进一批鸟类学书籍时也发生了同样的情形。整整几个星期，我店里来了好些珍稀鸟类爱好者，没过几天我就回本了。

流水：281.99 镑

顾客人数：18

5 月 24 日，星期六

网店订单：4

找到的书：4

一整天阳光充足，很暖和。妮基当班。她从 eBay 上进了 1,000 支钢笔。红色的一支支，又小又难看，她还非要带到店里来，我这儿分明有一盒质量好得多的钢笔。目前她带来的十来支笔散布在店里的各个位置。我反复把它们收进一只小盒子里，可她会重新取出来，再分发到书店各处去。

把邮包拿给维尔玛的时候，我对威廉道了声早上好，就这温暖和煦的天气发表了一点评论。他回答："是啊，雨天也不会远了。"

上午 11 点，泰德·考恩* 教授在二楼起居室里讲加拿大诗人罗伯特·瑟维斯。像泰德的大部分讲座一样，这次来的人也

* 当是指 Edward J. Cowan（生于 1944 年），苏格兰历史学家。

很多。讲座刚开始没多久，两个穿着正装、打扮得体、美国口音的小伙儿来店里问有没有《摩门经》卖。仔细一看，我才发现他们胸前的名牌上印有“后期圣徒耶稣基督教会”字样。妮基脸上写着对他俩的怀疑，好比我们的猫看到一只狗走进店里来。他们刚走到听不见我们声音的地方，她就说：“我不喜欢这些人。他们的想法很奇怪。”

流水：420.20 镑

顾客人数：34

5 月 26 日，星期一

网店订单：6

找到的书：5

上午 9 点 05 分，一个客人想来卖一箱关于基督教科学派*的书。他说好些教会成员已经在这批书里挑选过了，免费拿走了一部分。他一边告诉我这个一边却要卖书给我。如果连一群基督教科学派信徒都不想要免费的关于基督教科学派的书，那么我当然不愿意为这些书花钱，尤其是它们还沾满了猫毛。

过去几天，那批从格拉斯哥买的铁路类书籍卖了大约 400

* 十九世纪后半期出现的基督教派别，全称为 Church of Christ Scientist。

镑。差不多占我上星期营业额的一半了。

流水：408.88 镑

顾客人数：46

5 月 27 日，星期二

网店订单：3

找到的书：3

一个客人在新书区前翻看比尔林出版社的重刊本巴纳德《英国威士忌酿酒厂》* 时，我正好路过，想去把新到的书摆出来。我听到他对同伴耳语“亚马逊上比较便宜”。他连等我走到听不见的地方的礼貌都不讲。

流水：426.50 镑

顾客人数：21

* *The Whisky Distilleries of the United Kingdom* 初版于 1887 年，作者为 Alfred Barnard。文中所说的比尔林出版社（Birlinn）重刊本应该出版于 2008 年。

5 月 28 日，星期三

网店订单：7

找到的书：3

吃过午饭，接到阿拉斯泰尔[*]和莱斯利·里德问候的电话。他们住在纽约，每年春天都在盖勒韦度几个月假。阿拉斯泰尔出生在附近的惠特霍恩，父亲是长老会的牧师。他是位天赋出众的作家，已经八十多岁了。他是诗人，也给《纽约客》写东西。这几年，用他的话来说，他故地重游，领略到了他在盖勒韦的那些“燧石一般的开端”；每年春天，他和莱斯利都会回来，童年友伴的温暖怀抱和对春季的各种记忆，带着熟悉的味道与声响，带领他穿越到他还没有在漫游癖的左右下周游世界的岁月。是他将聂鲁达和博尔赫斯的诗歌介绍到了欧洲。虽然（或许正是因为）他的根在这里，他从不掩饰对苏格兰生活中某些部分的反感。他在《行踪》一书的引言里写道：“《挖掘苏格兰》和《难以忘怀的那些》两篇代表了我和我‘燧石一般的开端’达成了和解，不过，尽管苏格兰的某些风景和天气依然令我难以忘怀，其人性气候中的小心谨慎却始终让我无法适应。”

这段话写于 1987 年，如今他每年都会到访，我想，这也许表示苏格兰的“人性气候”已渐渐让他更为适应了。春天里最美好的仪式莫过于看到他俩结伴出现，和他俩共进晚餐，同

---

* Alastair Reid，苏格兰诗人、南美文学学者和译者，以翻译豪尔赫·路易斯·博尔赫斯和巴勃罗·聂鲁达的诗作闻名。

饮威士忌，还有受到每年至少一次他回请吃饭的邀约。结识莱斯利和阿拉斯泰尔于我是巨大的荣幸。他这辈子都是个云游四海的逍遥派，他总爱说这可以追溯到他第一次看到爱尔兰旅行者经过惠特霍恩那幢牧师住宅的时候。他问父亲他们要去哪里，他父亲回答："他们自己也不知道。"这点燃了他的想象力，而在我看来，在他人生的任何时间点，如果有人问他他要去哪里，他的回答永远会是："我不知道。"

流水：192 镑

顾客人数：19

5 月 29 日，星期四

网店订单：5

找到的书：5

上午 9 点 15 分，一个穿着钓鱼背心、留着过度修剪的八字须的客人靠在柜台上，浮夸地问我们有没有专门放"大博弈"* 相关书籍的地方。他当自己是印度的克莱夫 † 呢。

一对老夫妻买了本关于苏格兰音乐的书，一边付账一边

* 原文作 The Great Game，是十九世纪中叶到二十世纪初的政治术语，指英俄两国当时在亚洲腹地进行的地缘政治竞赛。

† 指 Robert Clive（1725—1774），英国将领、殖民主义者，为首任孟加拉总督，曾任驻印英军总司令。

说，他们看到一本史蒂维·史密斯[*]的精装版诗集，1970年出版时定价才1镑。对于这本书我卖“多少钱”，他们感到震惊。我一看，原来标了6镑。在这种时候，我通常会试着解释不是每样东西都越老越不值钱的，而且价值永远是相对的。如果那本书现在新出版，也许至少要卖12镑。曾经有人指责约翰·卡特（我就是从他手里买下书店的），说他把原本定价2先令6便士[†]的书卖1镑是赤裸裸的投机倒把，他这样回答："如果你现在能掏得出2先令6便士来，这书就按这个价卖给你。”我接盘这家店后，约翰对我很好，最初几次出去收购他都陪着我，在书店正式归我前，他还花了整整一个月传授我各种诀窍。在他许多珍贵的建议中，有一条是："我的座右铭跟罗马军队的一样：SPQR[‡]——微薄利润，快速回报。”

下午3点15分，四个身材魁梧的美国人来店里找“老《圣经》”，于是我带他们看了几个各种时代的版本，最老的那本是1644年的。他们什么也没买，而且每一位都非要叫我“阁下”。

流水：271.49镑

顾客人数：13

---

* Stevie Smith（1902—1971），英国诗人、小说家。

† 即半克朗，英国旧制辅币，1970年1月起就不再流通。

‡ “Small profit, quick return”的缩写。

5 月 30 日，星期五

网店订单：3

找到的书：3

风平浪静的一天。大部分时间在读书。

流水：114.98 镑

顾客人数：12

5 月 31 日，星期六

网店订单：3

找到的书：3

店里又是平静的一天。给古董书专架的一些存货重新定了价，包括一册托马斯·彭南特*《苏格兰纪行：1769》第三版（1774）。十八世纪中叶，记录在苏格兰游历的书似乎颇为流行，一般都带插图。

其中最有名的也许要数——主要因为作者与他游伴的名声已然不容置疑——1785 年詹姆斯·鲍斯威尔与塞缪尔·约

* Thomas Pennant（1726—1798），威尔士博物学家、旅行家、作家和古文物学家。*A Tour in Scotland, 1769* 初版于 1771 年。

翰生在赫布里底群岛的那次旅行。[*]在旅途中，他俩带了一本马丁·马丁的《苏格兰西部群岛述闻》(1703)，约翰生还挑了此书的刺儿（非常典型的约翰生做派）。这本彭南特作品来自埃尔郡的一座大宅第，里面藏了一大批这类好东西。丹尼尔·笛福捷足先登，在彭南特和鲍斯威尔之前就写了《大不列颠全岛游记》(1724—1726)，眼下古董书专架上的其他苏格兰游记中还有加内特[†]的《苏格兰高地与西部诸岛实地考察述评》(1811)，配地图和椭圆形铜版画插图；坎贝尔[‡]的《从爱丁堡到英国北方部分地区》(1802)，同样带有精致的铜版画插图。这些书记述了风土人情，搭配当时的插图，提供了对那段时期人类生活真实状况的准确印象，它们不仅是漂亮的书籍，更是无价的社会历史文献。从一批藏品中发现这样的物件永远是一大乐趣。

卡勒姆和我约好了下班后去骑行，下午 5 点从这儿准时出发，所以一到 4 点 55 分我就赶紧关店锁门。我告诉店里唯一的顾客——“苏格兰室”里的一个女的——我有重要约会，得打烊了。她不情不愿地拖着脚走到前厅，又看起烹饪书来了。正当我向她（再一次）解释我有重要约会，想方设法把她往门口引的时候，卡勒姆溜达进来了。他一身骑行装备，拿着打气

---

* 鲍斯威尔记述与约翰生此番旅行的作品名为《与约翰生博士同游赫布里底群岛纪行》(*The Journal of a Tour to the Hebrides with Samuel Johnson LL.D.*)。原文似乎有误，因为他俩游历赫布里底群岛的时间是 1773 年，“1785”是鲍斯威尔此书出版的时间（约翰生博士已经去世），并非他俩旅行的时间。

† 当是指 Thomas Garnett (1766—1802)，英国医生、自然哲学学者。文中提到的他的那部作品应该初版于 1800 年。

‡ 当是指 Alexander Campbell (1764—1824)，苏格兰音乐家、作家。

筒，吼道：“喂，你准备好上路了吗？”那女的终于在一连串咂嘴声中走了。

流水：179.48 镑

顾客人数：24

六月

> 大街上的行人里，总是有许多不太能被证明的精神病患者。他们喜欢往书店跑，因为很少有书店这种地方，你既可以在里头晃荡上老半天，还不需要花钱。时间一长，你一眼就能辨认出这种人。不管牛皮吹得多大，他们身上总透着一股子酸腐和迷茫。
>
> 乔治·奥威尔，《书店回忆》

从奥威尔的时代到现代，情况有所变化。或许是国民保健制度的功劳，那些当年给书店店员奥威尔的日常生活带来苦恼的“不太能被证明的精神病患者”可以免费治病，抑或他们有了同样经济实惠的方法来转移自己的注意力。虽说在我们的一两位常客身上，奥威尔的记述是适用的，可今天更普遍的情况是，某位顾客在店里待了几分钟，在空手而去之前，说一句:“你简直可以在这书店待上一整天！”或者是，一对夫妇偏要找一个最不方便的地方摆放从店里拿的一大堆书，一边尖叫着把一艘炮艇说成装甲车，一边疲惫地坐在燃烧着的火炉边的扶手椅上。如今，要是顾客露出“迷茫”的神色，那基本可以断定，他们不是在等药房（往北第三家）的医师开方子，就是在等威格敦的汽车修理厂打电话来说他们的车通过了车检，可以去取了。

6月1日，星期日

一方面，亚马逊看似惠及了消费者，但另一方面，却有许多不为外界所知的人因为它给卖家带来的严酷环境蒙受损失——过去十年里，作家眼见着自己的收入直线下降，出版商亦是如此，这么一来，他们不再有勇气冒险力推无名作者，而现在经纪人也不复存在了。即便还没到通过削价来打压竞争对手的地步，亚马逊似乎也将重点放在了匹配敌我价格上，乃至在某些销售里，你简直没法看出来如何才能有利可图。随之而来的经济压力不仅落到了独立书店头上，也令出版商和作者陷入困难，而最终受损害的是创造力。悲惨的真相就是：除非作者和出版商联合起来坚决抵制亚马逊，不然图书产业将面临荒芜。今天的《星期日泰晤士报》上有篇阿曼达·福尔曼*的好文章，谈及了这一问题。

6月2日，星期一

网店订单：3

找到的书：3

劳里回店里来打工的第一天。果不其然，"季风"系统出了一大堆问题。劳里是爱丁堡龙比亚大学的学生，她很讨厌

---

* Amanda Forman（生于1968年），英国传记作家、历史学家。

那地方，轻蔑之情丝毫不加掩饰。过去几个夏天，她都会来店里打工。今年夏天我也答应了让她来帮忙，或许是最后一次了，之后她就要踏入这可怕的世界，试着去找一份真正的工作了。

自我买下书店十三年来的头一次，我除了关掉收音机外别无选择。广播 3 台罗布·考恩*的《经典必读》本周的嘉宾是特里 · 维特†。

屈塞，就是那个我经常与之分享对公众的看法的女人，趁着午休来串了趟门，恰好赶上一位顾客来柜台前结账。那位顾客把一本书放到柜台上。我拿起书看价格，却发现在第一页我们的定价标签旁边有很久以前的铅笔字迹“59p”。随之而来的是对究竟哪个才是正确标价的争吵，其间我能看到屈塞在努力憋笑。那位顾客最终勉强接受标签上的价格，说了句“我只是想花掉点零钱”，这时屈塞再也憋不住了，歇斯底里地狂笑起来。那位顾客花了五分钟才整理出准确数额的零钱，全是 2 便士和 1 便士的硬币。

流水：330.49

顾客人数：16

---

* Rob Cowan（生于 1948 年），英国音乐节目主持人、作家。

† Terry Waite（生于 1939 年），英国慈善家、作家。

6 月 3 日，星期二

网店订单：2

找到的书：2

迟了五分钟开店，因为钥匙卡住了。今天的第一个顾客买了两本瑞德 · 哈葛德的初版书，每本 8.50 镑。就在我默默问自己“这两本是不是定价低得离谱了”的同时，他问我：“两本 13 镑行不行？”听到我一分钱都不肯便宜，他回答：“那啥，你总得问问看，对吧？”于是我对他说，不对，你不是非得问问看的。

打烊后我去加利斯顿*找阿拉斯泰尔和莱斯利 · 里德吃晚饭，他们目前住的屋子是问费恩和埃拉租的。阿拉斯泰尔说起他第一次去美国旅行是经伦敦走的。当时他刚毕业的圣安德鲁斯大学有位讲师给了阿拉斯泰尔他伦敦一个名叫汤姆的朋友的电话。他打了电话给“汤姆”，想问问能否留他过一夜。结果“汤姆”竟然是 T. S. 艾略特。一起吃饭的另一位朋友斯图尔特 · 亨德森问他：“艾略特闻起来什么味儿？”阿拉斯泰尔不假思索地答道：“像一座发霉的讲坛。这完完全全就是他想让别人闻到的味道。”

后来我问斯图尔特——他是个诗人，给广播 4 台做节目，包括《本周精华》——他为啥突发奇想问这个问题。他答道，有一回他采访了英国军乐队的最后一位在世者，那支乐队曾

* Garlieston，威格敦一座靠海的小村庄。

在“二战”前受邀为希特勒办过一场私人音乐会。受访者是一位老太太，她显然不明白斯图尔特要的回答不仅仅是“是／否”。最后关头，斯图尔特在绝望中决定问她：“希特勒闻起来什么味儿？”她就此打开了话匣子，提供了他期望中的所有素材。

流水：125.38 镑

顾客人数：19

6 月 4 日，星期三

网店订单：3

找到的书：3

今天店里安静得惊人，装新到的书的箱子堆在店里，永远乱糟糟的，我正好有机会把其中一部分整理出来，标好价格上架。源源不断有新货在来，要保持这地方整洁有序堪称一场战斗，尤其是现在我们还得上网查价格，辨别一本书是否值得上传到网店。这严重拖慢了整个进程。

今天的高潮无疑要属我妈出现的那一刻。她紧紧抓着一本我至少六年前买的书——当时我会把新进到的货放在爸妈家里。我以为那些书我已经完全清走了，不料她找到了一只漏网之箱，在里面仔细翻了一遍，结果发现了一册限量签名本 W.

B. 叶芝的《旋梯》* (*The Winding Stair*)。这个版本限量 642 册，其中 600 本带叶芝签名。我妈不算很喜欢书，难得看到她为了本书这么雀跃，不过并非因为此书的价值——更是因为她拿着的这本书，曾经也在从她诞生的土地上走出来的一代人中最著名的诗人手里待过。今天剩下的时间里，我一直在想买下这本书后怎么会丢在脑后，努力回忆着最初是在哪里得来的。毫无头绪。

流水：157.48 镑

顾客人数：20

6 月 5 日，星期四

网店订单：2

找到的书：2

上午 10 点左右，正当妮基和我在闲扯借东西给别人的风险时，一位顾客插进来问我们这儿有没有“休息间”†。我俩茫然地面面相觑了一阵，还是妮基打破了沉默，说：“要休息的话，壁炉旁边有个舒适的位子。”在这种时候，妮基的价值是不可估量的。

“臭凯里”出现了，一如既往地满身百露 33 香水味儿。他今天拄着拐杖，但向我打包票说很快就能健步如飞。她对妮基

---

* *The Winding Stair*，W. B. Yeats 的诗作，文中所说的“限量版”由美国“源泉出版社”（The Fountain Press）于 1929 年推出。

† “休息间”的原文作 rest room，在美国一般指“盥洗室”，在英国则是字面意思“休息室、休息间”。

不屈不挠的追求事迹很是鼓舞人心，尤其考虑到妮基不仅从来没给过他任何积极信号，而且有好几次还直截了当地告诉他她对他毫无兴趣。

开车去了格拉斯哥，从贝尔斯登*的一对退休夫妇那儿买了十五箱书。

流水：115.50 镑

顾客人数：10

6月6日，星期五

网店订单：2

找到的书：2

因为昨天妮基多上了一天班，今天店里由劳里值班。我去了卢斯湾钓鱼。啥也没钓到，不过从店里偶尔逃出来一回还是值得的。艾略特写邮件来说这周末“书店乐队”会到这片来，想找个地方办场音乐会，问他能不能过来住几天。我回信说我很乐意为他们星期天开店，他要来住当然也是欢迎的。

流水：109.49 镑

顾客人数：7

---

* Bearsden，苏格兰东邓巴顿郡（East Dunbartonshire）的一个市镇，位于大格拉斯哥（Greater Glasgow）西北部。

6月7日，星期六

网店订单：2

找到的书：2

今天劳里看店，天气也好了起来，阳光明媚。

她的第一位顾客是个威尔士女人。她来这边度假，顺便带了十箱苏格兰相关的书想卖掉。她丈夫从车上把书搬进了店里。有些书挺有意思——大概占总量的百分之二十吧——但品相都太差了。我在头三个箱子里翻看的时候，那个女人在清单上我拿出来的书的条目旁做了笔记。这一迹象无一例外表明有人给他们的书估了过高的价格。她时不时会拿起一本，喃喃道“噢是的，此书稀见”或者“珍贵”或者“初版”，好像这么说了就能多少影响我的出价似的。等她终于不说话了，我给其中大概二十本书开价60镑。她立马回复说“噢，不行。不行不行不行不行不行”，听到这里，我离开了房间，去楼上泡了杯茶。五分钟后我回来时，她和她被书包围的丈夫，还有那些书都消失了。

下午4点，艾略特来了。他果然没拿自己当外人，像往常一样，把小提箱里的东西丢得屋里到处都是，无远弗届。

流水：128镑

顾客人数：20

6月8日，星期日

下午2点开店，“书店乐队”正好到达。他们做了做准备，3点30分开始表演。演出很棒。“书店乐队”的成员有本、贝思和波碧。他们正在苏格兰和英格兰北部巡演，是艾略特说服他们来威格敦的书店里演出的。同行的还有他们的朋友约翰，调试准备的时候他可以搭把手。这支乐队的USP* 在于他们主要在书店里表演，而且他们的歌都是根据刚读的书创作的。店里站满了来看演出的观众：卡勒姆也带着孩子来了。晚上我们吃完饭、酒酣耳热之际，乐器声又响了起来，他们唱了民谣（约翰的专长）。我们喝喝酒，唱唱歌，一直到凌晨3点才歇。

6月9日，星期一

网店订单：3

找到的书：2

醒来开了店，宿醉得想死。

今天脸书上有条“仇恨者保罗”的留言：“我们之前争论过。你可以神气十足地辩解说这网页你就是用来描述开店日常的，但首先你得记住，因为网络的覆盖面很广，你的所作所为

* Unique Selling Proposition（核心卖点）的缩写。

给自己的生意带来的坏处可能要大过好处。拿我为例吧，由于你在脸书上发的无聊帖子，还有膨胀的自信与态度，好几年前我就不再光顾你的店了。我当真觉得你以后别这么做了，在背后拐弯抹角说顾客坏话显然是很幼稚的。成熟点吧，找个更有益的爱好来代替大喊大叫。”

晚上我同艾略特和纳塔莉·麦基尔罗伊一起喝了杯啤酒，麦基尔罗伊是今年的“驻场艺术家”。纳塔莉的计划是要找三十一棵盖勒韦土生土长的苹果树，然后在广场上的一栋空楼里创造一座室内果园。在节庆结束时，她会以抽奖的方式卖掉这些树。我花园里就有一棵。结出的果子很大。今年有三位“驻场艺术家”——纳塔莉，一个在纺织品上作画、名叫阿努帕·加德纳的女人，还有阿斯特丽德·耶克尔，她去年在郡大楼的玻璃窗上做了个很棒的剪影装置。今年阿斯特丽德做的是用胶合板拼成的人形，会放到各家店铺门口。阿斯特丽德是德国人，但在搬回德国之前在爱尔兰农村长大。她说话带着一种非常特别的混合口音。

在上个星期从格拉斯哥买入的那批书里有一套“苏格兰登山俱乐部”的日志，如今想来，我本该留在那儿才是。这套书几乎不可能卖出去，而且放苏格兰登山类书籍的架子已经塞满这类书了。

流水：294 镑

顾客人数：17

6 月 10 日，星期二

网店订单：3

找到的书：2

今天劳里看店，大部分时间我都待在花园里，所以我跟顾客的唯一一次接触发生在 12 点 30 分她去吃饭的时候。那位顾客问："你这边有没有关于这一地区历史的小册子？"我回答："没有。不过在'苏格兰室'里，有许多写当地历史的作品。欢迎你去看一看。"那位顾客走了，一边出门一边说"噢不要，我们不要书。我们只对免费的小册子感兴趣"。

书店的后花园是狭长形的（长 50 米、宽 7 米），在这幢房子最辉煌的乔治王朝时代，应该是做菜园子用的。所以它的泥土里富含石灰，不宜种植我喜欢种的杜鹃、木兰、映山红和其他杜鹃花科的植物。有一株看起来长势良好的山茶，四月里开花，但几天工夫花朵就会变黄，不久就谢了。

我买下这地方时，花园里主要是假山和矮小的针叶树，但经过这些年，我在里面从头到尾种上了新植物，如今每逢春天，栀子花、清香的铁线莲、紫藤、荚蒾、月桂、各种各样的地被、当地特有的树和灌木群芳竞艳，香气袭人。依靠花盆和杜鹃花科专用的堆肥，我甚至种活了映山红和杜鹃。这是我最钟爱的地方，在一年的这个时节，白昼长，气温暖，夜里露天独坐真有超凡之兴味。黄昏时分，蝙蝠出动了，拿着一杯威士忌坐在长椅上看着渐渐暗淡的天光中它们掠过的身影也是乐事一桩。有一回，一只蝙蝠为了追逐猎物飞到了我的近前，它盘旋而去时，我都能感觉到它翼下的微风拂过我的脸庞。老一辈盖勒韦人管它们叫“飞鼠”，或许爱听轻歌剧的人能明白意思。*

流水：184.89 镑

顾客人数：19

6 月 11 日，星期三

网店订单：2

找到的书：2

劳里今天来看店。

她去吃午饭的时候，有位顾客在一箱尚未标价的书里翻出一本企鹅版《三尖树时代》†，上面用铅笔写着 12 便士的售价（可能是 1970 年代购自一家慈善商店）。听到我说此书的价格是 1.50 镑，她坚定地表示这“不能忍”，如果真是这样，她还不如“去图书馆借呢”。我觉得“不能忍”大概是她的出厂设置。

吃过午饭，我开车去邓弗里斯，4 点 30 分从火车站接了安娜。5 点 45 分到家。

---

* 小约翰·施特劳斯（Johann Strauss II，1825—1899）有轻歌剧作品名为 *Die Fledermaus*（《蝙蝠》），英语 flittermouse（飞鼠）就是德语 Fledermaus 的直译。

† 《三尖树时代》（*The Day of the Triffids*）是英国科幻小说家约翰·温德哈姆（John Wyndham，1903—1969）出版于 1951 年的小说。

燕子蛋都孵出来了：一个巢里三只小燕子，另一个巢里四只。但愿船长不要对它们赶尽杀绝。

流水：127.50 镑

顾客人数：15

6 月 12 日，星期四

网店订单：6

找到的书：5

还是劳里当班。天清气朗，阳光和暖，能回到盖勒韦，远离伦敦的尘嚣，安娜显然非常高兴。

刚开门，老爸就打电话来问我想不想去钓鱼，所以大半个上午我是跟他在船上度过的，在埃尔利格湖上钓鳟鱼。我们钓到了六七条野生褐鳟。埃尔利格湖离威格敦大约六英里。加文·马克斯维尔*小时候住在那附近，在《埃尔利格之屋》里写到过这个湖。屋子现在归姓科纳的一家所有，1930 年代，当纳粹的威胁逐渐浮出水面，他们离开了欧洲大陆。“二战”中，他们收留了 1938 年逃离欧洲大陆的奥地利“颓废派”艺术家

---

* Gavin Maxwell（1914—1969），苏格兰博物学家、作家，《埃尔利格之屋》（*The House of Elrig*）是他出版于 1965 年的作品。

奥斯卡·科柯施卡[*]。当地留下了许多传闻，说科柯施卡把装好画框的速写送给对他友善的农民和其他人，而受赠者——无法理解这位艺术家的现代派天才——在礼貌地收下礼物后，将作品扔进废纸篓，然后在画框里放进照片。

我经常和我爸一起去钓鱼，在一个暖洋洋的日子里伴着荡漾的水波，沿湖岸漂流而下，让人乐而忘忧。水位够高的时候，我俩会去附近的卢斯河上钓鲑鱼，我打小就跟着他在那儿钓鱼。每逢这个季节，我俩都对天气敏感起来：如果足够暖和，适合去埃尔利格湖，而且有一点云覆盖（不至于太亮），清风也宜人，我俩就约在泊船的棚屋碰头，出发钓鳟鱼。如果雨水足，卢斯河的水位上涨超过一英尺，我俩就会约在岸边见面，去捕鲑鱼。碰上条件同时能满足的情况，卢斯河永远优先于埃尔利格湖。

我爸第一次带我去钓鱼那年我两岁，当年的我就斩获了人生中第一条鳟鱼。现在回看，抓到鱼的当然是我父亲，但确实是我收绕钓丝的，而在那一刻，我跟那条鳟鱼一起上钩了。还是小孩子的时候——四五岁吧——我会缠我爸带我去钓鱼。作为一名捕鲑鱼的狂热爱好者，他不希望有个小拖油瓶让他分神。所以他给了我一根我爷爷以前用的陈旧的破钓竿，把一截打包机的绞绳绑在树上，然后走到离水边一段距离的地方，将绳子的另一头绑在我的腰上。这么一来，他就能一个水塘接着一个水塘地捕鱼，同时我又处在他能确信安全的范围内，我呢，

* Oskar Kokoschka（1886—1980），奥地利艺术家、诗人、剧作家。“二战”时流亡英国，收留他住在威格敦的是捷克教授 Emil Korner。

漫无目的地胡乱摆弄着钓竿——不过百分百确定自己是可以有所收获的——而且不会失足掉进水里去。

午饭后回到店里，发现今天目前最大一笔生意是一个乔治王朝时代的红木盥洗台。这东西是我大约十年前在邓弗里斯的拍卖会上花 80 镑买的，大部分时间里，我都用它来当花盆，为一株波士顿蕨增光添彩。最终我决定清掉它了。原因不记得了。也许是我给我的波士顿蕨买了其他容器，可以不那么像抽水马桶了。有位美女很喜欢它，花 200 镑买走了。妮基老是藉这盥洗台嘲笑我，言之凿凿说它永远不可能卖出去，这下她看到自己判断错误准会气得发疯的。

流水：342.49 镑

顾客人数：15

6 月 13 日，星期五

网店订单：2

找到的书：2

妮基和劳里今天都在店里。

妮基走了进来，盯着原本放盥洗台的空位："那丑八怪去哪儿了？甭告诉我叫哪个傻瓜给买去了。噢不会的，不可能有人那么傻。"

有个戴贝雷帽、贼头鼠脑的男人来到柜台前说："记得之前跟你说过的，放铁路类书的那块儿有本《铁路工人》*。那书不是写铁路的，你应该把它放到正确的地方去。”

偏不放。我应该用那本书痛扁你一顿。有种客人特喜欢指出某本书放错了地方，好像要告诉你他们知道的书比你多。一本书位置不对头，多半是因为某位顾客给放乱的，而不是店员。

上星期四从格拉斯哥买的那批书里有本 1942 年出版的《书商约翰 · 巴克斯特私想录》。很多书买来后，你在标价时会忍不住去翻一翻内容，而这一本似乎跟我尤为相关，于是我把它放在一旁，店打烊后便读了起来。

流水：164.50 镑

顾客人数：15

6 月 14 日，星期六

网店订单：3

找到的书：3

妮基看店。开车去邓弗里斯参加一个朋友的五十大寿。

流水：188.28 镑

顾客人数：26

---

* 英国军官 Eric Lomax（1919—2012）的回忆录，写他“二战”期间沦为战俘、为日军修建泰缅铁路的经历，有根据此书改编的同名电影（2013）。

6 月 16 日，星期一

网店订单：1

找到的书：1

今天劳里代班看店。

安娜和我开车从邓凯尔德去边境区*的斯图尔特·凯利家里取书，然后同他一起在爱丁堡“夏宫”度过了下午。斯图尔特是作家、记者、文学评论家和前布克奖评委。因为最后一个身份，他每天会收到大量出版社寄来的书，都急不可耐地等着他写书评。他把这些书堆了一叠又一叠，直到我觉得有必要开车跑一趟运走一批。他是图书节的常客，是位了不起的知识分子，也是个好朋友。“夏宫”原本是皇家狄克兽医研究院的一部分，俗称“狄克兽医”，即爱丁堡大学兽医学院。现在这地方由他的一位爱尔兰慈善家朋友买了下来，进驻了很多艺术家与创作人才。漫步其间，我想起了我的祖父，1930 年代，他就是在这几栋房子里学习，取得了博士学位。

出门时，我让劳里把顾客问的一些问题记下来。她的笔记里有这些问题：

“威格敦为什么叫威格敦？”

“威格敦为什么是书城？”

“威格敦有多少书店？”

* Borders，苏格兰一行政区，与英格兰接界。

一整年里，后面两个问题平均每天都有人问两次。也就是说，十五年下来，相同的问题我已经被问了 9360 次。如今在作答时，我已经很难调动起任何热情。也许是时候生造出一些毫无事实根据的全新答案了。

下午 7 点，我们回到了威格敦。

流水：114.50 镑

顾客人数：12

6 月 17 日，星期二

网店订单：2

找到的书：2

今天还是劳里看店，天气起初看着情况不妙，后来倒是明媚和暖了。今天的两个网店订单都来自 AbeBooks，而非亚马逊，这极其罕见。我让她打包“开卷随缘俱乐部”的六月选书邮包。会员人数回升到了 140 名。她先给包裹贴好邮票，再走皇家邮政的网站上的流程。这个月的运费花了 244.12 镑。我已经通知维尔玛了，她明天会派邮递员来取走五袋子邮包。

我看天气很舒服，便花了大半天来打理花园。两三点时太热，于是安娜和我去了加利斯敦的海滩，在海里游了会儿泳。

我锁店门的时候，电话铃响了。是个本地女人，说有书要卖，大部分是“弗利欧书社”版本：

“只好麻烦你来我家里看一眼书了，我出不了门。”

“下星期二怎样？”

“只要不是上午就行，星期二上午护士会来给我腿上的伤口换药。很吓人。疮口流脓，病了好几年了。会渗出恶心至极的脓液。”

我跟她约好 24 号下午前去拜访。

流水：237.49 镑

顾客人数：17

6 月 18 日，星期三

网店订单：3

找到的书：3

今天的两个网店订单都来自亚马逊，没有 AbeBooks 上的——跟昨天正好相反。

今天又是艳阳高照，可妮基和劳里都没空上班，我只好守在店里。上午 9 点，吉姆 · 麦克马斯特来店里淘了一圈货。他翻了一遍装格拉斯哥那批书的箱子，其中只有少数我们来得及在过去两周里放进网店和上架。吉姆是位从佩思郡来的书商。干这一行的初期，他替“怀河之上海伊小镇”的理查德·布斯跑腿。所谓跑腿，就是采购书卖给专业书商，至于采购什么，通常根据具体要求——比如布斯对他说“我要500本关于非洲野生动物的书”，吉姆便会开着小轿车或者面包车上路，跑遍全国各地的书店找便宜书，直到凑满500之数。对于书籍，吉姆有百科全书般的知识。在我刚开店的2001年，他可谓帮了天大的忙，每次来我店里都会指点一二。如今像他这样还去其他书商店里寻找新货的书商已经不多了，有几次我从别人手里吃进大量藏书——比方说，2008年我从爱丁堡附近古雷恩的一户人家买进12,000册书——吉姆就过来去芜存菁整理了一通，把一大批书转手出给了他相熟的书商。在二手书行业里，他是位远近闻名、令人尊敬和广受喜爱的人物。说来奇怪，我今天早上翻看《书商约翰·巴克斯特私想录》，读到一段时不禁想起了卖给我南丁格尔签名本的戴维·麦克诺顿。吉姆和麦克诺顿属于老派书商。读到这里，巴克斯特的话在我脑中回荡：

> 我得说，这些老家伙是书业的顶梁柱。随着他们如树上的落叶般逐渐凋零，出现了一道缺口，年轻的店员尽管干劲十足、能紧跟时代，却无法将其填补。他们留给这一行的回忆，远比那些自作聪明的人头上抹的发油芬芳。那些人来我这儿求职，端着一副自大的口气，随时准备好教我怎么做生意。

我的意思并不是说吉姆年纪很大，或者有凋零之虞。

上午11点，电话铃响了——是迪肯先生：“电话线路不好，抱歉。我在巴塔哥尼亚呢。能帮我订一册布鲁斯·查特温[*]的《在巴塔哥尼亚》吗？我下星期回来。”

一个美国女人花了一个钟头把童书区域架子上的书一本本拿下来，然后用笔记本电脑查亚马逊上的价格。就在我眼前，完全不感到害臊。我刚掐准时机准备训斥她，邮递员来取“开卷随缘俱乐部”的那几袋邮包了，等我帮他把书装上面包车，那女的已经消失了。

店里一下午都很安静，直到 4 点 59 分，一对中年夫妇走了进来，男的自顾自哼着什么，很烦人。他俩径直走向那几箱我刚从斯图尔特·凯利那儿买来的尚未标价的书，开始在里头乱翻，把书拿出来，堆得地上到处都是。他们是 5 点 10 分走的，既没有把任何一本书放回去也没有买任何东西，一边离开还一边抱怨书店应该开到 7 点。装新到书的纸箱之于客人的吸引力就好比火焰之于飞蛾。

随便哪个书商都可以告诉你，哪怕一家灯光明亮、温度暖和的书店里整整齐齐分类摆放着 10 万本书，只要你在漆黑、阴冷、昏暗的角落放上一箱没打开的书，只需稍等片刻，就会有顾客在里面翻找。一箱未经整理、没有标价的书，吸引力大得惊人。想捡漏当然是一个原因，但我觉得更深的原因在于这与拆礼物是类似的心理。说到底就是未知之物让人兴奋，这种心情我有共鸣——买书也完全是这样。驱车前往接洽任何一笔买卖，不管等待我的是个人藏书，还是某个机构或者公司的收

---

* Charles Bruce Chatwin（1940—1989），英国游记作家、小说家、记者。*In Patagonia* 是他的第一本书，出版于 1977 年。

藏，想到那批书里可能蕴藏着一些真正特别的东西，我都会微微心跳加速；也确实总有收获：一部卡尔佩珀[*]的古本、摇篮本[†]、一册带完好书衣的伊恩·弗莱明初版、一部小牛皮装帧的佳本，或者只是一本你从未遇到过的书。目前我还没访到过人皮装帧的书，不过我认识的一位书商曾在道格拉斯城堡找到一部。

流水：163.99 镑

顾客人数：17

6 月 19 日，星期四

网店订单：6

找到的书：5

今天妮基在店里。她要将自己的面包车改造成移动商店的计划暂时搁置了，因为车的后门打不开了。她的第二套方案是问市政会买下一辆陈旧的移动图书馆车，把那个加以改造。

早上我开始整理我在邓凯尔德时哈米什·格里尔逊拿过来的书。哈米什是个退休的古玩商，也是藏书家，所以常来光顾我的店。这批书主要是关于史前史的，品相都很好。我挑出

* 或是指 Nicholas Culpeper（1616—1654），英国植物学家、草药医生、占星家。

† Incunabula，指公元 1500 年前欧洲所印的古版书。

这些书中比较有意思的几本，在 AbeBooks 上查了查其他店家的售价，好给他开一个公道的价格。我对妮基说我准备给他 100 镑，她的回答还是那一句：我应该把我的出价对半砍。

天气晴朗，阳光正好，安娜非要拉我去爬凯恩斯莫山，那是离威格敦湾较远的那一边的一座花岗岩山冈。我们下午 3 点出发，4 点 30 分登上了山顶，6 点 30 分回到家。同安娜一起做这种事总是很有趣的：提议的人永远是她，然后上路没多久她就会开始悔不当初地抱怨起来，而且越来越激动越来越可怜。然后，当大功告成，她又会宣告："哇哦，真是帅呆了。"有次我们决定绕着盖勒韦山区的林间小路骑行四十英里。一路上她不停发牢骚，怨气越来越大，骑了二十英里后她下了车，躺在一块石头上说："别管我了。你逃命要紧。"

流水：155.44 镑

顾客人数：23

6 月 20 日，星期五

网店订单：5

找到的书：5

今天劳里看店，所以早上我开车送安娜去邓弗里斯坐去伦敦的火车。不清楚她什么时候再回威格敦。我想这取决于她各种计划的进展情况，其中包括根据《火箭》一书改编的剧本、一部关于 NASA 的纪录片、一本青少年小说和一部正在和她朋友罗米利合写的浪漫喜剧剧本。

吃过午饭，我给哈米什·格里尔逊打了电话，为他的书出价 100 镑。对此他十分不满，发牢骚说里头有不少值钱的书。这就大事不妙了，因为妮基已经把大部分书标好价格上架了。他说周一会打过来跟我进一步谈。

快打烊时有个男的打电话来问我能否去看看他"校舍"里的藏书。他住洛根港，那是斯特兰拉尔南边一座美丽的小渔村。我跟他约好明天下午过去。

流水：164.50 镑

顾客人数：15

6 月 21 日，星期六

网店订单：3

找到的书：3

妮基看店。

下午将近 1 点 30 分，我才想起来昨天约好今天去看洛根港的书，马上赶了过去。我开过头了，停到了邻村去，结果那地方有着几乎相同的名字："老校舍"。我敲了敲门，走出来一对老夫妻，向我解释说"鲍勃和芭芭拉的家"我已经开过了，随后给我指了正确的方向。我离开时，那位老爷子说：

“向你父母问好。当年我和你父亲在洛钦奇运动会上搭档解说过比赛。”我完全不知道他是谁，不过，按照他的指示，我开了一小段路就找到了正确的去处，迎接我的是芭芭拉和她的两条狗。

那栋房子原先是维多利亚时代的校舍，改建得很漂亮，视野棒极了，爱尔兰海一览无遗。很久以前这里有个破败不堪的突堤，后来被一个码头和一座 1818 年由托马斯 · 泰尔福德[*]设计的钟楼所取代。而如今的景象，或许可以用谢默斯 · 希尼的一句诗来形容：“海湾那经过锤锻的蹄铁。”[†]鲍勃和芭芭拉——一对退休夫妇——带我逛了一圈他们的书房。房门开得很低，鲍勃和我都只好低头而行。他们让我独自在书房里过一遍书。大部分都是几乎全新品相的平装本。

我们聊了一会儿住在如此偏远的一座村庄里的感受，同他们打交道，顺利得出人意料：只需说最少的话，大部分书的买卖就做成了。我选了五箱书，给了他们 65 镑，开车回家。这批书里包括一些又出色又非常好卖的东西：海明威、斯坦贝克、钱德勒、巴肯带统一装帧的成套版本，还有不少企鹅版现代经典。他们的读书口味跟我惊人地相似，所以我才看他们特别顺眼？如果没有预先知道我们的阅读品位如此一致，我是不是还会如此喜欢同他们打交道？对这两点我都很好奇。

阿拉斯泰尔和莱斯利 · 里德过来吃晚饭。对于要喝什么这一问题，阿拉斯泰尔的回答永远是“威士忌”。这次我早做

---

* Thomas Telford（1757—1834），苏格兰土木工程师、建筑师、石匠。

† 出自 Seamus Heaney 的《北方》（“North”）一诗。

了准备，放了一瓶拉弗格在手边。可惜安娜回伦敦了——原来阿拉斯泰尔同她的偶像约瑟夫·坎贝尔[*]一起搭过车去萨拉·劳伦斯学院，她要是在场，准会兴奋得像个神经病。阿拉斯泰尔曾与许多二十世纪最伟大的头脑有过一点交往，当年在西班牙还拐跑了罗伯特·格雷夫斯[†]的缪斯女神玛戈特·卡拉斯[‡]，让格雷夫斯大发雷霆，一时闹得满城风雨。

流水：196.60 镑

顾客人数：25

6 月 23 日，星期一

网店订单：8

找到的书：5

今天劳里看店。她的猫昨晚生小猫了，为了照顾它们，她几乎一夜没合眼，所以今天她是派不上什么用场了。

哈米什·格里尔逊又打来电话说那些书的事。他把他有异议的那些比较值钱的书列了个清单。劳里看了看，发现那些

---

* Joseph Campell（1904—1987），萨拉·劳伦斯学院美国文学教授，研究比较神话学与比较宗教。

† Robert Graves（1895—1985），英国诗人、小说家、评论家，曾任牛津大学诗歌教授。

‡ Margot Callas 后来成为了美国导演、制作人、编剧迈克·尼克尔斯（Mike Nichols，1931—2014）的第二任妻子。

书已经被我们放上网店了。最近她一直在忙活本月第一个星期从格拉斯哥买来的书，她把哈米什的书和那批书搞混了。所以至少我们现在心里有了数，我可以向他开出一个更公道的价格了。

流水：385.98 镑

顾客人数：26

6 月 24 日，星期二

网店订单：5

找到的书：5

劳里今天在店里，所以我把花园库房里六月的“随缘书”搬出来给她打包。订户数在 150 上下。

吃过午饭，我去上星期打电话来的那个脚上流脓的女人家里看她的书。她家在大约十英里外的克里敦，我买进了十种左右弗利欧版的书，包括几册很不错的约翰 · 巴肯和一些其他人的作品。是位老太太，确实病得出不了门。在通往她家的车道上——她的居所是一栋带有海景的现代化平房——有辆由大石块架着的福特卡普里，车身锈迹斑斑，轮子都卸掉了。一个看上去跟我一样对汽车机械一窍不通的中年男子正笨手笨脚地修理破烂的发动机，看起来颇为紧张。买卖做得很爽气，我俩聊了聊她为啥要卖书。她退休前住在约克郡，她孙女刚获得去牛津大学工作的机会，所以她想靠卖书筹集点现金，尽力给予她经济上的帮助。我给了她 70 镑，买了一箱半书。

《书商约翰·巴克斯特私想录》越读越有趣，几乎和威廉·Y. 达令的《破产书商》不相上下。在“编者按”里，奥古斯塔斯·缪尔（在谈及吉米·斯科利文时）是这么形容他的：“一个流氓，思想的高度从来不超过肚皮的高度。”

哈米什·格里尔逊打来电话，我们在那批书的价格上达成了一致，225 镑。

流水：123 镑

顾客人数：14

6 月 25 日，星期三

网店订单：3

找到的书：3

劳里当班。今天的订单里有本书叫《写给医疗保健从业人士的正统犹太生活方式指南》。

邮递员凯特来派件，与此同时迪肯先生也出现了。在邮件里有个包裹装着他订的《在巴塔哥尼亚》。他付完钱就走了，既只字不提他在巴塔哥尼亚干了些什么，也没有给我机会询问。倒也不是说我真的会问。那跟我没有半毛钱关系，不过当地的渔场在世界上是数一数二的，我得承认，我有点好奇他是不是为了捕鲑鱼才去那儿的。

我花了大半天在肯湖上的盖勒韦活动中心拍片。他们搭建了两个生态棚屋，需要宣传片。我这些年来给这边的人拍片赚的钱最后都投回去买了录影设备，我们现在已经拥有了很可观的一整套配置，包括一个悬臂、几台非常高级的便携式摄像机、麦克风，甚至一架无人机。安娜在布拉格上过电影学院，而我呢——除了一个创意声音制作的硕士学位——完全是自学的，所以可能水平比较次。虽然跟书店相比，皮科托（电影公司）带来的收入相对较少，但是我确信，如果有朝一日书店办不下去，我有更多时间了，我们能够把这一行做大做强。不过就目前而言，拍片主要是我的一项爱好，我从不会主动找活儿干：接到的工作已经够我忙的了。再多就过头了。

今晚的广播 4 台的《前排》节目里有篇文章谈詹姆斯·帕特森*挞伐亚马逊的文章。他是个坚定不移的实体书店拥护者，经常声讨亚马逊。在访谈里，他宣布他打算以补助金的方式拿出 25 万镑来支持书店，每一项鼓励孩子阅读的倡议都可以得到最高 5,000 镑的奖励。这似乎是个扩张“开卷随缘俱乐部”、把童书包括进去的大好机会，还可以趁机更新一下我那个用起来叫人头昏脑涨的网站。

流水：343.67 镑

顾客人数：33

---

* James Patterson（生于 1947 年），美国惊悚推理小说作家。

6 月 26 日，星期四

网店订单：3

找到的书：2

网上卖掉一本书，名叫《路警亲历记：铁路上的惊险故事》。

刚吃完午饭，“文身控异教徒”桑迪来店里放了十来根手杖。从他上次来到现在，手杖卖出去不少。在一年的这个时间段，这种手杖特别好卖。他花了 33 镑储值，买了几本关于凯尔特神话的书。

下午一两点钟，一位年轻姑娘带了三箱书来卖。大部分是意料之中的作者的成套小牛皮装帧古董书：吉本啦，司各特啦，麦考莱啦，那一类。不算很值钱，也不怎么抢手，但放在书架上很漂亮，偶尔有些人会出于这一原因买下来。这种书是不错的结婚礼物。她从她爷爷奶奶那儿继承了这批书，没兴趣留着了，于是我给了她 200 镑。标价的时候，我注意到那套司各特《诗集》（1830 年左右的版本）第一卷的空白页上写了八个名字（笔迹各不相同），这些人除了名字之外，生平我一概不知。不知道名单上下一个会是谁的名字。

流水：184 镑

顾客人数：15

6 月 27 日，星期五

网店订单：4

找到的书：4

妮基今天上班。她一来就叫我搭把手，帮她从面包车里拿一个她想在店里卖的东西。天气很好，可她一打开侧门就把我吓了一跳，竟然是一辆代步车。昨天她和她朋友艾瑞丝去了趟道格拉斯城堡，也不知道为什么，艾瑞丝是个代步车方面的专家。他们在一家慈善商店的橱窗里看到了这辆车，艾瑞丝告诉妮基定价低了，于是妮基冲进去把它买了下来。我对她说我绝对不会在店里卖起代步车来，不过最终还是答应她可以把车放在门口，挂一张“代售”的牌子。她试了试车，骑着它来回了一趟联合超市。上午我跟她订下赌约，说这车永远也不可能卖得出去。下午 5 点，她以 150 镑的价格把车卖给了一位威格敦的居民，安迪。安迪老家在南非，最近被确诊为癌症晚期。

所以我赌输了，只好带她去“庄稼人”（一家以约翰 · 麦克尼利 *《威格敦庄稼人：人生中的一段》命名的酒吧，麦克尼利此书 1939 年由普特南出版社出版，至今印行不衰），请她喝了一杯。我俩和卡勒姆，还有其他几个朋友晒着太阳，在人行道上坐了一两个小时。

今天是苏格兰的学校学期的最后一天，所以随着人们来盖勒韦度假，书的销售有望好转。我的生意是跟着学校放假的

* John McNeillie（1916—2002），又名 Ian Niall，苏格兰作家，在盖勒韦长大。

时间安排迎来波峰波谷的。

流水：261.99 镑

顾客人数：20

6 月 28 日，星期六

网店订单：3

找到的书：3

今天还是妮基当班，她差不多恢复了星期五／星期六上班的惯例。我早上 5 点 30 分出发，先坐渡船去贝尔法斯特，再赶火车去都柏林见克罗达。她是我在布里斯托尔时结交的朋友。现在她打理家里的生意，都柏林的一家药房。我们经常交流顾客的故事。她讲的故事往往比我的戏剧化，一般都会有海洛因瘾君子、未遂的抢劫，等等。同她的友谊千金难买，因为正是她的存在，才让我觉得自己不是朋友圈里唯一一个要被大众逼疯的人。虽然亚马逊暂时还没有像在其他所有方面那样将触手伸向处方药，克罗达的生意却也面临着相同的问题：个体户要跟劳埃德和布茨这类连锁商竞争。

我到都柏林的时候中午刚过，直接去了克罗达在斯托尼巴特*的家。一起吃了午饭，我第一次见到了她六个月大的孩

* Stoneybatter，爱尔兰都柏林北部的一个居民区。

子埃尔莎，然后我们去码头接从伦敦经霍利黑德[*]专程赶过来的安娜。克罗达邀请我们去都柏林南部一座公园里听了一场露天音乐会，主咖是“小妖精”和“拱廊之火”[†]。我已经好多年没参加过这样的活动了。她老公利奥和朋友鲁瓦森也去了。夏日的傍晚很和暖，我们度过了无比美妙的一夜。我请一个利物浦佬喝了一杯，他递过来半颗 E 丸[‡]，不过我婉拒了。

流水：143 镑

顾客人数：15

6 月 30 日，星期一

网店订单：5

找到的书：5

我一定得记得申请詹姆斯 · 帕特森的补助金。

流水：203.45 镑

顾客人数：15

---

* Holyhead，威尔士的一个小城，是渡过爱尔兰海去往爱尔兰的主要港口。

† “小妖精”（The Pixies）和“拱廊之火”（Arcade Fire）分别是美国和加拿大的知名摇滚乐队。

‡ E 即 Ecstasy 的缩写，指摇头丸。

七月

> 有两类臭名昭著的讨厌鬼，是哪家二手书店都躲不过的。一类是散发着陈年面包屑味道的衰朽之人，他们每天都来店里，有时一天还要来几次，一心想卖给你毫无价值的书。另一类人则会订下大量书，却压根不想付账。
>
> 乔治·奥威尔，《书店回忆》

现在当然也不缺堵在书店门口想卖给你毫无价值的书的人。大部分日子里，尤其在春天，书店里会涌来新一波这样的人。平均算算，每天大概有一百本书会以这种方式进门。其中——还是说平均——我愿意出价的不足三成。剩下的能拿走当然最好，但他们往往是在清理某个人——去世的姑妈、祖母或者父母——的房子，并不想跟那些书还有什么瓜葛，所以宁可把书留在店里。遇上这类情况，既然是面对刚经历丧失亲人之痛的来客，通常就很难拒绝他们的请求了。以前我们常常把这些书堆在垫子上，挂在 eBay 上卖，可这一市场似乎也枯竭了。如何来处理这种滞销的库存越来越成为我们和许多书商的一大难题。

至于奥威尔提到的另一类人——那类订下书却不打算付账的人——直到几年前肯定还没绝迹。我们很少受人之托订书了，因为人们很容易就能在家里自行解决。随处都可以。为顾客订书从来就不是个特别有利可图的活儿，不过对于书店的收入总归不无小补，现在这点小钱也没处赚了。

7月1日，星期二

网店订单：4

找到的书：2

劳里今天没法来上班了，因为她的猫被车撞了，她得带它去看兽医。不幸的是，她的猫死了，留下了四只还很小的猫咪给她照顾。

今天的订单里有本1935年版《煤矿消防员袖珍手册》。不知为何妮基把书录进电脑时将其归到了化学类，但其实并不在那儿。

这个月底安娜住的公寓的租期就到了，她问我能否开车去一次伦敦，帮她把东西都搬回威格敦。

马修是个在展会上卖东西的书商，专营高档货，他来了趟店里，从格拉斯哥那批书里翻出了一些，许多还在箱子里没上架呢。他也属于为数不多依然定期访书店寻书的书商中的一员。十五年前，书商就是书店常客，会来店里大量买走自己专业领域的书。如今这种人太少了，能碰上一个已经很稀罕。马修做珍本书买卖，主要在书展上销售：不是地方性的书展，而是大规模的古旧书展，比如奥林匹亚和约克*，还有其他

* 应该是分别指会在伦敦奥林匹亚展览中心举办的ABA（Antiquarian Booksellers' Association）珍本书展和“英国最大古旧书展览”的约克全国书展。

单本书的平均价格动辄几千镑而不是几十镑的书展。他只买好品相的书，常常是现代初版本。他的足迹遍布欧洲，找好书买下来，再到书展上卖出去，谈生意时的他嗅觉灵敏，俨然一条小猎犬。

流水：291.44 镑

顾客人数：21

7 月 2 日，星期三

网店订单：6

找到的书：6

因为要照顾小猫，劳里今天又请假了。今天网店卖掉的书里，有一本寄到伦敦的收件人竟然叫基思·理查兹*，另一本的收件人姓名更胡来，叫杰里米·野猪手†。

一个诺维奇的寡妇发来邮件说要卖掉他亡夫的藏书。回信问了问她有些什么书。

流水：280 镑

顾客人数：21

---

* Keith Richards，有同名的音乐人、“滚石乐队”的吉他手。

† 这位收件人叫 Jeremy Wildboar-Hands。

7月3日，星期四

网店订单：3

找到的书：1

今天本该是我开车去伦敦帮安娜搬家的日子，但因为劳里忙于照顾小猫，没法看店，我只好推迟了行程。她好像并不在意，月底之前公寓还是她的，所以她不会被轰到大街上。

今天挺暖和，不过来店里的好几位客人都穿得仿佛现在是一月份。

小燕子开始飞了。船长密切关注着它们。

那个诺维奇的寡妇回复了我的邮件，大致说了下她亡夫的藏书。看起来主要是色情作品。她会安排一名联络人把书寄来我店里。

流水：247.88镑

顾客人数：17

7月4日，星期五

网店订单：4

找到的书：3

妮基今天在店里。听到我后面两天都不在，要先去帮安娜搬家，再去萨默塞特郡参加我老表苏西的婚礼，她简直无法掩饰自己的开心。

我在我俩关系允许的范围内，跟妮基道了个最深情的告别。上午 11 点，顶着烈日出发去伦敦，沿途在邓弗里斯的拍卖会上放了点书，下午 7 点抵达汉普斯特德。真正稀罕的书我通常会送去礼昂滕博的爱丁堡拍卖行，但邓弗里斯的拍卖会现在口味变刁了，所以我不能再把那儿当成垃圾清理站啦。不过，我有时会不由自主买一些我知道虽然店里卖不出去可在那儿能卖掉的东西：比方说，装帧考究的成套书。古董家具商人往往会在拍卖会上买这类书——卖书橱时可以派上用场——放上漂亮的书，书橱会好卖许多。

流水：307.89 镑

顾客人数：36

7 月 5 日，星期六

网店订单：3

找到的书：3

今天还是妮基当班，既然没有传来什么她的消息，就让我天真地认为一切安好吧。

我和安娜在这一年中最热的日子里驱车前往汤顿。小货车没有空调，我们在 M25 公路上被堵了三个小时。

苏西的婚礼是件盛事，亲朋好友咸来道贺。我们唱歌、喝酒一直到深夜：我妈在酒店大概一英里外租了一栋很大的度假屋，我们有十多个人住了过去，包括几位爱尔兰叔伯亲戚，我妹妹露露和她丈夫斯各特。我们混在一起时总有许多乐子，同我们沾亲带故却又不在家族基因库里的人会这样交换意见，说白塞尔那一家子都是多么优柔寡断。我们的伴侣／丈夫／妻子形成了一个小圈子，开始讲各种故事来印证我们情绪上的缺陷；每每说到那些接二连三的癫狂举动，听众总会异口同声感叹“我家那位也是这样”。

流水：351.46 镑

顾客人数：35

7 月 7 日，星期一

网店订单：5

找到的书：4

对那些没妈的小猫实行了一星期的宠物营救计划后，劳里终于能回来上班了。

我和安娜从汤顿开车回来，傍晚 7 点前到了威格敦，正好赶上郡大楼的一场会议，讨论的是计划在教堂谷建造的一座装有风力发电机的农场。我俩一起去表达了反对意见，理由在于从威格敦（越过海湾）看过来，农场会一清二楚，但我们是否有资格获得办这种实业时通常用来打点周边居民的真金白银，就不太清楚了。风力旋涡机农场一年的营业额在 3000 万镑左右，可（委员会决定）给居民的钱只有区区 10 万，换句话说，是营业额的 0.3%。因为开发带来的大部分视觉影响都得由海湾我们这一边的居民来承受，就算有好处，我们得到的也不可能多，因为离得最远。距离农场最近的那些人肯定获利最大，其中绝大多数人，眼睛也不必遭罪。这番言论激怒了很多马查斯的人。

流水：213.48 镑

顾客人数：17

7 月 8 日，星期二

网店订单：3

找到的书：1

今天网上的第一单是一本关于平交路口的书。

劳里赶上了这个阳光明媚的好日子回来上班。

今天花了大半天剪辑为肯湖上的盖勒韦活动中心拍的片子。我下楼准备看会儿店，好让劳里去吃午饭，这时她告诉我她因为她吃苹果太大声，被一位客人“嘘”了。可以想见，紧接着会传来的是故意让人听得见的窃窃私语：“现在的孩子啊”和“她不知道这是家书店吗”之类。

一位客人拿来了三本音乐方面的书，我给了他 10 镑。

收到一条妮基汇报本周工作的短信，让我产生强烈的不祥预感。结尾的话是：“等着看我这星期给你准备了什么吧！你准会喜欢的！”

小货车该换了。开了 172,000 英里，眼下我开始怀疑它还能不能承受长途行驶，所以我去了趟威格敦汽车公司，向文森特打听打听换车的事儿。

流水：254.98 镑

顾客人数：25

7 月 9 日，星期三

网店订单：3

找到的书：3

劳里今天又在店里，不过她不得不把小猫带在身边，因为家里没人喂它们。

怕归怕，也许是时候去斯特兰拉尔见一见那位波兰牙医了；早上醒来时，我牙疼得要命。我抗拒去看牙医绝不是因为对他的执业资格有异议，主要是上次见他的后遗症，当时他为我拔了颗智齿。可后面的经历让拔牙的创痛黯然失色：看完医生不久，我在莫里森超市撞见了一位老友和她的两个孩子，他们看上去吓坏了。我回家一照镜子，顿时明白了。在麻药的作用下，我的大半张脸都像中风一般僵了，血不仅沾满了下巴，还淌到了衬衫上。

那个消沉的威尔士女人又打电话来了，都没来得及告诉她店里没她想要的东西，她的声音里已经透出一如既往的失望了。

流水：334.99 镑

顾客人数：28

7 月 10 日，星期四

网店订单：3

找到的书：2

劳里今天看店。天气倒又是很好的。

在今天早上收到的邮件里，有两封来自怒气冲冲的顾客，都抱怨说邮局寄去的书是错的。订购了一本关于斗牛的书的顾客结果收到了一本关于创意蜡烛制作的书，而那位喜欢制作创意蜡烛的顾客则收到了那本关于斗牛的书。虽然我们已经答应退钱，外加把对的书补给他，那位斗牛士还是在亚马逊上点了差评，还这样评论道：

> 我订购了上面的书，却没有收到。寄来的是一本错书，叫《创意蜡烛制作》。两本书在内容上差得不能更多

了。我联系了卖家——威格敦书店——告诉他们寄错了。他们承认了错误，答应等我退还那本我没买的书，就把正确的书寄来。

文森特打电话来说他在因弗拉里* 觅到了一辆小货车，总里程走了 5 万英里，售价一万镑。我准备跟银行谈谈，再办个贷款。

流水：89.29 镑

顾客人数：24

7 月 11 日，星期五

网店订单：2

找到的书：2

妮基今天回来上班了。又是一个好天气，阳光明媚，就是被她的存在给毁了。今天早上她宣布，她不再参演我们给脸书拍的视频。她在片子里就许多问题阐述了自己的独到见解，为关注书店主页的人们带来了极大的快乐，但在我俩一致同意最终的剪辑之后我又改了一个地方，所以她不乐意了。不过她答应负责拍摄，让我去当受害者。

* 原文作 Inverary，似为 Inveraray 之误。

我发现花园里有个顾客正盯着池塘出神，明明门上写着“闲人莫入”——她要靠近花园，首先得把门打开。

一个客人拿了三本书走到柜台前，指着其中两本，说：“这两本我要了；另一本你得放回书架。”接着他问我能不能用乐购会员卡的积分来买他要的那两本书。

流水：149.90 镑

顾客人数：14

7 月 12 日，星期六

网店订单：2

找到的书：2

今天又是妮基看店。天气变得又潮湿又阴沉。

网店订单越来越少；可能是“季风”又出了问题。

今天是“威格敦市民周”的第一天，书店门口广场对面的酒吧塔姆 · 丁沃尔（盖勒韦以前的领主）的人在中心广场上对着一群被细雨淋得湿漉漉的小年轻唱起了《伤痛破碎的心》*，迎接盛会开幕。在威格敦的活动日程上，“市民周”是重头戏，会举办各种稀奇古怪的活动，而且明确把当地人而非游客作为目标群体。有智力竞赛、给孩子准备的活动（比如在盐沼上的

* “Achy Breaky Heart”，发行于 1990 年的一首乡村歌曲。

“泥泞自然行走”）、木筏比赛和各种小镇活动，包括有点过时的“威格敦公主”加冕仪式。还设了各种奇妙的奖，比如“最佳装饰卫生纸”。给人的感觉就像穿越回了 1950 年代。

一位客人问他同伴哲学书放在哪个区域。他回答：“不清楚，你得去问那个小家伙。”小家伙？只怕不是吧。

一个老头拿了一箱书来，里面有本维多利亚时代的家用《圣经》。这年头，这种书就算有人要，也是极个别情况。这本《圣经》里夹存着一封寄自康沃斯*、落款时间为 1879 年 2 月 22 日的信：

亲爱的妈妈我们满怀欣喜
写信来告诉你
答应的事都会实现
这片土地古老而荣耀
我们的生活一切安好
不该有太多怨言。
很高兴对你说
老朋友们很享受生活
希望你一点没变
马里恩不在的日子里
要照顾好你自己
切记这句话挂在耳边
星期一上午

* Carnwath，苏格兰南拉纳克郡（South Lanarkshire）的一个村庄。

珍妮就要上路
和埃里克向那座大城市跋涉
她已完全准备好
所以写信让你知道
很快她就会回到卡卢克。
你亲爱的，
麦琪。

在书里发现旧信件不是什么稀罕事，但一封以韵文写成的信就少见了。我以前买到过一本《智慧七柱》，书里夹了超过一百封致一位寡妇的吊唁信，其中有许多来自从未与她谋面的人，不过他们的人生曾受过她先夫的影响。这些物事总能激起我的好奇心，我很难不去遐想这些寄信人和收信人究竟是谁。

流水：367.91 镑

顾客人数：33

7 月 14 日，星期一

网店订单：6

找到的书：5

劳里今天来上班了。显然是有家人来帮她照顾小猫了。

她到了没多久，一位客人走到柜台前，说："向您请早安，先生！不知容或可否告知，贵店哪个书架上可能放有关于军事史的书籍？"

今天打烊的时候，书架特别乱，店里孩子一多，这种情况就很难避免。有些家长觉得任由儿女在店里乱跑、打扰其他顾客和留下一片狼藉是可以接受的。不过，大部分家长都挺好，孩子也规矩。面对一架子书脊朝外排得整整齐齐的书，所有四岁大的男孩都会产生本能反应。他们好像忍不住会把书本尽量朝书架里面推进去。对小男孩来说，整齐摆放的一排书是无法抵挡的诱惑，他们无法控制住把它们弄乱的欲望，正如难以压抑去扯猫的尾巴和在水坑里乱蹦的冲动。

最近妮基提醒我说，她觉得我坚持要这地方保持有序和整洁是 OCD* 的某种表现形式，她真心相信客人们喜欢店里的地上到处堆着书，而且他们并不太在意书是否按主题和品种归类。

流水：223.98 镑

顾客人数：21

* 即 obsessive-compulsive disorder（强迫性神经官能症）的缩写。

7 月 15 日，星期二

网店订单：2

找到的书：2

今天还是劳里顾店。她走进办公室，对正在干活的我说有位客人拿来了一张威格敦的版画。那是张裱了框的十九世纪版画，很雅致，从中能看出如今威格敦已不复存焉的一些建筑特征。他开价 50 镑，正中我下怀。

如果明天天气好，我和卡勒姆打算去玩帆船。去年他买了一艘赫尔利 22，这种小型帆船号称可以坐四个人，但其实四个孩子上去都会感到拥挤，更别说两个身高超过六英尺的男人了。

流水：374.96 镑

顾客人数：37

7 月 16 日，星期三

网店订单：3

找到的书：2

劳里准时来上班了，但卡勒姆计划的帆船之旅得天气好才行，而今天早上雨下得很大，所以他打电话来说我们该把旅行推迟到天气好转以后，既然如此，我便没有打包和整理东西。结果一出太阳，他招呼也不打就出现了，准备好了要出发，我只好叫劳里打包和在网上处理“开卷随缘俱乐部”的书，然后告诉维尔玛，等劳里去邮局放掉今天订单的邮包，这批书就可以派人来取了。

随着客人们从冬眠中醒来，开始出门花钱了，书架上渐渐有了一道道缝隙——弗利欧系列和铁路类书籍的区域尤其稀疏。

我匆忙收拾了一下，跟劳里道了别，同卡勒姆驱车前往斯特兰拉尔。下午 1 点，我俩扬帆起航，向爱尔兰海上的一座无人岛屿艾尔莎 · 克雷格进发，下午 7 点到了那儿。午后的天气晴朗而和煦，我们到达时，金灿灿的橙黄色阳光正勾勒着岛的轮廓。我们在码头泊好船，上岸，在倾颓的楼宇和废置的铁路间探险。艾尔莎 · 克雷格是一处古老的火山颈*留到今天的唯一遗址。它好比是艾尔郡海岸之外的一块巨型花岗岩。在它悠久的历史中，这座岛曾是十六世纪拒绝参加国教礼拜仪式的天主教徒的避难所；当地人称它为“爱尔兰佬的里程碑”，一是因为它位于格拉斯哥和贝尔法斯特中间，二是因为流传着两大巨人——一个爱尔兰人，一个苏格兰人——互相角力的民间传说。传说他俩互扔石头，而艾尔莎 · 克雷格正是最后那一块。

卡勒姆和我坐在船舱里喝啤酒喝到凌晨光景，一边看着

* 原文为 volcanic plug，也称 volcanic neck，堵塞在中心式喷发的火山管道内已冷凝的岩浆。

成千上万只小水母游过。它们不仅让水面漾起波纹，还围成一个个圆圈，仿佛有人在原本平静的海里投下了一颗鹅卵石。睡觉是在帆船尾部的一个逼仄的位子上，就像躺在棺材里一样难受。

流水：242.49 镑

顾客人数：19

7 月 17 日，星期四

网店订单：3

找到的书：3

上午 9 点，我俩醒了过来，去岛上别处继续探索。我们先循着雾角声往北边走，随后我爬上山顶，半路上驻足看了一眼城堡。卡勒姆留在船上，给船体做了防污。下午 1 点，我回到船上，在出发去兰姆拉什 * 前还游了会儿泳。在艾尔莎·克雷格山顶的时候，我看见有艘船缓缓驶向卡勒姆，仿佛要稍作停留，同他问好。随着它渐渐靠近，我发现那艘船突然变了路线，朝格文驶去。我回到船上时，卡勒姆正在里头泡茶。我对他说那艘船好像莫名其妙换了方向，他解释道："噢，那个啊。你去山顶后，我决定光着身子给船体做一下防污，反正周围也

* Lamlash，阿兰岛（Isle of Arran）上的一个村庄。

没有人。当时我爬上船来想拿刷子，不小心把光屁股对准了人家。等我回到水里才注意到那艘船，但他们已经开走了。”

下午 2 点，我们向阿兰岛出发。风时有时无，所以我们根据最合适的情况，有时开发动机，有时操控船帆。

傍晚 7 点左右，我们在一群海豚的陪伴下抵达了兰姆拉什。卡勒姆给小艇充了气，我们划船登岸，在“漂流客栈”吃了饭，还喝了几杯，然后才回到船上过夜。

流水：102 镑

顾客人数：11

7 月 18 日，星期五

网店订单：0

找到的书：0

游览了兰姆拉什附近的神赐岛。

下午 3 点，劳里发信息来说店里停电了。

流水：389.45 镑

顾客人数：29

7 月 19 日，星期六

网店订单：0

找到的书：0

下午 4 点，我航海归来，回到店里，吓了妮基一跳，因为她不知道我们会什么时候回来。看到我平安到家，她的不快写在脸上。我关上店门后，有个男的打电话来说他要离家去护理中心了，想卖掉自己的藏书。他住在凯尔索*郊外的一个小村庄里。我跟他约好月底前去拜访。

流水：288.98 镑

顾客人数：38

7 月 21 日，星期一

网店订单：0

找到的书：0

劳里今天看店，美好和煦的一天。

“季风”还是无法运行，也许是上周五停电所致，于是我给他们的技术支持团队写了邮件。

---

* Kelso，苏格兰边境区的一个集镇。

今天的第一位顾客是个爱尔兰女人，上午 9 点 09 分，她走进店里，问道："告诉我，是不是苏格兰所有地方都是 10 点才开门？"

下班后我去参加了一个市政会组织的会议，主持人叫"店铺医生"，工作是帮助零售商提升营业水平。结果完全是浪费时间，我被他的 PPT 整整折磨了三个钟头，那恶心的课件里尽是些深具"启发性"的见解，什么"如果你一直开着门，会比店门紧闭时迎来更多顾客"，什么"你的店名应该反映你卖的商品类别"。好吧，我想这第二点我是完全做到了。"书店"这名字应该没啥歧义。当他展示出一系列衰败不堪的店铺，问我们——把我们当成学龄前儿童——"有人能告诉我这家店有什么问题吗？"时，我终于忍无可忍，离开了。这引起了大家的公愤，有那么几秒钟，我害怕他们会联手杀了我，但当主持人跟我说话的那一刻，我的害怕迅速转为了希望，心想杀了我倒也好。"你，你一直很安静。你觉得这家店的店面有什么问题？"他慢悠悠问道，与此同时，投影仪"咔哒"一声，我眼前出现了一家没有招牌的店，窗是碎的，门口还停着一辆烧毁的车。

流水：187.60 镑

顾客人数：30

7 月 22 日，星期二

网店订单：4

找到的书：0

还是劳里当班，还是明媚的好天气。她花了一天把要卖的书登记在 FBA 上。一旦凑满四箱，她就会叫人把书送去邓弗姆林的亚马逊仓库。

劳里休息的当儿，一位客人来到柜台前，指了指一个上面贴有地址标签的箱子，里面是要寄给一位美国买家的一套《统计账户》。

客人："我有点不懂，放在那里的箱子是……"

我："抱歉，那箱书不卖。已经卖掉了。"

客人："我觉得没有。"

我到现在也没搞明白这是怎么回事。

妮基发来一封邮件，描述了上周六店里接待的一位身着全套高地礼服的客人。"光彩夺目的绿色紧身马甲，手织短袜，苏格兰便帽上有翩翩起舞的松鸡羽毛。"据妮基说，他"带了条狗大摇大摆走进店里，到他走出门外为止那狗一直在叫。有点毁掉了他的形象。他没搭理我。可能是英格兰人吧"。

跟理发师理查德约好明天理发，他的店开在书店往南第三家。

“季风”的技术支持人员终于联系了我们，通过远程操控解决了问题。

流水：268 镑

顾客人数：27

7 月 23 日，星期二

网店订单：13

找到的书：9

劳里看店。阳光充足，天气真是好极了。

上午 10 点 45 分，我溜达过去理发。理查德还是一如既往地友好、健谈。正要离开时，我恰好遇见迪肯先生走了进来，他是要给他遮盖秃顶的那部分头发做点什么护理。他略带狐疑地隐约认出了我。也许脱离了书店的环境，他一时想不起我是谁。

上星期五以来订出去的书，只剩下四本劳里还没找到和打包。我们已经收到好几通愤怒的邮件和电话，说月初订购的书到现在还没收到。“历史性报纸”的运输也许出了问题，我得去查一下。

“历史性报纸”是一家本地的公司，会把旧报纸送到世界各地，他们和 DHL 物流签订了非常优惠的合同，所以一切国际件我们都通过他们来寄送。他们两周来一次，拖走这边所有英国以外买家的包裹。

吃过午饭，我又开车去了一趟卡斯卢斯，看了那位脚上伤口化脓的女人的一些别的书。她在渐渐清掉个人物品，家里有不少弗利欧的好货——能装满一箱子。为她孙女的“牛津基金”再贡献 55 镑吧。

下班后，我和那个马耳他人屈赛去了蒙雷斯 * 的海里游泳。

流水：236.49 镑

顾客人数：16

7 月 24 日，星期四

网店订单：5

找到的书：3

在今年目前为止最热的日子里，劳里打开了店门：花园里的温度计显示 29 摄氏度。

我们在把书上架的时候，一对夫妇走进店里。妻子在古董书架间粗手粗脚地穿行着，又是咳嗽又是咒骂，与此同时，丈夫在“苏格兰室”看书。他赶上她后，她大声抱怨着头痛，黏膜炎发作，膝盖也酸痛。等她终于住嘴了，他递给她一点某种顺势疗法里用的结晶体治她的头痛。尽管非常烦人，他们倒

* Monreith，苏格兰马查斯的一个海边村庄。

是花 250 镑买了一册十八世纪的苏格兰植物学书。

劳里打理好了四箱通过 FBA 卖的书。这些书会发往邓弗姆林的亚马逊仓库，再由亚马逊直接出售和派送。

也许是昨天在理发店门口的短暂相遇使然，迪肯先生来店里订了一册艾莉森 · 威尔的《阿基坦的埃莉诺》。劳里接过他的订单时，他看起来不太信任她，在《书商约翰 · 巴克斯特私想录》里，帕福斯顿先生对待亚历克的态度可能跟他有点像；见到是亚历克这个年轻学徒工为他办事而非巴克斯特本人时，“我想他会承认，他对那小伙子是有顾虑的”。不过，劳里可不像亚历克，她对付任何客人都不在话下。

今天剩下的时间里，我和劳里都在给“随缘书”打包、贴标签。两位会员决定明年不续费了。包完那些书后，我让劳里掸了掸窗户。在夏天的烈日炙烤下，店里烫得像火炉。

流水：449.99 镑

顾客人数：10

7 月 25 日，星期五

网店订单：5

找到的书：5

妮基今天在店里。她一天都在处理“随缘书”的邮费，这是她尤其讨厌的工作，我总是想方设法确保她每个月都有的做。

即将打烊的时候，一个客人拿来了两张装裱过的艾尔郡地图，都是手工上色的，1828 年的老货。我以每张 60 镑的价格买了下来。

流水：369.50 镑

顾客人数：17

7 月 26 日，星期六

网店订单：3

找到的书：3

妮基很早就来做起了大扫除，这跟她平常的工作内容——主要包括竭尽所能把店里弄乱——大异其趣。她跟我商量，如果“臭凯里”继续喷一身百露 33 来纠缠，我就替她找个可以开溜的借口。果不其然，看到书店对过停着妮基的蓝色面包车，上午 11 点他上门来了。我扯谎说纽顿 · 斯图尔特的邮局有个包裹，问妮基介不介意帮我去拿一下，她爽快地答应了。这时“臭凯里”问她能否让他搭车，因为他想去看他兄弟，这下没辙了，我只好自食苦果，对妮基说要是她能看店，纽顿 · 斯图尔特还是我亲自去，顺道送“臭凯里”一程。这趟旅程可谓恐怖至极；百露 33 的气味如此浓烈，哪怕车窗全开，车厢里的空气还是令人窒息。

下午 3 点，迪肯先生来打听了一下他的订单。我告诉他书下个礼拜到。他捏着一罐猫粮。

我和妮基花了一下午将小货车清理、擦洗干净，好让文森特明天开去因弗拉里。下午 4 点,我把车开到了文森特那儿。

妮基决定要和她朋友莫拉格参加爱丁堡书展，准备届时宣传“开卷随缘俱乐部”。她要我星期四之前印好名片和传单。

流水：367.46 镑

顾客人数：13

7 月 28 日，星期一

网店订单：6

找到的书：3

劳里今天休假，所以店里就我一个人。文森特打电话来说新车到了，我随时可以去提车。

我把要寄的包裹拿去邮局的时候，维尔玛问我安娜是否安好。这话不小心让威廉听了去，他令人不快地咕哝了几句。

遵照妮基的指示，我花了一个小时设计俱乐部的宣传材料，好让她带去爱丁堡书展。吃过午饭，我把电子版发给了纽顿 · 斯图尔特的“J&B 印务”，留言说星期四前务必完工。

下班后，我去文森特那儿提了新车。车是银色的，装有内置导航、电动车窗和牵引杆，比之前那辆小红车高级多了。

后门上刷了一面圣安德鲁十字旗*，应该会激怒我那位支持联合王国的老妈。

流水：434.44 镑

顾客人数：39

7 月 29 日，星期二

网店订单：4

找到的书：4

劳里今天来上班了。据说她的狗眼睛被扎伤了。她那座家庭动物园的戏剧还在上演。不过，她的小猫看来一切尚好。

亚马逊上来了个订单，买的书叫《改造危险而无用的马》。我本该把这本书寄给我表亲奥菲的，他的马好像都能被同时归入这两个类别。

迪肯先生的书到了，于是我给他的语音信箱留了个言。

流水：341.48 镑

顾客人数：33

---

* 即苏格兰国旗，图案为蓝底衬白色 X 形十字。

7 月 30 日，星期三

网店订单：3

找到的书：3

劳里在店里，今天的大部分时间都是多云的天气。

开车去北贝里克*查看一栋漂亮的乔治王朝时代排屋里的天主教相关书籍。给了那个男的——个子很高，话少到我都开始怀疑他是“沉默派”的修道者——200 镑买了五箱书，然后开去艾茅斯找了家旅馆住下来。

流水：541.90 镑

顾客人数：44

7 月 31 日，星期四

网店订单：3

找到的书：2

劳里看店。今天的订单里有本书她找不到，叫《偏远建筑的污水处理》。

吃过早饭，我离开艾茅斯，驱车前往凯尔索附近的一栋

* North Berwick，苏格兰东洛锡安区（East Lothian）的一座海滨小城。

住宅，约了人看另一批待沽的书。这次是一位老爷子的藏书，他太太最近过世了，所以他就要从自己的平房搬去庇护住房[*]。他好像很乐意搬家，这也许是人生中最后一次了吧。平房建在一个陡坡上，走到门口要经过十来个台阶。因为机动性大受限制，我想眼下他会把舒适放在第一位，而不是独立。那些书里有他自己的，也有他亡妻的。虚构和非虚构作品都有，品质颇高，品相也好，总共大概 600 册，包括带书盒的弗利欧版本伍德豪斯[†]、E. F. 本森[‡]和奥威尔作品。我挑了大约 100 本书，付了他 190 镑，然后开车回家，下午 3 点左右回到店里，正好碰见一位穿着廉价涤纶套装的客人问我："还记得我吗？五年前，我在你这儿买了本关于保龄球的书。"

"J&B 印务"的艾丽森送来了新鲜出炉的"开卷随缘俱乐部"传单，发货清单上的价格是 313.94 镑。妮基最好能吸收到大量新订户，弥补这笔开销。

威格敦农业协会的秘书海伦发来邮件，提醒我别忘了答应过下周三给家畜展览会拍部片子，做成 DVD。远期天气预报说那天可能天气很糟。

流水：277.73 镑

顾客人数：31

---

* 原文为 shelter accommodation，亦作 sheltered housing，专为老年人设置的庇护性居所。

† P. G. Wodehouse（1881—1975），英国小说家、剧作家，1955 年加入美国籍。

‡ E. F. Benson（1867—1940），英国小说家、传记作家、考古学家。

八月

> 像大部分二手书店一样，我们开发了不少副业。比方说，我们兼营二手打字机，也卖邮票——我是说，用过的邮票。集邮者是古怪、沉默、像鱼一样的一类人，各种年龄都有，但都是男性；显然，女人并不觉得把一张张小巧的彩色纸片贴进集邮册里有什么特别的趣味。我们也出售六便士一份的星象图，编者号称自己成功预言了日本地震。它们装在信封里，我从来没打开来看过，但买过的人常常回来告诉我们他们的星象图“特准”。（如果星象图说的是你对异性有很强的吸引力，而最大的缺点是慷慨，你肯定会觉得它“特准”的吧。）
>
> 乔治·奥威尔，《书店回忆》

对二手书店来说，也许各种副业比以往任何时候都重要。如果手头有钱，时机合适，我就会去邓弗里斯的拍卖会淘各种能在店里卖的杂项。目前店里有一只乔治王朝时代的橡木书桌（70 镑），两对维多利亚时代的草地保龄球（每对 25 镑），十七个各式花盆（价格不一），一块结实的维多利亚时代挡火隔板（300 镑），一些版画复制品、画作和一张红木桌子（75 镑），还有各种各样的便宜首饰、人造珠宝，安娜把它们归拢在书店一角，取了个名字：“世界最小古董店”。可不是我的主意。仔细挑选一下，这类东西颇能烘托气氛，因为可以把建筑的故事向顾客娓娓道来：这地方先是一个家，后来才转变为商店——起初在1899年是布料店，然后在1950年代成了食品杂货店，从1992年起开了书店。文身控桑迪的手杖也放进了杂货堆，但愿书痴们在店里尽情浏览时，这些东西足以让他们不爱读书的伴侣不感到无聊。

8月1日，星期五

网店订单：4

找到的书：4

妮基看店。

今天早上，屈赛过来问好。今天是她生日。

我：“生日快乐，屈赛，祝你今天开开心心。”

妮基：“哎，屈赛，你离死亡又近了一年。”

诺里拿来了他做的用来替换书店门口的“书螺旋”的混凝土书本样品。我以前是用玻璃纤维树脂包上真书来制作的，但一来做起来费事，二来每三年就得更换。混凝土虽然成本高，不过一劳永逸。

迪肯先生来店里取走了《阿基坦的埃莉诺》。“反正我要来威格敦看医生，索性就把书取了。”

下午4点30分，我爸妈过来喝了杯茶。十五年前，差不多在我买下书店的时候（在他们热情的鼓励之下），我爸从农场退休了。他们卖掉了农场和宅子——我小时候，他们把房舍改造成了度假小屋——然后在2000年，搬去了五英里外的现代化住宅，当时恰好是他们搬进农庄的三十年后。土地他们还留着，租给了别人。我妈向来是事业的主导者，依然忙于开展各种计划，我爸呢，退休后则一直在修古董车。第一辆是宾利，最近在修一辆阿尔维斯。他们离开五分钟后，我给店门上锁，这时看到我妈正在扒拉我那辆新车后门上的圣安德鲁十字旗贴纸。

下班后，我去"庄稼人"同卡勒姆和屈赛喝了一杯，庆祝屈赛离死亡又近了一年。

流水：263.98镑

顾客人数：31

8月2日，星期六

网店订单：4

找到的书：4

今天妮基当班，而且奇迹般地准时到店。上午凄风苦雨，不过下午放晴了，两三点钟我收到了凯蒂发来的短信。我答应让她夏天来上班，她明天就报到。哎呀，这么一来，我只好削减劳里的工作时间了，因为付不起两份薪水。

妮基已经准备停当，星期三去爱丁堡书展分发“开卷随缘俱乐部”的宣传资料，于是我上网查了查她应该把哪些活动和作者当作目标。结果书展要到下个星期六才开始，是她搞错了时间。

“文洛克图书”（在西罗普郡的马奇 · 文洛克）的安娜 · 德雷达和她的伴侣希拉里来了。她们刚从北尤伊斯特*度假归来，应我之前的邀请 en route 来小住。我们聊书店聊到很晚。难得有机会和其他书商交换意见，而听到同行也在面对主要由亚马逊凶残的进军带来的问题，总是令人感到安慰的。安娜适应目前局面的办法是减少正式雇员，依靠志愿者——这一点我没有考虑过——还有在店里办活动。她们会在这儿住上几天。

快打烊时，一个阿伯丁郡巴勒特的男人打来电话。他有一批关于极地探险的书很想出手，所以我和他说定下周三碰头。如果品质过关，那种书应该会在即将到来的图书节上畅销。

流水：495.49 镑

顾客人数：36

* North Uist，苏格兰外赫布里底群岛（Outer Hebrides）中的一座岛屿。

8 月 4 日，星期一

网店订单：7

找到的书：7

法定假日。凯蒂和劳里今天都在店里。学医的唯一作用似乎只是让凯蒂变得更尖酸刻薄了——她来的时候，我正赤脚站在店里，她说我这副样子，书店不像书店了，倒比较像收容所。

一个客人拿来了四箱关于中世纪文学的书。我挑了一些，给了他 60 镑。凯蒂花了一整天按字母顺序整理了犯罪小说类书籍，完成了安德鲁开了个头却碍于难度无法做完的工作。

我在清理心理学类的书架时，撞见一本叫《原子结构与化学键》的书，显然是妮基放过去的。周五我要找她聊聊这个问题。我还发现她自创了一个新的类别，叫“大后方小说”。我立马撤掉了这个区域，把书收进箱子里，留待重新上架。

希拉里对加文·麦克斯韦尔特有兴趣，于是我带着她和安娜去兜了个风，看看他童年住过的埃尔利格之屋、蒙雷斯的麦克斯韦尔纪念碑和蒙雷斯宅邸。之后我去了举办家畜展的场地，趁着夕阳无限好，用装有一台小型 GoPro 摄像机的无人机拍了一组空中镜头。

好几年前，有个朋友送了我一本她心目中数一数二的书：约翰·肯尼迪·图尔[*]的《笨蛋联盟》。它一直放在我“待读”

* John Kennedy Toole（1937—1969），美国小说家。*A Confederacy of Dunces*（1980）在他身后才出版，获得了普利策奖。

的那堆书上，所以在打烊后，我翻开此书读了起来。

流水：346 镑

顾客人数：26

8 月 5 日，星期二

网店订单：0

找到的书：0

今天，劳里和凯蒂还是同时在店。我真的亟需把她俩分开，因为两个人的工资我是付不起的。下礼拜开始，她们一人工作三天，没有重叠的日子。

今天没有订单，我怀疑“季风”系统又出了岔子。已经写邮件过去知会他们了。

安娜和希拉里动身回马奇·文洛克了，不过在走之前，她俩说想带一个读书小组再访威格敦，明年二月在店里开办创意写作课程。我提醒她们要注意天气。她们好像并没有打退堂鼓。我吃不准开这种班能不能带来经济收益，所以建议说第一年可以免费把房子给她们用——她们似乎觉得客厅是个理想场所——如果能赚到钱，我们可以合计合计开第二次班，到时付给我小额租金。

凯蒂花费一天整理了一遍诗歌部分，把那些书理出了一个混乱无序的模样。

下午 3 点，网断了。

流水：550.34 镑

顾客人数：52

8 月 6 日，星期三

网店订单：0

找到的书：0

今天早上我下楼开店的时候，网还是连不上，于是我打电话给我的新供应商“巨人电信”，他们回复说我需要新的用户名和密码。听到我说情况紧急，因为我接不到订单了。他们答复会让技术人员回电，所以出门前，我给劳里和凯蒂交待了应该怎么应对。

昨晚下了很大的雨，上午是阴天，虽然预报里说天气好不了，后来还是放晴了。天好得正是时候，因为今天是威格敦展览会日。我花了大半天拍羊、拍牛、拍马、拍鸡和跟农民聊天。威格敦展览会是苏格兰最古老的农业展览会之一。两百年来每年都举办，帐篷里会坐满售卖乡村手工制品和食物的人。现场有音乐和吧台，各种娱乐活动，还有圈了很多牲畜的围栏。

下午 3 点 45 分，“巨人电信”的技术人员终于回电了，4 点我们重新联了网。拜技术问题所赐，两位姑娘没法把书录到网上了，我发给她们的两份薪水算是白费了。

劳里和凯蒂去帐篷里参加了展览会之后的派对，然后在店里过了夜。凌晨 1 点我上床时，她俩还没回来。

流水：386.90 镑

顾客人数：43

8 月 7 日，星期四

网店订单：6

找到的书：4

劳里是上午 8 点 50 分起床的，凯蒂则睡到 9 点 15 分。两人看起来都宿醉得厉害，今天算是指望不上了。

流水：337.05 镑

顾客人数：28

8 月 8 日，星期五

网店订单：3

找到的书：2

早上 7 点，我就出发去巴勒特了，所以今天是劳里开的店。

妮基在家制作下星期要带去爱丁堡书展宣传“开卷随缘俱乐部”的东西。她计划下周三和周四去现场分发传单和免费的书，其中大部分——她现在才告诉我——都是不经我同意从书架上拿的。

我中午之前到达了巴勒特，找到了那个宅子。那是一片每家每户都带浮夸的玫瑰园的又小又乏味的平房中一幢又小又乏味的平房。迎接我的男人个子不高，胡子拉碴，穿着晨衣和拖鞋。他太太也是一样的穿着。屋里逼仄而杂乱，每个表面都积了一层灰尘与污垢。每间房里都有书，有很多堆在楼上一个改造过的阁楼里，有一条非常局促的楼梯通往那里。他太太给我泡了一杯茶，我四处看书的当儿，他们在看电视。他们很友好，但看上去并不想聊天。书稍微有点令人失望——破旧的两卷本皮装南森《北极》*，企鹅版彻里–加勒德《世上最糟的旅程》†，埃文斯将军《与司各特往南行》‡——大部分的品相都介于一般到糟糕之间。没有那种你会期待在一批极地探险类旧书里淘到的尖货——初版沙克尔顿《南极》或者豪华版《南极之心》§，后者的紧缺程度就跟我今年的收入状况差不多。一个小

---

* *Farthest North*，挪威北极探险家、海洋学家、政治家 Fridtjof Nansen（1861—1930）出版于 1897 年的作品。

† *The Worst Journey in the World*，英国南极探险家 Apsley Cherry-Garrard（1886—1959）出版于 1922 年的作品，记录 1910 年到 1913 年间英国南极探险队的事迹。

‡ *South with Scott*，英国海军将领 Edward Evans（1880—1957）出版于 1921 年的作品。“司各特”即两次指挥英国南极考察队的 Robert Falcon Scott（1868—1912）。

§ *South* 和 *The Heart of the Antarctic* 都是英国极地探险家 Sir Ernest Henry Shackleton（1874—1922）的作品，分别出版于 1919 年和 1909 年。

时后，我凑了六箱子书，都是有关南极的，我们谈妥价格，300 镑。那个男的和他太太都很不爱说话，待人倒也没有不友好，我之前认定他应该不太会聊起自己的情况，结果在把书搬上货车的时候，我问了他一句是什么引起他对南极的兴趣的，他竟出奇地兴奋起来。三十多岁时，他曾是英国南极科考队的成员，为做研究在那边待过好几个夏天。我实在不该小觑买书和卖书的人。

下午 1 点刚过，离开了阿伯丁郡，驱车向南。下午 6 点到家。

流水：106.98 镑

顾客人数：19

8 月 9 日，星期六

网店订单：4

找到的书：4

今天天气棒极了，妮基在店里。下星期我有好几天要出去捕鱼，所以我俩讨论了好几项我不在时务必要完成的工作。对于这些话妮基能不能听进去，我不太有信心，甚至可以说毫无信心。估计我不在店里的时候，她会怎么高兴怎么来吧。

妮基下班刚出门，有个骑着电动踏板车的人差点儿把她撞倒在人行道上。我的第一反应是安迪，就是那个几个星期前买她车的人。我正思考着她被自己的踏板车撞倒这件事中的反讽意味，妮基回来了，要取她放在角落里的帽子。我问她最近有没有见过安迪，因为我好像有一阵没见过他了。她的回答带着那种相信死亡是开始而非结束的人特有的随便与淡然："他上星期死了。"

流水：336.87 镑

顾客人数：25

8 月 10 日，星期日

网店订单：3

找到的书：3

开车去莱尔格[*]捕三天鱼，同行的有我朋友弗里德里克、费奈拉和几位他俩邀请来的客人。A9 公路蜿蜒曲折，你在独自开车的时候尤其感到长路漫漫，因为大部分路段都没有广播信号。通常我可以重新调至长波频率，收听国际板球特别锦标赛的赛况转播，但昨天英格兰队在最后一天击败了印度队，所以路上连这个伴也没有了。暴雨下了一整天，天气预报说这种情况差不多要持续一星期。对捕鲑鱼来说，河里水位低时比较理想，不过看样子这次是没希望了。

这趟旅行是我今年的重头戏，我之前一直担惊受怕会不再受到邀请——也许是因为我捕鱼（和交际）能力堪忧。弗里

* Lairg，苏格兰萨瑟兰（Sutherland）的一个村庄。

德里克一家和其他一些人共同拥有在欣河和奥伊凯河捕鱼的权利，他们在莱尔格村外不远有栋面积很大的别墅。在过去几年里，每年我都有幸受邀可以在苏格兰最好的鲑鱼水域捕上几天鱼。我现在已经认识了大部分其他受邀前往的人——每年都会变——这一次还见到了弗里德里克跟他第一任妻子的孩子威尔弗和黛西，来宾则包括与我同校过几年的比菲和初次见面的威尔，他这人很有意思。

欣河颇为壮丽；穆罕默德·阿法耶兹*在欣河瀑布附近建了个游客中心，那里有个平台，人们可以站在上面观看等在瀑布深水处的鲑鱼从水里露头，然后迅速穿过瀑布，游去河流上段产卵。欣河是水力发电系统的一部分，它流经一条又深又陡的峡谷，穿过一片风景如画的阔叶林，又猛地下落，汇入萨瑟兰狭海峡。欣河能带来某种真正的古老感——也许是它与冰河世纪的联系使然——或者河道上遍布的那些同房子一般大的巨砾——又或者某些地质变化让你不禁充满代入感，因为这条河仍然沿着莫伊内推覆体†的志留纪断层线披荆斩棘缓缓流过。奥伊凯河上段水域的景色类似，但那边的风光比较开阔：欣河的四周皆是峭壁，困于峡谷之中，而且有一年我碰巧发现它已被纳入水力发电计划。当时我跪在河里的一块礁石上，有个水力发电技术员准是已经决定要打开闸门。我正集中注意力用假蝇瞄准水里的目标，自然没注意到河水快要淹没我腿下的礁石。等我反应过来，礁石和河岸中间的水已经升高到我只能蹚

* Mohamed Al-Fayed（生于 1929 年），埃及富商。

† 推覆体（Nappe）为地质冲断层上盘，远距离推移而来的外来岩块。

水上岸的地步——高统胶靴里灌满了水，身上也湿透了，踉踉跄跄地走向岸边的树，踏上回家的路。

8 月 11 日，星期一

网店订单：4

找到的书：3

早上 7 点，狂风暴雨的喧闹声把我吵醒了。我和弗里德里克从他家的别墅开车到欣河见了渔猎向导。水位达到 5 英寸的欣河和水位达到 11 英寸的奥伊凯河都是不适合捕鱼的。水都太多了，于是我俩又开去两条河的瀑布，看看水量这么大，鱼冲过瀑布会是怎样的景象。

流水：467.46 镑

顾客人数：45

8 月 12 日，星期二

网店订单：4

找到的书：2

早上 7 点 30 分，和其他来宾之一的威尔一起起床。威尔是弗里德里克的老朋友。我们开车去了奥伊凯河上的3号猎区，水位非常高。渔猎向导彼得到场的时候，我恰好捕到一条18磅重的鲑鱼。结果那是今天我们在奥伊凯河上唯一的收获。下午我去了欣河捕鱼，在瀑布上面错失了一条巨大的鲑鱼，就几秒钟光景，它就把我螺旋轮上的钓丝全部扯了开去，还一直向前游，在尾流里留下一个"V"。我很肯定那条鱼30磅都不止。要是跟别人说起这件事来，不知道有哪个会信。

流水：534.57镑

顾客人数：54

8月13日，星期三

网店订单：5

找到的书：4

一早上都在捕鱼。吃过午饭，我同他们道了别，出发去格拉斯哥。找了家旅馆过夜，明天早上在附近有笔收书生意要做。

流水：297.70镑

顾客人数：25

8 月 14 日，星期四

网店订单：3

找到的书：3

早上 8 点醒，开车去格拉斯哥见一对年轻夫妇，他们要搬家，决定卖掉藏书。其中包括各种各样登山相关的书，我挑满了三箱，出价 75 镑。在他们工作间的书桌上写支票的时候，我不小心推了一下显示器旁的鼠标，结果激活了原本休眠中的屏幕。跳出来的是一家炮友网站，一个非常迷人的黑头发年轻姑娘映入我眼帘。幸好当时他俩都不在屋里，那位妻子回来取支票时，屏保已经恢复了。

我把三箱书装上货车，启程回家，12 点 30 分到了店里，结果发现劳里和凯蒂没在工作，而在一边聊天一边听音乐。柜台乱糟糟的，桌上和整个空间都丢满了书和纸片，于是我教育她俩要讲究整洁，她们回敬我说我简直是个挑剔的老妈子，还模仿我的样子。我只好查了查河流的水位，决定下午去附近的敏诺克河再捕一条鲑鱼，这项计划最后彻底失败了。

4 点 30 分我回到店里，看到我妈正在带着我侄子贾尔斯参观书店。她特别喜欢带人参观我的店。多年前的一次，在图书节期间，我回卧室拿凿子，撞见她正在屋里和明显浑身不自在的琼·贝克威尔*大谈我室内装潢方面的品位。

快 5 点时，一位老先生来到店里，说他过世的姐妹在“厄

---

* Joan Bakewell（生于 1933 年），英国记者、电视节目主持人、工党上院议员。

尔河上的浩克”[*]附近的家里有些书（大约 800 种），问我们能否帮他处理。他亟需清掉这批书，因为他只在这里待到星期六，我答应明天吃完午饭就过去看看。

流水：299.69 镑

顾客人数：32

8 月 15 日，星期五

网店订单：3

找到的书：0

凯蒂今天看店，代妮基的班。

“季风”又崩溃了，我们无法获取定位器代码，找不到客人下单的书。其中有本埃姆林 · 威廉姆斯[†]的《天生同志》。

吃过午饭，我开车去“厄尔河上的浩克”看那批书。那座小村庄离我大概三十五英里远。书放在一座非常漂亮的白色小屋里。屋里很乱，但放满了雅致的古董家具和画作，书呢，各种类别都有。稀罕货不多，有很多比较不错的书因为三月份的一场大水发霉、泡坏了，不过我找到了一套两卷本的 1755 年版《堂吉诃德》和几册初版 A. A. 米尔恩作品。这些书、画

* Haugh of Urr，位于苏格兰邓弗里斯和盖勒韦的一个村庄。

† Emlyn Williams（1905—1987），威尔士作家、剧作家、演员，*He Was Born Gay* 是他出版于 1961 年的剧本。

作和家具来自一个大户人家，大宅子卖掉后家族内部就分了财产。这些东西放在农村小屋里显得格格不入，如果它们有思想，当初肯定会觉得买家应该住在更阔气的地方。那位老先生和他孙子住在那儿，话很少。我注意到我和他孙子穿了一样的运动鞋，可一向他指出这点，他竟然大惊失色。我挑走了十二箱书，给老人家写了张 525 镑的支票。

回到店里时，我看到一张凯蒂回家前留的“待完成的事”清单，其中包括“修季风系统”。问题出得太频繁了，也许是时候换一个系统了。四分之一的时间里都无法运行，虽然技术支持不错，但总部在俄勒冈州，比我们慢八个小时。我快打烊的时候，刚巧是他们开始上班的点。

流水：217.98 镑

顾客人数：26

8 月 16 日，星期六

网店订单：5

找到的书：0

今天店里就我一人。“季风”还是瘫痪中，就是说连昨天订出去的书的定位器代码我们也没法找。妮基去了爱丁堡书展，分发俱乐部传单的同时也播撒同样份额的智慧。下午 4 点，我收到她的短信说她已经放弃，最后去了酒吧。

到吃午饭的时候，我已经同两位客人发生争论。跟第一位争的是鬼怪是否存在，跟第二位吵则是因为她带来了一本用气泡膜仔细包好的零册彭斯作品（1840 年版，一套四册，另三册不见了），深信它值一大笔钱。听到我说这本书白送给我我也不要时，她看上去受了很大的冒犯。套装中的零册很难卖——遇到一位买家恰好缺了你拥有的那一本，而且书的装帧也般配，概率极低，所以除非是非常喜欢的书，或者里面有漂亮的木刻画或铜版画的插图本，我们——大部分书商都如此——一般不会收。

威格敦农业协会的秘书海伦发来邮件问片子怎么样了，我还没开始剪辑呢。

今天早上收到两箱书。原来是诺维奇那个寡妇寄来的色情作品。我上网查了查书价，向她出价 75 镑。买进色情作品很不好办，绝大多数都无法在亚马逊或者 eBay 上销售，因为这种书触犯了负责两家公司的假道学们拘谨的神经。

下午 7 点，艾略特来开董事会会议，打扮得倒很像那么回事，不过才到了几分钟，他的鞋就出现在厨房地上了。

流水：407.97 镑

顾客人数：29

8 月 18 日，星期一

网店订单：6

找到的书：5

凯蒂今天上班。她抱怨说生病了，于是我给她冲了杯“柠适”*。到吃午饭时，我也感到很不舒服了。

“季风”一直瘫痪，下午 2 点，他们俄勒冈州的技术支持团队中有个人终于醒了，随后通过远程操控修好了系统，我们这才又可以处理订单、找书了。

下午，一位客人问“带插图的诗集”放在哪个位置。我说我们并没有专设这一类别，他恐怕得把诗歌类细翻一遍。两小时后，他兴高采烈地拿了一堆总价 200 镑的书来到柜台前，说他刚开始藏书不久，认为“带插图的诗集”是建立个人主题收藏的非常有趣的选择。我真心以为这类人已经绝迹了。我简直想抱抱他。

要打烊的时候，我感到难受极了——嗓子痛、头痛、流鼻涕。卡勒姆顺道来玩，我俩去喝了一杯。

我还没有把星期五从“厄尔河上的浩克”买的书从车上卸下来，所以我真的应该先做这件事，选出比较值钱的那些挂在网上卖掉，回笼点资金。

流水：469.33 镑

顾客人数：36

---

* Lemsip，柠檬味冲剂型感冒药。

8 月 19 日，星期二

网店订单：3

找到的书：3

凯蒂打电话来请了病假，所以店里只有我一个人。我怀疑自己和她得了一样的病；难受了一整天，可“开卷随缘俱乐部”的书明天必须寄出，我只好把书全打包好，再上皇家邮政的网站一单单处理。会员数又跌至 153 人了。邮费 247.53 镑。今天早上去邮局送单的时候，我问维尔玛她明天能否派邮递员来取那六袋书。听到我向他打招呼“你好啊威廉，今儿天又很好啊”，威廉还是那句：“好在哪里？”

流水：270.98 镑

顾客人数：30

8 月 20 日，星期三

网店订单：2

找到的书：2

凯蒂和劳里都请了病假。劳里是昨天晚上 11 点打电话来的，凯蒂则是今天早上 8 点。她俩同时生病，真是太不体谅人了。

擦拭放园艺类图书那间屋的书架时，我在钓鱼类别里发现了一本《奥德赛》。我还没质问妮基这是怎么回事，但不用问也知道，她的回答准是："哎呀，不过书里的人确实在船上待了一段时间嘛。你想他们会吃些啥？哎呀。鱼咯。懂了吧？"

邮递员来取"随缘书"时，我已经关店了。幸好我还在店里，听到他敲门。

凯蒂之前保证说生病归生病，她还是会来看店的，所以我给她发了短信，这样一来，我就能去格里姆斯比从书商伊恩那里拿书了，此人是我长期的合作伙伴。

流水：276.70 镑

顾客人数：30

8 月 21 日，星期四

网店订单：4

找到的书：4

凯蒂今天抱病上班。清晨 5 点，我出发前往格里姆斯比，10 点 45 分到了那儿。伊恩的店在格里姆斯比正中央的一个古教堂里。三年前，他怀抱着把大约一万本书挂到网上的想法做起了生意。现在他决定放弃了，因为去跟大型商家竞争渐渐变得不可能，他们凭借经营体量可以让亚马逊和皇家邮政给予很大的让利，小型商家根本得不到这种优惠。

我和伊恩翻了一遍两年前我寄来请他挂在网上卖的很多箱书。我从中挑了十箱左右我觉得可以在店里卖的货，剩下的则以 500 镑的价格卖给了他。随后他出价 1500 镑向我购买他已经放到网上却尚未卖出的书，我欣然接受了。

经过十三个小时的驾驶和搬运箱子，我的背都僵了。今晚我睡得像果戈理《死魂灵》里拿到了普柳什金庄园中那些死人名字的奇奇科夫——“睡得又沉又安稳，慢慢进入甜美的梦乡，只有那些对痔疮、跳蚤和过度活跃的智力引起的痛苦毫无体会的幸运儿才拥有这种福气。”

从店里“企鹅现代经典”区域拿了本福克纳的《我弥留之际》，上床前开始重读。我参加高级考试那年课程里有这本书，记得当时很喜欢。

流水：603.63 镑

顾客人数：41

8 月 22 日，星期五

网店订单：3

找到的书：2

今天劳里在店里。

上午的邮件中，有封不太友好的来信：

> 都 22 号了，我还是没收到《鲳鱼塔》*。

* *Fomfret Towers*，英国 / 澳大利亚小说家 Angela Thirkell（1890—1961）出版于 1938 年的作品。

我住在坎布里亚，同威格敦隔索尔威湾相望。

在 AbeBooks 上买了一本远在南非的书，两天就到了，订购的其他书也很快就送到我手里。

从威格敦郡到坎布里亚要 12 天才能收到一本书，着实不能接受。也许你该考虑换一种邮寄方式了。

吃过午饭，我去爸妈家取了我的猎枪，把一只 Kindle（碎屏了，我在 eBay 上花了 10 镑买的）想象成那本寄丢的《鲳鱼塔》，给了它一枪。一下子射它个粉身碎骨，真是爽翻了。

打烊前夕，一个男的拿来三本伊恩 · 弗莱明的初版书，其中包括《诺博士》*，我给了他 150 镑，旋即便后悔了。事后想来，100 镑都嫌多了。

流水：296.47 镑

顾客人数：20

8 月 23 日，星期六

网店订单：2

找到的书：2

两姑娘今天都不在。我的背痛得要命，现在我的左腿也

* *Dr. No*，弗莱明出版于 1958 年的“詹姆斯 · 邦德”系列小说之一。

麻了。我给卡罗尔—安打电话，她的背最近刚动过刀。她说我这是坐骨神经痛的症状。

收到两封亚马逊买家的邮件，说他们被迫去邮局取件，还因为我们没贴邮票，额外付了钱。两个包裹是 8 月 14 日或 15 日寄出的，于是我查了查日记。14 日凯蒂和劳里都在店里。15 日只有凯蒂在。等她们病好来上班了，要有人挨骂了。

我在找今天上午订出去的书时，有位客人来问 ："你店里最古老的书是啥？"然后说想看看。是本叫《马蒂阿利斯》的书，出版年份为 1501，所以恰好无缘享有"摇篮本"（任何一本 1501 年前印刷的书，都被浮夸地称作"摇篮本"）的神圣光环。随后她告诉我她有本更古老的书。我这才反应过来她是来跟我比赛的。我们这本《马蒂阿利斯》——虽然不是摇篮本——的特色在于它是阿尔丁出版社印行的。阿尔丁是早期威尼斯最负名望的印刷商之一，在书籍印刷的世界里享有盛誉，一是因为在印刷品中引入斜体字，二是因为首次以如今已成标准的八开本出版了尺寸较小的书。其商标也受人推重 ：一条海豚灵巧地穿过一只锚。

流水 ：270.85 镑

顾客人数 ：28

8 月 25 日，星期一

网店订单：2

找到的书：2

今天，凯蒂终于拖着步子来上班了。我提起了有包裹没贴邮票的事。她承认这可能是她的失误。

“文身控异教徒”桑迪拿来了五根手杖补充库存。

我的背还是很痛。我本来打算去看医生，但忘了今天是法定假日，所以打了个电话给我的药商朋友克罗达。她推荐我试试可待因*，于是我跑了趟药房，结果药房也没开门，我只好去联合超市买了扑热息痛和布洛芬。

迪肯先生打电话来问能否订购一本艾莉森·威尔的《阿基坦的埃莉诺》。我问他确定是这书吗，因为我们最近刚给他订过一册。他愣了愣，回答道：“噢是的，这书就在我书桌上。我的书单哪儿去了？对对，我要的是戴维·斯塔奇†的《亨利》。能给我订一本吗？”我向他保证说这星期结束前就能到货。

我留下凯蒂看店，开车去格拉斯哥，在帕迪克卖了四十箱次品书给“换钱买衣服”。

我记性很烂，所以又记了一笔提醒自己申请詹姆斯·帕

---

* 原文为 co-codamol，一种止痛药。

† David Starkey（生于 1945 年），英国历史学家、电台和电视节目主持人，*Henry* 是他出版于 2008 年的作品。

特森的补助金。我的“非做不可之事”名单正变得越来越长，现在又多了一条。

流水：367.05 镑

顾客人数：72

8 月 26 日，星期二

网店订单：2

找到的书：1

劳里今天上班。她来没多久，一个体格庞大、蓄着姜黄色傅满洲八字须的女人买了本关于《指环王》电影幕后故事的书。

一位之前从没见过的书商来柜台前问我们有没有什么珍稀的初版书，于是我告诉他那三本我刚买的弗莱明初版他要的话可以 200 镑拿走。他婉言谢绝了，不过花 225 镑买了我们店里的初版《世界大战》*，而且是用支票付款。今年来店里用支票买书的，他还是头一个。我刚买下书店的时候，每周都会去银行存掉一两张支票，但如今都是刷信用卡了。

我跟眼镜店的人约好午饭后上门。经过几轮测试，验光

---

* *War of the Worlds*，威尔斯（H. G. Wells，1866—1946）出版于 1898 年的科幻小说。

师彼得告诉我，我的视力和四年前最近一次检测时基本一样。听到我说我在浴室看书很费劲，他问道："你白天在那儿读书是不是感觉清楚些？"我说是的——确实如此。他建议我更换灯泡。老样子，碰头的大部分时间里我们都在聊骑行和航海。走的时候我订了两副新眼镜。

下午6点30分，卡罗尔–安来了，问我们她今晚能不能住下。我打电话给卡勒姆，请他一起吃晚饭。安娜和卡罗尔–安开车去纽顿·斯图尔特的中国餐馆买了外卖。在安娜的世界里，这就相当于"做饭"了。

流水：287.96 镑

顾客人数：56

8月27日，星期三

网店订单：3

找到的书：2

妮基当班。

这星期的"老饕星期五"看来改到了星期三，今天早上，妮基朝我咧嘴笑着打招呼："瞧，嗯，我给你买了一袋焦糖消化饼干。不过都融化成一大坨了。"她还买了辆自行车准备卖掉。我说绝对不可能有人傻到会买的。她刚在自行车上挂了块"待售"的牌子，把它靠在店门口的长凳上，"臭凯里"就出现了，问她这车多少钱。她答道，鉴于他眼下得靠两根拐杖走路，买自行车就有点不自量力了。

一个看上去年近八十的老太太拿着一袋子书来卖。都是色情书，而且都是 1960 年代的写真画册。我翻看了一两本，觉得挺有价值，便给了她 50 镑。离开前她拿起其中一本，说："看你能不能认出里面哪个模特是我。"

卡罗尔–安又住了一晚。

流水：461.39 镑

顾客人数：34

8 月 28 日，星期四

网店订单：5

找到的书：5

凯蒂今天在店里。

气死我了，妮基的自行车竟然卖掉了。她在脸书上更新道：

> 不好意思各位，自行车卖掉啦！
>
> 现在放在那儿的是一张带升降式盖子的定制版木桌！超酷的！给 20 镑就归你了。

一位老太太拿着本书来到柜台前："这书我要了，谢谢。

是买给我儿子的，你知道。他是小学老师，正给孩子们讲恐龙呢。我对恐龙一无所知，他也是，所以给他买这本书。下星期要见他，到时把书给他。是她姑姑弗洛伦丝的七十岁生日。你知道吗，她看上去绝对不到六十岁……”她又这样说了十分钟才停。

AbeBooks 发来邮件说我们的账号被暂时冻结了，因为订单完成率低于最低要求的百分之八十五。我回了信，问他们如何才能恢复使用。

妮基在翻看一箱要卖给“换钱买衣服”的书时，一个老头上前同她搭讪——“我在找一本书，但我不记得书名了。但我知道它封面长什么样。那是本老书。”

“文身控异教徒”桑迪又拿来了一些手杖。转眼就卖出去了一根。

流水：388.03 镑

顾客人数：39

8 月 29 日，星期五

网店订单：1

找到的书：1

妮基今天看店。她带了印度炸菜饼和泡菜来过“老饕星期五”——一如既往，都是从莫里森超市垃圾箱里挑的。

AbeBooks 来了回信，关于我们该如何恢复账号，给出的解释简直复杂得荒唐：我得说清楚两点，先是订单完成率为何会降低，再是我们会用什么办法将其提升。感觉很像在学校里被逮住抽烟而道歉。我怪罪了劳里一通，然后告诉 AbeBooks 的那女的（艾玛）我已经把懒惰的员工解雇了，这就是我提升订单完成率的策略。她对此好像十分满意。

下午，我开车去邓弗里斯看了看一位退休长老会牧师。他太太刚过世，但看起来没受什么影响，兴高采烈的。也可能正因如此才心情大好。我选了好几个种类的书，凑满一箱带走，给了他 75 镑。唯一一本像样的书是《盖勒韦的街谈巷议》，此书一般要花 40 镑才能到手，这本才 20 镑不到。

3 点 30 分回到店里，刚好不经意听到一位客人在对书架后面影影绰绰的丈夫说："刚去花园逛了一圈。门上写着'闲人莫入'，但我还是进去了。真漂亮。"

妮基找到一本书叫《跟消沉的女人一同工作》，决定自己留着。打烊后她去了酒吧，晚上就在节日床位上过了夜。

流水：328.89 镑

顾客人数：27

8 月 30 日，星期六

网店订单：3

找到的书：3

今天我们接到了六月以来 AbeBooks 上的第一个订单。他们终于明确无误地重新吸纳我们为平台商家了。

妮基把邮包带去邮局的当儿，一位客人拿了本标价 6.50 镑的 1876 年版《丹尼尔 · 德隆达》* 来到柜台，问："能不能便宜点？" 我气得真想告诉她："那就 7.50 镑吧。"她甚至都不等别人回答，就说起完全不相干的话来："威尼斯真是让我失望透了。全是游客。"——自以为高人一等的游客永远如此抱怨。

我把店托付给妮基，开车送安娜去格拉斯哥机场，她要回美国探亲。

流水：211.86 镑

顾客人数：29

* *Daniel Deronda*，乔治 · 艾略特（George Eliot，1819—1880）的长篇小说代表作，出版年份正是 1876 年。

九月

> 我们卖过许多童书，主要是些“过时货”。现在的儿童书太吓人了，尤其是你眼前出现乱糟糟一大堆的时候。就我个人来说，我宁可给孩子读仲裁者佩特罗尼乌斯*的作品也不愿推荐《彼得·潘》，但就连巴里的书，也比后来模仿他的人的作品更有男子气概、更有益身心。
>
> 乔治·奥威尔，《书店回忆》

书店里的童书区域总是一团糟的。虽然我们像西西弗一样坚韧不拔，可不管怎么清理，那堆书只能保持一两天的整洁。把它们弄乱的孩子我是很看不惯，但与此同时，我也觉得这是孩子天性使然。不过，看到认真读书的孩子沉浸在自己世界里，注意力完全为书籍所吸引，倒也给了我对书业未来的一丝希望。总体说来，似乎——至少在我店里——比起男孩子，女孩子是更忠实的读者。我小时候，对阅读的兴趣肯定是有限的。不过，巴里的书男孩女孩都不会拿起来看了。那一时期的苏格兰作家，好像只有史蒂文森和巴肯经受住了时间的考验，依然是店里的

* Gaius Petronius Arbiter（?—66），古罗马作家，著有欧洲第一部喜剧式传奇小说《萨蒂里孔》（*Satyricon*）。

畅销作者。

安德鲁·兰的“童话系列”* 也卖得不错，但买的人主要是收藏者而不是孩子。我有次从另一位书商手里买过一套，还带去了一个书展（除了少数例外，书业中的这一块似乎也正在奄奄一息中急促地大喘气）。书展上最赚钱的交易发生在布置展位期间的书商之间，那时大众还没入场。无一例外。花 400 镑买下那套书后不到一个星期，我在兰开斯特书展上以 550 镑将这套书出售给了另一位书商。从此以后我没去过别的书展。旅途、住宿和展位的花销，还有如今的人愿意花在买书上的那点可怜兮兮的钱，都让业内一流以外的书展完全无利可图。

9 月 1 日，星期一

网店订单：3

找到的书：2

今天劳里在店里。等她来了，我开车去纽顿·斯图尔特把上星期的收入存进银行，再去眼镜店拿了新配的眼镜。下午 3 点 30 分，伊莎贝尔来了，发现我戴了新眼镜，说道：“哟，这副眼镜一戴，你看着倒挺聪明的。”在用阴阳怪气的夸奖来

* Andrew Lang（1844—1912），英国学者、诗人、翻译家。这里的“童话系列”应该是指他编写的十二卷世界童话故事集。

骂人这方面，她可以开坛授课了。

流水：153.54 镑

顾客人数：15

9 月 2 日，星期二

网店订单：4

找到的书：2

劳里光彩照人地早早来到店里。下午 2 点，一个留着修剪得整整齐齐的八字须的男人来到柜台前，说："多年前，一个朋友借走了我那本阿普斯利·彻里–加勒德《世上最糟的旅程》始终没还，我一直想再找一本。我看到你店里有一本，不过要 23 镑。对一本旧书来说好像有点贵了。"所以说，经过好些年他终于又找到一本《世上最糟的旅程》，而且版本还很珍惜，却连 23 镑都嫌贵。

整理从"厄尔河上的浩克"买的书时，我在一个箱子里翻到了一本柯林斯版《法语常用语手册》。如果下面的短语能派上用场，那你的假期得倒霉成啥样啊：

"有人落水了。"

"你会做夹板夹吗？"

"她被车撞了。"

"帮我搬一下他。"

"我想拍 X 光片。"

"让我一个人静静。"

"我不喜欢这样。"

"我怎么按铃女服务员也不过来。"

"1940 年我来过这里。"

"这里处决过十一名人质。"

流水：218.93 镑

顾客人数：20

9 月 3 日，星期三

网店订单：3

找到的书：3

上午 9 点劳里开了店，可忘记把牌子从"休息中"翻到"营业中"了。等我发现已经 10 点 30 分了，一个客人都没进来过。

下午 3 点，店门口来了辆希尔林旅游公司的长途客车。每逢这个时候，店里都将迎来一车约克郡的退休人士，他们什么都看不惯，见到免费的东西就拿，十分钟后，边离开边心急地问最近的公共厕所在哪里。因为客车司机的存在，今天这波进击稍微让人能够容忍一些——他是其中唯一买了东西的人。我们互看了一眼，流露出对彼此的同情。他们全离开后，一个女人边在店里穿梭边放声大喊："莉兹！凯伦！"原来是司机在等这两位，人齐了才好发车。她高分贝的嘶喊短暂地打破了侵袭过后店里的片刻宁静。

策划者否决了计划中的风力发电机农场。这是好消息，但再三要求执行这一项目的公司出了名地有本事让荷里路德*推翻当地的决定。

下午 3 点，劳里下班了。今天是她最后一天来上班。不过这个月下旬，她会成为图书节公司的场地经理，就在楼上工作。图书节期间，我的客厅会暂时变成"作家休憩处"，只对讲课的作家开放。我们专门请了个餐饮负责人，让作家们拜访威格敦的日子里吃饱喝足。劳里的职责是确保一切进展顺畅，不过这一点从来没实现过。有一年，我们一位"房客"在图书节第一天早上洗澡，他的操作并没有问题，可他一拔掉塞子，水管就漏了，水流从浴室奔泻而出，浸湿了电炉，只听砰的一声巨响，它爆炸了。我只好打电话给卡罗尔–安，叫她去邓弗里斯买一台新的带来。电炉爆炸引起的冲击力还把无线路由器弄坏了，导致我们连不上网，而那天晚些时候，洗衣机也不工作了。在办节期间的所有设备中，这三样是最重要的。

流水：173.49 镑

顾客人数：15

---

* Holyrood 是苏格兰首都爱丁堡一区域，议会大厦就设在此处，所以民间会以"荷里路德"代指苏格兰政府。

9 月 4 日，星期四

网店订单：3

找到的书：2

今天是凯蒂的最后一天，她走的时候我给了她一个拥抱。她很讨厌身体接触，所以看到她不自在的样子让人格外爽。

流水：304.38 镑

顾客人数：25

9 月 5 日，星期五

网店订单：5

找到的书：4

妮基在店里。才到店没几分钟，她就把包扔在了书店前屋的地板正中央，把外套丢在一个角落，还打开了好几个箱子，在店里每一处空闲的平面都放上了待标价和待归类的书。不过她找到了昨天的订单里一本我没找到的书，承认说是她放错了架子。

修理犯罪作品区域的书架时，我无意间听到有位上了年纪的客人在同她朋友讨论恐怖小说时搞混了 E. L. 詹姆斯和 M.

R. 詹姆斯 *。等回家打开自己买的《五十度灰》时，她只怕会要么惊喜交加，要么大为错愕吧。

我正忙着把新货搬出来呢，一个又矮又胖、穿着格子涤纶裤的客人挡在了“苏格兰室”的门口。她盯了我一会儿，说：“你不认识我了吧？”尴尬地沉默了片刻，我承认道我确实不知道她是谁。原来她是书店脸书主页上许多莫名其妙的帖子的作者，很明显是个对自己的天才有着就算毫无根据、至少令人印象深刻的信念的女人。她说我们通过一次电话；她写了本《不，我不坐跷跷板》，那是她不出所料尚未出版的自传。可怕的是，她看到了妮基贴出来的一张告示，上面说欢迎客人把自己挚爱之书中的段落读出来给我们拍视频发在脸书上。她一溜烟回到自己车上，回来时拿了本书坚持要我给她录音。那是本她某位祖先的自传，写于“一战”前夕。她平板的语调听之索然，时不时还要大放悲声，或者激动地手舞足蹈几番，可动情的点完全跟书里的内容不搭。

离开前，她对我说她准备来图书节“感受一下气氛”，这样的话，在不久的将来她的书大获成功后，她作为受邀演讲者来访时心里就有数了。她问我她能否预订店里的节日床位。其实我早该看出她要来这一套，可竟然傻乎乎地吃了一惊。我马上找了个不太站得住脚的借口，把责任推卸给艾略特，说他决定今年不接受床位预订了。事实上我都已经接了两个预订了。

下班后，屈赛过来喝了杯茶，跟我说起她在 RSPB 访客中

---

* E. L. James（生于 1963 年）是情色小说 *Fifty Shades of Grey* 的作者，而 M. R. James（1862—1936）是英国研究中世纪的学者，以鬼怪故事著称。

心里碰到过的最讨厌的人。结果就是今天来我店里的女人。

妮基在节日床位上过了夜。

流水：246.60 镑

顾客人数：14

9 月 6 日，星期六

网店订单：3

找到的书：3

妮基起了个大早，我下楼的时候她已经收拾完厨房了。接到一个订单，是本叫《失禁》的书。

在脸书上放了张苏格兰独立战争主题马克杯的照片，收到了好几个订单。我扫描了一本 1920 年代的小册子发给贝芙，她就据此做了这款杯子。我忍不住想当作圣诞礼物送一个给我妈。

上午 10 点 30 分，一位顾客拿来了十一箱书——有意大利艺术方面的，也有关于物理学和统计学的。我翻看这些书的时候，有个澳大利亚女人站在我身旁，距离近得叫人难受，笑着看我干活。过了一会儿，她问这些书是不是捐来的。我说没人捐书，每样东西我都是花钱买的。随后她亲眼目睹我给选中的那部分书开了张 120 镑的支票，交到拿书来的男人手里。可走之前，她对丈夫说："知道吧，他的书都是别人捐的。"到打烊时，我卖出去了六本艺术书。买家很高兴，因为其中有两本他找了好几年。

“文身控异教徒”桑迪带了个朋友到店里来逛了一会儿。他和妮基都对金属探测有着狂热的兴趣，于是开展了一场激辩。金属探测的魅力，兴许藏书爱好者可以多少感同身受。两种爱好都是在各自领域里探寻深埋的珍宝，桑迪来店里时，我能看到他眼中的热忱，我想，他出去寻找维京海盗的宝藏时葆有的也是这种热忱吧。

吃过午饭，我和威格敦图书节公司的安·巴克莱碰了个头，她之前请我为“威格敦，节日”（WTF）的一项资金申请制作视频——图书节上给青少年准备的那部分活动。我已经安排好了下星期六为三位组织者拍短片。安是图书节的运营总监（艾略特是艺术总监），她负责所有的物流、预订等。她工作格外拼。我上床睡觉时她办公室的灯往往还亮着（打开窗帘，从我卧室窗户可以看到），而在准备图书节的期间，凌晨1点，那里依然灯火通明。

流水：496.96 镑

顾客人数：36

9月8日，星期一

网店订单：6

找到的书：5

妮基今天在店里。早上的头一件事就是和她吵架，因为我要求她整理书时一次只打开一个箱子，书不要乱放，把店里堆得到处都是，可她偏偏不听。打烊时，她已经开了九个箱子，店里有七处地方堆着书。我向她指出这一点，她就怪到客人头上。

11 点，我带着无人机开车去默里纪念碑*为斯图尔特·麦克林恩的“黑色外界”拍预告片。这一活动从去年开始举办，他会请人预先提交他们创作、录制却没人听过的音乐。他用设在默里纪念碑（在几英里外）的一台 FM 发射机二十四小时向周围四英里之内的人播放全新的音乐作品。随后他会毁坏储存它们的硬盘，根本的用意是表示这里的每一首音乐只为这一次广播而存在。

威格敦图书节公司的前主席安·布朗要我给节日期间有节目要播送的威格敦广播电台录一点音频，所以今天下午我就去广场周围采访了一些书店和图书行业的从业人员。威格敦电台是去年开办的，整个图书节期间都会有他们的节目。电台设在郡大楼的“殉道者牢房”里，是一间带拱顶的小房间，节目几乎是全程直播的，有一个主持人、一个制作人和一组随意搭配的嘉宾——这厢主持人忙着把节目串起来，那厢制片人得跑出去找人来当嘉宾。

晚上读毕《我弥留之际》。下午有个客人看到我在读这本书，说我如果喜欢《我弥留之际》，应该也会喜欢尼克·凯夫†的《驴子见到天使》。我在小说区域里找到了一本平装本，已

* Murray's Momument，纽顿·斯图尔特附近的一处纪念碑。

† Nick Cave（生于 1957 年），澳大利亚歌手、演员、编剧。*And the Ass Saw the Angel* 是他出版于 1989 年的小说。

经开读了。

流水：242.30 镑

顾客人数：18

9月9日，星期二

网店订单：3

找到的书：1

妮基今天不上班，天气温暖、和煦，店里就我一人。三个订单里的两个都找不到。最近妮基的定位器代码老是在变。

今天上午的邮件里有这样一封来信：

主题：我没钱，我爱书，请给我一份工作

正文：

致“书店”：

我写信来是想请问贵店有没有空缺的岗位，因为我是个作家，而且和大部分作家一样，囊中羞涩。通常我会去当服务员，但这次我想碰碰运气，看能否找到一份亲近许多书籍的工作。

我住在一辆野营车里，因为我丈夫眼下正和你们这儿的陶工安迪·P（是他让我提他的，所以你们不能批评我抬出他的名字来套近乎）一起干活，车子就停在镇上。在待人接物上，我经验很丰富，也有不错的客服技巧，不过我觉得真正让我有资格在贵书店工作的是我对各种形状、各种尺寸的书籍的热爱与崇敬。我一直很爱书，并且会永远爱下去。要是法律允许，我也许已经嫁给一本书了。

我的性格勤劳而友好，如果需要，我可以提供推荐信。

我知道这封给“书店”的求职信业余透顶，但我保证，在必要的时候，或者有人逼一下，我是可以专业起来的。

顺颂商祺

贝唐

我回复说她的信来得正是时候，图书节开幕前的日子店里要忙疯了，帮忙的人当然越多越好，但从现在到图书节结束后的几天里我们的生活会只剩下工作。

12 点 30 分左右，“书源”的销售代表卡罗尔 · 克劳福德来了。她总会挑书展前的时候来一趟，确保我囤足从她 iPad 里选的新书。我订购了五十种书，包括三本《苏格兰失落的花园》，其中一本我是打算自留的。我又一次迷上了这种值得怀疑的消费逻辑：同样的书，明明亚马逊更便宜，我偏要从出版商那里零售购买。但恐怕这事儿无法长久。顾客们越来越把书店当成纯粹浏览的地方，然后再去网购。新书尤其如此，亚马逊上的售价几乎肯定比定价低，但二手书的情况不大一样，很可能去网上买反而贵。

吃过午饭不久，一个客人走进来问我们有没有“那本叫《绑架》的书”。我说有的，“苏格兰室”里有好几本。他连回答都懒得回答一句，更别说去屋里看看了，直接出了门。

我用旧托盘做了一个盾牌形木头底座，把那台挨过子弹的 Kindle 架了起来，挂在店里。

从星期天开始，店里的猫——船长——就没影儿了。我在 Skype 上同安娜聊天时说起这件事，她听了好像非常担心，很是沮丧，脑补着各种明明不太可能会发生的厄运将会降临到这只小可怜身上。

流水：235.47 镑

顾客人数：27

9 月 10 日，星期三

网店订单：3

找到的书：3

妮基今天当班。她找到了两本我昨天没找到的书。书是她加入编目的，可随后她把它们放在了跟数据库里的定位器代码完全不一致的架子上。

那个郁郁寡欢的威尔士女人又打来电话，得到的自然是老一套回答。我怀疑她是不是做了一份很长的书店名单，整天给他们打电话问问题。照我的估计，名单上的书店她挨个骚扰一遍再从头开始得花两个月，这差不多符合她打电话来的频率。

上午 11 点，在路人兴奋和错愕的目光里，诺里和缪尔带着制作新“书螺旋”的混凝土书本和钢筋来了。

下午 3 点 30 分，我问妮基要不要喝茶。她回答道：“好啊，不过一定得用骨瓷的杯碟。你那种垃圾马克杯泡的茶我是不喝的。”

打烊后我填写了詹姆斯 · 帕特森的书店补助金申请表。晚点我会检查一下，提交上去。

猫还是毫无踪影。

流水：273.94 镑

顾客人数：24

9 月 11 日，星期四

网店订单：4

找到的书：3

今天还是妮基看店。她送了我四听挤瘪的西红柿，是她以很低的折扣价从联合超市淘来的。

上午 10 点，我开车去纽顿 · 斯图尔特选建材。图书节期间，我得在书店后面辟一个表演空间。在建材批发商店里我碰到了电工罗尼，提醒他说三年前他给我干的活到现在都没寄来发票。

威格敦联合超市要装修，所以下午 4 点就关了。这下我们只好去纽顿·斯图尔特买吃的。联合超市要到18日才重新开业。苏格兰独立公投也是在这一天，对某些人来说，两件事至少是同样值得欢呼雀跃的。

流水：411.44 镑

顾客人数：19

9月12日，星期五

网店订单：4

找到的书：4

还是妮基当班。今天她说的第一句话是："要不要来点黑莓酱？那个，其实也不是真的果酱啦。很恶心的，太甜，所以我加了点辣椒粉进去。涂在肉上应该挺好吃的。"

订单里的书都找到了，我叫妮基上皇家邮政的网站处理一下，然后把包裹送去邮局交给维尔玛。下午5点，我看到它们还是静静堆在店里，问她这是怎么回事。我说这样一来，星期四下单的顾客要到下星期一或星期二才能收到书，而我们保证过四十八小时内发货，她回答道："他们八会*介意的。"

午饭后我开车去格拉斯哥机场接安娜，回来的路上，她一直在用各种说不通的理论解释为什么船长会不见。

---

* 妮基把 will not 念成 wilnae，书中还有几次类似的情况，不再一一注出。

打烊的时候，在妮基之前放“大后方小说”（我已经移除了）的书架上发现了一个新标签，叫什么“真实生活创伤 / 伤害”。我立即揭掉了这个标签。她明摆着是想叫我不痛快。

下班时，妮基说她下星期一或许会来，不过完全取决于她是否乐意。

流水：141.22 镑

顾客人数：17

9 月 13 日，星期六

网店订单：6

找到的书：4

上午 10 点，一个金发大美女走进来自我介绍说她是 9 号给我发过邮件的贝唐。她看起来又迷人又聪明，所以我说可以根据妮基来不来上班让她试着干几天，时间就从今天开始到图书节办完。

一个客人拿起一本林恩·安德鲁斯 * 的书，对她朋友说：“我正在 Kindle 上读这本书呢。”我真诚地希望她看到我那台作为战利品挂在店里的破 Kindle，考虑一下电子书读者对书店来说可能意味着什么。但她的脑袋是否会去好好思考任何问题，对

* Lyn Andrews（生于 1944 年），英国小说家，真名为 Lynda M. Andrews。

此我真心表示怀疑。

午饭时候来了位客人，他左边裤腿卷到膝盖，右边裤腿卷到脚踝，戴着一顶低顶圆帽，买了一本关于密宗性爱的书。

在安娜的坚持下，我印了一批“寻猫启事”去镇上分发了一圈。

在惠特霍恩和朋友吃饭，席间在独立公投问题上发生了激烈的辩论。安娜起初是反对独立的，因为她讨厌民族主义(这情有可原：她外公外婆都是“二战”纳粹大屠杀的幸存者，而盟军解放奥斯维辛时，她爷爷被关在里面)，但似乎渐渐认识到民族主义和国家独立并非必然是一回事。我们中的半数人支持独立，另一半人反对。如果18号公投计票那天双方的票数也像我们这样均分，那今天晚上这顿饭吃得就有意思了。

没想到的是晚上我们还讨论了诗歌。做东的农场主叫克里斯托弗，在大学里念的是纯粹数学，打死我也想不到他居然热爱诗歌。打小我就认识他，但在今晚之前，我压根不知道除了降雨量和庄稼收成他还会对其他东西有一丝一毫的兴趣。晚上他背诵了叶芝的《流浪者安格斯之歌》。太厉害了，动人得不可思议。

流水：239 镑

顾客人数：17

9月15日，星期一

网店订单：5

找到的书：5

妮基今天来不了，于是我给贝唐发了邮件，说她要是有空，欢迎来上班。

我们的亚马逊信誉从“好”跌到了“中”，也许是没完成的订单害的。今天的订单里，有一单得寄去比利时，另一单寄往德国。英镑疲软时往往会这样，而眼下的情况正符合，部分源于——反对独立的人如是说——即将在星期四举行的公投带来的人心惶惶。

下午1点，贝唐来了。我带她在店里参观了一圈，工作就叫她从清理书架做起。这是一举两得，一来可以让店里看起来整洁一些，二来可以让她熟悉各类书摆放的位置。

贝唐来了没多久，图书节的一位驻店作家阿努帕顺道过来喝杯茶。我正焦头烂额地想赶掉积压的工作，可我俩还是聊了一个小时左右。我们讨论了星期四的投票，说有可能等差不多一个星期后我俩再碰头时，苏格兰已经是个独立国家了。就算这事儿成不了，联合超市总归要重新开张了。

一个拖着脚走路的络腮胡子老头问我有没有关于“坎伯里亚纳和诺森布里亚纳”*的书，此举又加深了我对那种为了故作聪明而使用不必要词汇的人的厌恶。到了我的“书店”，集

* 这位顾客在说 Cumbria 和 Northumbria 时都在词的后面加了后缀 -ana，表示“文献汇编”。

邮癖不会给你带来什么好处。几分钟后他回来了，说找不到地方志分类，问道："诺森布里亚是在哪里的来着？"真想告诉他就在苏格兰南部，好歹忍住了。他太太拿着七本写诺森布里亚的书来到柜台，其中包括一本初版《大路和小道》*。一共 27 镑。他看着地板，咕哝道："最低多少？"

流水：211.17 镑

顾客人数：28

9 月 16 日，星期二

网店订单：1

找到的书：1

贝唐今天早上又在店里，所以我花了大半天在旧仓库里搭起了"创意空间"。那是给图书节上阿利森的木偶剧准备的。去年我把仓库改为了某种私人会客厅，我们在广告里把它说成是"图书节俱乐部"。当时，玛丽亚——就是春季节庆时招待客人威士忌晚宴的那位——给大家提供食物、茶水、红酒、啤酒和软饮料，活动非常成功。但今年图书节期间，玛丽亚要负责"作家休憩处"的饮膳，我们找不到可以替代她的人，所以仓库就主要被用作让阿利森办活动的场地了。

---

* 书名全称为 *Highways and Byways in Northumbria*，此书初版时间为 1920 年，作者 P. Anderson Graham。

下午 4 点，一个女人擦着手臂上的血走进了店里。她言之凿凿，说在网球场附近找到了船长，可在把它带回店里的路上，走到联合超市门口时，那只猫开始向她乱抓乱挠、嘶嘶尖叫，随后逃走了。

下午，我接受了“边境 TV”的简短采访，聊了聊即将到来的图书节。盖勒韦的人口密度很稀疏，其他地方的人觉得理所当然的东西，在这里生活的人常常得不到便利，比如公共交通，但我们本地电视台的失败却是史诗级的，任何语言都无法完全概括。他们尽力了，但盖勒韦并不属于边境区，而我们的“本地”电视台竟是从另一个国家的遥远海岸播送节目的。“ITV 边境”的总部盖茨黑德在英格兰，同盖勒韦西部相距近 200 英里。这就相当于伦敦的本地新闻从斯旺西播送，内容要涵盖两地间的一切动态。

流水：152.49 镑

顾客人数：13

9 月 17 日，星期三

网店订单：0

找到的书：0

贝唐今天继续来报到。

我们在整理从“厄尔河上的浩克”买入的最后几箱书的

时候，贝唐发现了一册《凯思琳 · 雷恩诗全集》。一般说来，我对作品摆在我店里书架上的作家都不太了解，但凯思琳 · 雷恩[*]是特例——我从住在距威格敦大约四十英里的彭庞特的一位老先生那儿买书时听说了一些她的故事。六年前，他打电话来说想卖掉藏书，于是我开车前往他家——是座漂亮的地主宅子，花园里有安迪 · 戈兹沃西[†]的雕塑。在我踏入他卷帙浩繁的书斋、在其中奋力挤出一条路之前，我俩坐下来喝了一锅他亲手煲的汤，他边喝边告诉我他最近被确诊为白血病晚期。对他而言，要接受这样的结果肯定很难，他反复告诉我就在两年前七十五岁生日时，他还登上了喜马拉雅山。他太太好几年前就去世了，他想继续活着的时间，显然要比医学专家说的他能合理期待的数字长得多。他的话语中透着一股可以理解的义愤与怒气。我从他六千册上下的藏书中买了 800 册，付给他 1,200 镑。其中最有意思的是一封凯思琳 · 雷恩写给他的信，他把它夹在加文·麦克斯韦的《清水的涟漪》[‡]中当书签。他拿出信件给我看，这下我只好承认我从来没听说过凯思琳 · 雷恩，于是他告诉我雷恩和麦克斯韦曾经是好友，直到一次她去卡姆斯菲尔纳[§]（麦克斯韦在苏格兰西海岸桑代格的家）做客，他在 1956 年的一次暴风雪中把她赶出了屋外。雷恩在一棵花楸树下诅咒了麦克斯韦。她将他后来遭受的一切不幸——来得又快又

* Kathleen Raine（1908—2003），英国批评家、诗人、学者。

† Andy Goldsworthy（生于 1956 年），英国雕塑家、摄影师、环境艺术家。居住在苏格兰。

‡ *Ring of Bright Water*，麦克斯韦出版于 1960 年的畅销作品。

§ 麦克斯韦在作品中将桑代格（Sandaig）称作“卡姆斯菲尔纳”（Camusfearna）。

多——归咎于这一诅咒，而且相信麦克斯韦的朋友都觉得他倒霉确是拜雷恩所赐。那本《清水的涟漪》中夹存的信是对邀请她出席蒙雷斯（麦克斯韦在附近长大）的加文·麦克斯韦纪念碑揭幕式的回复。雷恩拒绝了邀请，因为她相信麦克斯韦的朋友会对她不友好。卖给我书后没几个月，那位老先生就过世了。

听说在威格敦山脚下“殉道者之桩”的停车场那边有人看到了船长。安娜立刻出发，回来时果然带着它。昨天在网球场附近找到的猫显然不是船长，所以那位想把猫送回家的好心女士才会挨挠。

电线上再也看不到燕子了。

流水：158.50 镑

顾客人数：16

9 月 18 日，星期四

网店订单：2

找到的书：1

贝唐和妮基今天都在，于是我让她俩去挑选、打包要寄给“开卷随缘俱乐部”会员的邮包。我想，要说能否挑对我心目中会员们喜欢的那类书，我对她俩都没有十足的信心，但图书节将近，我实在忙得不可开交，所以除了委托她俩去办，别无他法。妮基问维尔玛是否介意明天派邮递员来取件。

今天的订单里有本没找到的书，其实在格里姆斯比的伊恩拿下我们的网上库存时我已经寄给他了，但当时我没办法从“季风”系统里下架，所以还是可以订购。因此我们只好取消订单，差评通常就是这么来的。

下午我花了一点时间为广播电台采访了另一些在当地做生意的人，图书节期间，节目会从郡大楼的“殉道者牢房”向外播送。接受采访的人里有妮基，她把我形容成“一个巨大的姜黄色谜语”。

大家兴高采烈地迎来了联合超市的重新开张，可一天看下来，每个人都在抱怨店里什么也找不到了。

公投日：我投了自己的一票，还代表卡勒姆投了票。他出发踏上了 Camino*——去圣地亚哥的朝圣之路。店打烊后，艾略特带着图书节公司的实习生贝思和切尼（她俩得到了令人艳羡的工作，比如叠放椅子和在办公室里接电话）顺道来访，我们便一起等待投票结果。一直到凌晨 2 点才上床，看趋势，苏格兰独立显然是一个“否”字了，真令人沮丧。

流水：237.96 镑

顾客人数：20

* 西班牙语“大路”的意思，特指向西班牙西北部加利西亚（Galicia）的圣地亚哥–德孔波斯特拉圣雅各祠朝圣的路线，在骑行爱好者中间颇为流行。

9 月 19 日，星期五

网店订单：3

找到的书：3

今天，贝唐和妮基又同时在店里。

花了一整天为广播电台录了另外一些人的采访，店里的事交给妮基打理。她约了邮递员下午 3 点取件。下星期这个时候图书节就开幕了。

流水：157 镑

顾客人数：10

9 月 20 日，星期六

网店订单：3

找到的书：3

妮基迟到了十分钟，幸灾乐祸地说着公投结果。

特威格发来邮件："嗨，肖恩你个巨型姜黄色杂种——别忘了替我辱骂几位作家哈！

向我威格敦的所有朋友捎上爱，罗伯。"

长久以来，这是第一年图书节上缺了特威格——为了准备下一本书的材料，他前往喜马拉雅山脉的某个地方探险去了。我想,那是本地形学传记之类的书,跟他前一本《红色尼罗河》相似。

我正从小货车上往下卸几箱书的当儿，本地的一个牧羊人卡罗尔·卡尔刚好路过。我俩互相开了几句玩笑，她问我过得怎样，我说过得是不错，就是背部落下了病根。她一脸惊讶，说她先生罗伯的背也不好，大部分干农活的都有这个毛病。她没想到书商要经常把一箱箱书装车、卸货，在不舒服、不方便的空间里当搬运工。我算了算，每年我大概搬十五吨书，而这十五吨书起码还要被移动三次。

离图书节开幕还有六天。

流水：193.50 镑

顾客人数：17

9 月 22 日，星期一

网店订单：5

找到的书：5

妮基和贝唐在店里。妮基带来了一只巨型毛毛虫外形的蛋糕。是莫里森超市里的降价商品，只要 49 便士，她上周末去买的。看起来恶心透了，上面盖着一层超级丑的糖霜。

图书节星期五开幕，还剩四天，所以这星期的大部分时间会投入最后一刻的疯狂准备中。

贝唐花了一整天给贝芙今天早些时候带来的企鹅版书标价和上架。

佐伊和达伦来了。图书节上，安娜会和这两位演员合作表演戏剧。他们会重现著名电影中发生在书店里的桥段——《长眠不醒》《诺丁山》《大魔域》。

查了一下寄到亚马逊 FBA 邓弗姆林仓库的几箱书的配送状态——UPS 取走后至今尚未送达。

今天来了条非常伤心的消息。阿拉斯泰尔·里德昨天去世了。明天我会写信给他的遗孀莱斯利。这消息是中午费恩打电话来告诉我的。

流水：145 镑

顾客人数：22

9 月 23 日，星期二

网店订单：4

找到的书：4

妮基和贝唐都在店里。她俩今天的工作是确保架子整洁，图书充足。离图书节开幕还有三天。

喝了几杯威士忌后，我给阿拉斯泰尔·里德的遗孀莱斯利写了信。少了他和蓝铃花、燕子一同到来，今后的春季图书节将会失去几许光彩。

流水：372.96 镑

顾客人数：21

9 月 24 日，星期三

网店订单：2

找到的书：1

贝唐在店里，但妮基不在。

我把家具从大房间搬了出去，用来布置“作家休憩处”。我朋友、在二楼开艺术班的艺术家戴维·布朗在里面挂了他的画作。图书节期间，这些画会一直挂在那儿。在图书节历史的相对初期就有“作家休憩处”了，那时费恩是图书节公司的负责人。有一年，他请来演讲的人里有马格努斯·马格努松*。他的讲座晚上 8 点开始。6 点的时候他决定找点东西吃。早些年的活动，观众还比较少，大部分咖啡馆、酒吧和饭馆下午 6 点就停止供应食物了。哪儿也找不到吃的，走投无路的费恩只好打电话来问他们能不能到我这儿吃点东西。我立马做了碗汤，

* Magnus Magnusson（1929—2007），冰岛记者、翻译家、作家、电视节目主持人，一生中的大部分时间都生活在苏格兰。

热了一盘剩菜，我们仨就坐在这屋里吃了晚饭。事后，费恩建议我考虑在图书节剩余的日子里备一点芝士、燕麦饼和汤羹，以防出现紧急情况。果然不出他所料，类似的状况又出现了好几次。几年后，我们终于觉得是时候专门请一个招待人员来掌管这项工作了，我们也定了营业时间。如今，忙的日子里我们要给七十个人提供食物，周末则给大家吃新鲜的本地龙虾。

今天，城中心的花园里支起了大帐篷。又驶来几辆卡车，载着椅子、铺室内地面的材料、供暖和声音设备；一个大帐篷拔地而起。还有两天，图书节就开始了。

我跟 UPS 和亚马逊打了一个小时电话，想查到我们通过 FBA 卖掉的书里寄去亚马逊邓弗姆林仓库却不知所踪的那六箱，可还是查不到。我好像进入了一个由三个字缩写的公司组成的可恶世界里。

一个图书节志愿者借了我的货车去阿斯特丽德在爱丁堡的工作室里把她的胶合板图样带了过来。（阿斯特丽德是今年的驻地艺术家之一。）

下午，我用胶合板和木材给阿利森的剧搭了个舞台。她想要舞台有镶木地板的效果，所以我订购了一些可粘贴的塑料片。

下定决心认真通读《驴子见到天使》，而且要在图书节开幕前读完。还差三十页。

流水：146.49 镑

顾客人数：9

9 月 25 日，星期四

网店订单：3

找到的书：3

妮基和贝唐都在店里。

演员（佐伊和达伦）在店里排练，把顾客吓得更是不轻，尤其现在他们有了道具和服装。

亚马逊打电话来说那批跟丢的书找到了，现在网店上已经有条目，可以买到了。

两位演员、安娜和我去艾略特为图书节租的房子里玩，他给我们和实习生切尼、贝思做了晚饭。我们回家后，妮基拿出最后一口她花 49 便士买的巧克力毛毛虫蛋糕问我要不要吃。只剩下虫脸了；其余部分她都吃光了。

卡罗尔—安来了。斯图尔特 · 凯利也来了。屋里人很满。订了床位的那两个意大利人明天到，所以我去纽顿 · 斯图尔特配了两把备用钥匙，这样客人就能随意来去了。

下班后我心急火燎地给斯图尔特·麦克林恩的“黑色外界”整合出了一段音频，星期六中午活动就开始了。

图书节明天开幕。

流水：227.49 镑

顾客人数：15

9 月 26 日，星期五

网店订单：4

找到的书：3

书店开门前，我读完了《驴子见到天使》。今天，妮基和贝唐都在。

今年在“作家休憩处”负责招待客人的玛丽亚来布置厨房。所谓布置厨房，主要就是我俩一起把冰箱搬来搬去。

我和妮基花了一上午准备图书节的各种事情，比如确保厕纸和洗洁精够用之类，还有悬挂指示游客寻找场地和活动座位的牌子。给阿利森的舞台订的仿镶木地板塑料片送来了。劳里、妮基和我每年都要争论“作家休憩处”那块牌子上的撇号到底应该放在什么位置。*

安娜今天很紧张，因为她和演员们排的戏剧明天就要上演了。据说这是一出“沉浸式戏剧”。

之前预订节日床位的意大利人发来邮件，说他们来不了了。这么一来也有好处，哪个朋友需要过夜就有地方睡了。

晚上 8 点，图书节（一如既往）在烟火中拉开序幕。妮基带了些自己酿的啤酒来，我们出发前她已经喝了好几杯。没人敢尝那玩意儿。她随着克里敦风笛乐队的表演不停跳舞，仿佛

---

* 指“作家休憩处”的究竟应该写成 Writers’ Retreat 还是 Writer’s Retreat，书中的原文为前者。

他们演奏的是 1980 年代的硬核酸性浩室舞曲 *。

看完烟火，我们一行人例行公事地去大帐篷里的图书节开幕晚会上报了个到。艾略特向大家致完欢迎辞后，佐伊朗读了一首阿拉斯泰尔的诗，随后劳伦·麦克奎斯丁表演了一曲《此等湖畔，此等山坡》†。

流水：346.75 镑

顾客人数：30

9 月 27 日，星期六

网店订单：3

找到的书：2

妮基在店里，但贝唐周末请假了，她要去砍过冬用的木柴。

上午 9 点我打开店门，发现一位作者等在外面。我连灯还来不及打开，他已经站在门口要吃的了，妮基只好告诉他“作家休憩处”要到上午 10 点才开张，玛丽亚都还没带食物来呢。

我找到了今天订单里的两本书，带着邮包去了邮局。一到办节，威廉的怒气就会上升到一个非同寻常的高度，他忿忿

* Acid House，浩室舞曲（House）的一个子风格，在 1980 年代的芝加哥浩室舞曲中加入更具有酸性（Acid）的迷幻味道，后来传入英国，迅速进入主流排行榜。

† “Ye Banks and Braes”，苏格兰民谣，由诗人罗伯特 · 彭斯于 1791 年填词写成。

地抱怨说——虽然图书节吸引了数以千计的人来到威格敦——他的报纸销量却下滑了。他将这一结果归因于车位紧张，所以当地人会去其他地方买报纸。

妮基认定今天——图书节期间一贯最忙的一天——是粉刷书店窗户的好日子，于是把大半个上午花在了这件事上，而我呢，既要跟顾客打交道又要处理“作家休憩处”开张首日的混乱。通常说来，我得去寻找煲汤炉的延长电线，接上插头后炉子的保险丝烧坏了就得用新保险丝修理，清理洗涤槽，给篮子里添木柴，还有生炉火。

除此之外，安娜还让我把她在镇上各家书店表演的戏剧拍下来。她们的演出所及之处，在顾客中引起的困惑和兴奋貌似一半一半。有个书商觉得她们的戏着实令人费解，专门打电话来说请她们下次别去他店里演了。

上午，我妹妹卢*和妹夫斯各特带着孩子来了。他们是图书节的忠实支持者，总是来给“威格敦有天才”——一向在图书节的第一个星期六晚上举办的活动——捧场。我请他们在“作家休憩处”吃了午饭，其间我们听说了关于一个恋尸癖作家的可怕故事。幸好当时孩子们正在包厢里跟船长玩。

下午 3 点到 4 点间，我当了一小时威格敦广播电台的导播。

打烊后，我和安娜、卡罗尔-安、阿斯特丽德和斯图尔特去参加了阿努帕的首秀。随后妮基、斯图尔特和我去了劳伦·麦克奎斯丁的艺术歌曲活动，最后赶往“威格敦有天才”的现场。

---

* 作者的妹妹在书中有时叫 Lou，有时叫 Lulu，这两个都是 Louise 的昵称。

斯图尔特似乎对劳伦的活动尤为印象深刻。后来我们又回到店里喝酒，阿斯特丽德睡了节日床位——那俩意大利人退订得正是时候。

流水：989.30 镑

顾客人数：95

9 月 28 日，星期日

网店订单：4

找到的书：3

妮基 9 点到店。玛丽亚紧随其后，跟我说冰箱不工作了，于是我拆开插座，更换了保险丝，然后开车去纽顿·斯图尔特的垃圾场丢掉了昨天的所有空瓶子和装满纸餐盘的大号垃圾袋。

每年都来图书节主持活动的记者李·兰德尔问我能不能在店里为她主持的活动“罗宾·因斯的烂书俱乐部”找几本标题特别的书。我帮她找了一些,其中包括一本大开本的医学书，叫《直肠》。她迅速翻了一遍，把书搁在柜台上说道：“非常有意思。书里写到的症状我几乎都有。”

安娜和两位演员在店里演了《长眠不醒》和《诺丁山》的场景，又一次给观众带来了迷茫与欢乐。不经意间我听到一个年轻姑娘对她困惑不解的母亲耳语道：“这叫沉浸式戏剧。”

有个作者演讲时需要投影仪，我便从书店走去艾略特的办公室跟他谈这件事。路上我看到迪肯先生在一场活动的门外同孟席斯·坎贝尔[*]聊天。在某几个讲座上我都碰到了迪肯先生。他一旦提问——通常都会——面对问题的演讲者总是会来一句："这是个非常有意思的问题。"

妮基发现一本伊恩·海[†]的书，主角也叫妮基。今天的大部分时间里她都在读着那本书咯咯笑，不干正事。书里还有个角色叫史蒂菲，她非要把他往我身上套，还添油加醋使之符合她的叙述。

"作家休憩处"一天都很忙：凯特·阿代、孟席斯·坎贝尔、克莱尔·肖特、吉尔斯蒂·瓦尔克和乔纳森·米勒[‡]，等等。有那么片刻，他们一起在店里谈天说地。就像个文学沙龙。

艾略特带了一群作家回来，果不其然，在店里闹到很晚。有一回，斯图尔特·凯利给自己倒了一杯红酒，艾略特一把从他手里夺了过去喝了起来，凯利落得一脸迷茫。后来，凯利在打扫"休憩处"时（大约凌晨 2 点）在桌子底下发现了一双鞋，于是他把鞋子拿出来放到了大厅里，以此解恨。艾略特发现鞋子是他的，便使唤斯图尔特去拿给他。这时候斯图尔特正好拿着一叠报纸，他把报纸往艾略特脚上一扔，说："号外，号外，

---

* Menzies Campbell（生于 1941 年），英国自由民主党政治家、律师、退役田径运动员。

† Ian Hay（1876—1952），英国作家，以幽默小说著称。

‡ Kathryn Adie（生于 1945 年），英国记者；Clare Short（生于 1946 年），英国工党政治家；Kirsty Wark（生于 1955 年），苏格兰记者、电视节目主持人；Sir Jonathan Wolfe Miller（生于 1933 年），英国戏剧和歌剧导演、电视节目主持人、作家。

来读一读啊。图书节导演连自己的鞋子都不会拿啦！”

流水：447.98 镑

顾客人数：44

9 月 29 日，星期一

网店订单：3

找到的书：3

妮基、贝唐和弗洛都在店里。弗洛是去年夏天来做过兼职的学生，对客人无礼起来简直能叫你肃然起敬，而且也完全不把我放在眼里。周末他们要是都在倒比较方便，平时要让每个人都有事情做不太容易。

除了克莱尔·巴尔丁*在的时候，“作家休憩处”今天很安静。大部分时间我都忙着给木柴篮加料和把一袋袋装满龙虾壳、纸餐盘和酒瓶的大垃圾袋从厨房运到楼下的垃圾桶里去。

妮基给我带来了顺势疗法抗压药片，逼着我就着一杯她自制的恶心啤酒吞了两片。

流水：467.12 镑

顾客人数：51

---

* Clare Balding（生于 1971 年），英国播音员、记者、作家。

9 月 30 日，星期二

网店订单：2

找到的书：2

贝唐和弗洛看店，不过贝唐误了车，10 点才到的。今天上午，弗洛没找到订单里的两本书：一本是情色文学类里的《东京幸运洞》，另一本是诗歌类别里的。我只花了大概一分钟就都找出来了，叫她把书打包好。十分钟后回来一看，她正全神贯注地翻阅那本插图丰富的情色书《东京幸运洞》。

晚上，阿利森、安娜、李 · 兰德尔和我组建了一支队伍参加斯图尔特 · 凯利办的“文学酒吧知识竞赛”。我们拿到了第三名，答对了 35 道题中的 25 道。晚些时候，阿努帕又回来喝了几杯。

流水：291.49 镑

顾客人数：27

十月

> 自命不凡的初版书爱好者远比真心热爱文学的人常见，更常见的是不停砍价要买教科书的东方学生，但最为常见的当属想为侄儿挑本书当生日礼物却又不知哪本合适的迷茫女人。
>
> 乔治·奥威尔，《书店回忆》

说来遗憾，“自命不凡的初版书爱好者”已经快绝种了，不过许多把书带来书店准备卖掉的人确实会指着扉页反面的版本信息，满怀希望地等我开出高价。如今，我很少检查书的版本，除非那是本 1960 年之前出版的伊恩·弗莱明作品，或者某位著名作家的第一本书之类。对非虚构类来说——偶有例外——一本书是什么版本一般没啥区别，但人们依然会坚信初版透着神秘魅力，充满经济价值。至于店里的教科书，我们现在根本没工夫去管。每年它们似乎都会经过修订和重版。学生（奥威尔碰上的是东方人，我这边什么地方的人都有）按照要求应该使用最新的一版，这么一来，之前的版本实际上就没啥用了。如今最为常见的不再是“迷茫女人”，而是想找到某本特定书籍的男人。听到我们说店里没有某本书，他们的失望之情恐怕只有与此同时油然升起的沾沾自喜差可匹敌。只要能追寻到心目中的圣杯，许多男人的一生就别无他求了。目前看来，他们最喜欢找的就是可以凑齐一套书的零册。必须是同样的版本，同样的装订，同样的颜色。大部分书商不会留着套书里的零散分册，除非书本身特别有意思，或者里面收了漂亮插图，所以如果要找的是戈登版《塔西陀全集》（第四版，伦敦里温顿1770年出版，树纹小牛皮装，五道竹节书脊，紫色镶皮书名标贴）的第三册，那我们可以相信，这位在征途上不知黑夜降至的十字军战士将会不停求索下去，直到有天他再也记不得自己寻找的究竟是什么。

10月1日，星期三

网店订单：4

找到的书：4

今天，妮基和弗洛在店里。

今天是我的四十四岁生日，中午，我和安娜去里格湾游了泳，十三年来，我都是以这一方式庆生的。

临近午饭时间，“作家休憩处”忙得不可开交，工作日通常没这么忙的。歇脚的作家中，有记者阿伦·利特尔和理查德·德马尔科*，后者准已经有八十多岁了。理查德推动了爱丁堡图书节的建立，而在盖勒韦西部长大的阿伦堪称BBC最棒的记者之一。最忙的时候房间里足足待了三十个人，玛丽亚端

* Allan Little（生于1959年），前BBC记者；Richard Demarco（生于1930年），苏格兰艺术家，致力于推广视觉艺术。

着一托盘吃的，突然看到地上有一坨东西疑似粪便。她默默对劳里使了个眼色，劳里见状走了过去，她俩心照不宣地打算找块布来，趁谁都没发现赶紧把它弄走。慎重起见，玛丽亚站到那东西上方，确保没有人踩到。她守护到一半时阿利森进来了，看到地上的东西，指了指说道："噢看呐，一坨屎！"劳里到底没来得及把它清走。

今天剩下的时间里，这坨屎的来源成为了大家持续热议的话题。妮基领衔调查，她细致得就像个法医，甚至去垃圾桶里把屎翻出来量了量大小。她越来越确信这是某位老年顾客不知不觉从裤腿里掉出来的。其他推论还包括这其实是安娜给我做的生日蛋糕上的糖衣。当斯图尔特提出这可能是船长的猫屎时，妮基立刻开骂道："八可能，那蠢蛋说错了。"

上个月跟"边境 TV"做的那个访谈在他们的杂志节目《边境生活》中播出了。谢天谢天，我错过了节目时间。

流水：395.93 镑

顾客人数：45

10 月 2 日，星期四

网店订单：2

找到的书：2

弗洛和妮基在店里。

我花了大半天，剪辑了一个关于威格敦的宣传短片。当初收集素材完全是因为“畅游苏格兰”对自己国家的这个角落太过缺乏关注了。几十年来，这地方一直被称为“苏格兰被人遗忘的一角”，而许多游客欣赏的也正是这一点，但作为一家靠公众的资金运营的旅行社，忘记这“一角”就不合适了。在“畅游苏格兰”网页上威格敦简介的下面，是一张离威格敦十二英里远的格伦鲁斯高尔夫球场的照片。我不信找一张威格敦的照片有这么难。我甚至给他们发了一张我拍的，但他们至今没有替换，也许永远也不会换吧。

跟两个意大利女人吃了饭——她俩是记者，看了安娜的书才想来威格敦旅游的。我很确定，《火箭》一书对本地旅游业的贡献，“畅游苏格兰”一辈子也远远赶不上。

下午 3 点到 4 点，我和妮基在威格敦广播电台做了一档节目。倒霉的是有人把电脑里的音乐调了静音，所以在我调节好之前妮基只得不停讲话，足足讲了半小时。好几次她都编不下去了，而且显然很不自在，但主持功力还是相当可以的。她一讲完就离开房间去找威士忌喝了。

下午 6 点，喜剧演员罗宾 · 因斯 * 来了。他想逛逛书店，于是我重新把灯全部打开，让他随便看。他买了一堆书。7 点 30 分，我和妮基去郡大楼参加了他的活动。

我把剪好的威格敦短片放到了脸书上。

流水：319.05 镑

顾客人数：40

---

* Robin Ince（生于 1969 年），英国喜剧演员、作家。

10月3日，星期五

网店订单：3

找到的书：3

弗洛和妮基都在。

一位客人问妮基店里有没有约翰·巴肯的珍本书。她找出一本标价100镑的《有学问的吉卜赛人》*，对客人说可以80镑卖给她，因为店里在办活动。结果这位客人是巴肯的孙女厄休拉·巴肯。

下午我开车带那两个意大利记者去了克拉格尔顿教堂，那是一座建在一片旷野中间的诺曼风格†教堂，既没有窗玻璃也没有电。

在克拉格尔顿的活动上，汤姆·鲍念诗，温迪·斯图尔特弹竖琴、亚历克斯·麦克奎斯顿拉大提琴为他伴奏。完全以烛光照明的这场活动美得非同凡响。开车回家的路上，我从口袋里掏出节目单给其中一位记者看（她想把表演者的名单放到博客上），里面恰好夹着一包我从“作家休憩处”拿的袋泡茶。坏就坏在它看起来像极了一只安全套。两个意大利记者都瞧见它了，在一阵尴尬的沉默中，只见她俩缓缓挪开身子，而我则

* *Scholar Gipsies*，巴肯创作的第一部非虚构作品，出版于1896年，市面上比较难找。

† 诺曼底公爵威廉在公元1066年征服英格兰，建立了诺曼王朝（1066—1154）。诺曼风格建筑保留了罗马式的半圆形拱券，并以厚实的石墙、窄小的窗口、粗圆的立柱和方形塔楼为特征。

可怜兮兮地向她们解释那不过是包袋泡茶。

阿利森的节目——一部关于博尔赫斯的剧——傍晚6点在书店后面的旧仓库里上演。安娜在这儿指导排练了整整一星期。因为花园小径上的灯烧坏了，我们只好让观众由大路入场。我带着一小批一小批人在瓢泼大雨中行走。一眨眼我就成落汤鸡了。演出很成功，不过安娜看起来不是特别高兴。

大雨一直下到晚上。没过多久屋顶的天沟堵住了，水开始不断流进“作家休憩处”，有那么一阵，劳里、妮基、安娜、斯图尔特和我拿着提桶和炖锅疯狂地跑来跑去接水。虽然我们尽力控制损失，水还是渗透休憩处的地板流进了书店。

流水：239.05 镑

顾客人数：38

10 月 4 日，星期六

网店订单：4

找到的书：4

弗洛、贝唐和妮基都在。

打开店门的时候，妮基发现雨水还是在从堵塞的天沟涌入店里。我们试图用一根扫帚柄从卧室窗户伸出去清走堵塞物，可不够长，于是我去地下室拿来了下水道疏通杆。半个身子探在三楼窗户外面，劳里抓着我的脚踝，我终于在倾盆大雨的冲刷中疏通了天沟。上午10点我们开门时，“作家休憩处”终于不再有雨水滴答作响了。

当我浑身湿漉漉地出现在“作家休憩处”时，萨莉·马格努森和玛格丽特·德拉布尔*正待在里面。露西（玛丽亚的帮手）缠着萨莉问新闻写作的各种问题，萨莉便饶有兴味与热情地讲解了好几分钟。达米安·巴尔†从我店里买了一些书。当时我还不知道他是谁。

今天开门没多久，我在柜台后面放了GoPro摄像机加速拍摄店里的情景，这时候迪伦·莫兰进来了。这下我有了他从我店里买书的视频。是弗洛接待他的。她冷静得叫人生气。

弗洛无意间听到一个女人一边在店里走一边问同行的男人：“这么说来他们店里没有你想要的那本书？”男人摇摇头，回答道：“啊，有是有的，就是只有那一本。”

晚上，广场上的大帐篷里有凯利舞会‡。挤满了人。许多女孩在和女孩跳舞，男孩也在和男孩跳舞，还有一些更为传统的节目。在最初几届图书节上，办得周到的活动一个也没有，但其中最糟就是凯利舞会。刚开始几年就我们几个人在场，为避免尴尬，我们只好每场跳舞都参加。现在不一样了。要买票才能入场，票还总是售空。已然非常受欢迎。我一度站在达米安·巴尔身旁，他正在和另一个男的跳舞。我醉醺醺地问他俩谁当女的，后来发现他是同志。如果说他受了冒犯，那他掩饰

---

* Sally Magnusson（生于1955年），苏格兰播音员、作家；Margaret Drabble（生于1939年），英国小说家、批评家。

† Damian Barr（生于1976年），苏格兰专栏作家、编剧。

‡ Ceilidh，苏格兰、爱尔兰的一种社交集会，人们演奏民族音乐并跳传统的凯利舞，也称为“同乐会”。

得极好。堪称目前为止我在这届图书节上的 faux pas*。回家试着说服妮基（她决定不参加）改变主意一起过来。在店门外撞见了珍·坎贝尔和她爸妈，请他们进屋喝了一杯，聊了会儿天。

我们都待到很晚才睡：科林、佩吉、斯图尔特、妮基和娜塔莉·海内斯。海内斯和斯图尔特都是布克奖评委。佩吉负责邓迪文学节的运营，风度和才华丝毫不让斯图尔特·凯利。她的伴侣科林——大家都叫她“胡子”——管理文学节的社交媒体这一块。她俩都是威格敦图书节的老熟人，和艾略特、斯图尔特、特威格和费恩一起提升了这场盛事的形象。

店里一整天都水泄不通：冬季的萧条来临前最后的奔忙。

流水：1274.03 镑

顾客人数：87

10 月 5 日，星期日

网店订单：6

找到的书：4

妮基和弗洛在店里。早上 8 点 30 分，我在厨房里撞见了妮基。她说："你好闻得就像一卷培根。"

每届图书节到了最后一天，随着宴乐的热闹渐渐趋于平

---

* 法语：有失检点的话或行为。

静，空气里总会弥漫着节日将尽的哀愁。虽说明天就散场了，“作家休憩处”依然忙乱不堪，工作人员和玛丽亚倒是镇定自若。

艾略特硬要叫安娜去主持珍·坎贝尔谈她新书《书店之书》的活动。要是不算我问的那个蠢问题的话，活动办得非常成功。安娜和珍都又博学又有趣。

按照每年的惯例，图书节最后一天我们把“作家休憩处”用做电影院。今年我们架起投影仪，和斯图尔特、贝思、切尼一同看了《神秘博士》。

流水：568.75 镑

顾客人数：32

10 月 6 日，星期一

网店订单：5

找到的书：4

妮基和弗洛看店。我们搬了一整天家具，想把这地方恢复原样。午饭时间，玛丽亚过来整理她放在厨房里的东西。我和安娜开车把纸板箱和空酒瓶送去了垃圾场。

妮基给吐司上放了片芝士当午饭，她就在书店正中间吃了起来，四周全是顾客。

今天早上，一个吃饱了饭没事干的老头来店里一心想说服我收一点他自费出版的小说。我一向非常不喜欢这人。经常有人塞给我这类东西，有时我会拿一点卖卖看，有时则纯粹出于谨慎把书还给他们。无一例外，一年后我总是落得全部退回去的下场。

大帐篷今天拆掉了，在帐篷原本竖立的位置留下一片浅黄色的草地，整个漫漫寒冬，它都会提醒大家此处曾有过什么，直到第二年三月土壤温度变暖，草地重新染上绿意。

安娜和我跟志愿者们一起去“庄稼人”吃了晚饭。

流水：123.97 镑

顾客人数：14

10 月 7 日，星期二

网店订单：5

找到的书：3

今天妮基在店里。

今天上午书店收到一张匿名明信片，我把它发到了脸书上。希望能引来更多人给我们寄明信片。上面是一张铜狮子的图片，背面写着：“《牛津英语词典》中的大量引文是由精神病院的一个杀人犯*提供的。”

吃完午饭，我拆掉了旧仓库里给阿利森的活动搭的舞台

* 这位为“大牛津”（OED）做出巨大贡献的人叫 William Chester Minor（1834—1920）。

架。今天，每个人都带着一丝节后的失落。

今天的大部分时间，我们还是在打扫卫生。打烊后，我给实习生做了饭，我们一起在“作家休憩处”用投影仪看了《柏林苍穹下》*。

把图书节定在这个时间段，原本是为镇上的商店延长旅游季。此举大获成功，以至于酒店和民宿的基础设施都快达到夏季高峰时的负荷极限了。图书节给威格敦带来的人气和利润早已让维护费用远远物超所值。

我很少有余暇去参加活动，多数时间都在开车去垃圾场和回收站扔掉“作家休憩处”收拾出来的垃圾袋和酒瓶；但看店的时候，我有机会在休憩处见到作家和其他出名（或不出名）的访客，待在那里时他们往往要比活动上放松，得以在一个更为松弛的环境里同他们聊天是超大的特权。

艾略特很会抓准时机把我介绍给别人，不过他不在的时候，偶尔——看到我帮忙清理盘子，给篮子里加木柴——他们会以为我是店里雇来帮忙的，有些人就会轻慢我。

有一年，我正在给炉火添木柴，一位很有名的报纸专栏作家坐在休憩处的桌前，喝着免费的酒吃着免费的龙虾，舔着手指，指了指桌上的空糖钵朝我大喊：“糖！”

这种人是我第二讨厌的来客。但比他们更恶劣的是那些一旦发现我是店主就突然改变态度，把我和厨房或者休憩处里给玛丽亚打下手的姑娘，抑或在店里帮忙的妮基、弗洛和贝唐区别对待。可能我这人懒得去深入了解顾客，这也确有值得指

---

* *Wings of Desire*，文德斯（Wim Wenders，生于 1945 年）导演的电影，上映于 1987 年。

摘之处，但我从来不会对服务生、保洁员或者店员无礼，也希望自己从来没有把任何人当成二等公民对待，只会以牙还牙地反击粗鲁待我的人。我可以由着性子对顾客不礼貌——这是我的店，没人能解雇我——但大部分在店里打工的人处在另一个位子上，利用这点去毫不客气地剥削他们是我最看不惯的事。是的，我会描述某些顾客的相貌，但那只是客观印象——不是评价。大部分情况下。

流水：143.90 镑

顾客人数：14

10 月 8 日，星期三

网店订单：6

找到的书：4

临近饭点，一个客人开价 10 镑想买一本标价 80 镑的书。我告诉他如果他客客气气还价，我可以给他便宜 10 镑。他把书狠狠摔到柜台上，愤然离去。这么一来，我觉得今天还是避开顾客为宜，于是找了本新书躲进工作间读起来。这次拿的是《绑架》——如果刚才那位顾客遭此命运，我会乐见其成的。

流水：264.49 镑

顾客人数：19

10 月 9 日，星期四

网店订单：3

找到的书：3

今天的订单都来自亚马逊。

店里很安静。和上个星期形成鲜明对比。

为数不多的几位顾客中有个女人，她在店里晃悠了十分钟，然后走到柜台前问道："那么，啥叫'书店'呢？你们是卖书还是干吗？还是说大家可以进来直接把书拿走？"我目瞪口呆，一时语塞。幸亏她打破了沉默，继续硬聊下去："我不是这边的，我是个游客。店里的书都是别人给的吗？这里平时都有些啥事？事情就是这样的吗？"事后想来，我当时的反应是徒劳的：我试着向她讲解零售的基本原理。说实话，她一个五十来岁的人，应该早就懂了。可我才说到一半她就溜出了店里。

下午 3 点，"文身控异教徒"桑迪来挑了两本书。扣除了他相应的积点。

流水：222.45 镑

顾客人数：19

10 月 10 日，星期五

网店订单：3

找到的书：2

今天的订单里又有一本书找不到，也是我们在把旧仓库里那批书寄给伊恩前忘记下架的。

上午 11 点，一位客人拿着几张爱尔兰地图来到柜台，要我告诉他每一张的出版年份。接着，我一向害怕的那种话来了："我来告诉你我为什么要搜求关于这一区域的旧地图和书籍，因为我在研究家族史，我的曾祖父……"大概五分钟后我才插得进话说那些地图没标年份，不过应该都是 1910 年左右印行的。

我准备弄个面具，在额头部位印"干我何事"，以后碰到这种情况就戴上。

一个规划部门的人来查看门口的"书螺旋"。好像有人提交了投诉，这下我得获得建筑许可才行。她对"书螺旋"的态度倒很宽容，说如果她能做决定，会随它们去，我也不必申请许可，但现在有了正式的投诉，书店从属的建筑就被列入了名单，他们除了走流程别无选择。

《卫报》刊出了《世界上古怪和神奇的书店》；我们再次名列第三。我不确定是不是风水轮流转，或者说书店突然间变成时髦的去处了。也许是新一轮潮流所趋，比起 iPod 和 Kindle，潮人们更喜欢用唱片听歌和看实体书了。

流水：133 镑

顾客人数：15

10 月 11 日，星期六

网店订单：2

找到的书：2

妮基今天上班，所以上午我和我爸去河里捕鱼了。他抓到一条 12 磅的鲑鱼；我空手而归。我们捕鱼的水塘叫“威尔逊家”，在河里的最佳地点——我的第一条鲑鱼就是在这水塘里(在我爸紧盯的目光下)得手的。鱼重 9 磅，那天是 9 月 9 日，我当时 9 岁。如果我相信运气，9 应该就是我的幸运数字。

中午我回到店里，给妮基放个风，其间有个客人走到柜台前说：“我不想显得没礼貌，但你店里关于铁路的书大多粗制滥造，只能摆在咖啡桌上装装样子。我要找的书非常特别……”他这样扯了好几分钟才说到正题，告诉了我他要找的书的书名，当时我已经怒不可遏了，而他太太则缩在他身后朝我做着“抱歉”的口形。

没过一分钟我就在店里找到了他说想要的书，这时他又觉得其实那本书不要也罢。

对于“我不想显得没礼貌，但……”和“我不是种族主义者，但……”这两种开场白，听的人应该同样多加小心。道理很简单：如果你不想显得没礼貌，那就别显得没礼貌。如果你不是个种族主义者，那就别表现得像个种族主义者。

流水：312.30 镑

顾客人数：22

10 月 13 日，星期一

网店订单：4

找到的书：2

弗洛在店里。

上午 11 点，我拿着两杯茶下楼时跟迪肯先生撞了个满怀，热茶都洒在了他的衬衣上。他好像毫不在意，还指了指衣服上的其他几处污点，说是今天吃早餐时沾到的。他问我们能否为他订一本凯特·惠特克的《王室激情》*。

午饭后去“威尔逊家”捕到一条 7 磅重的鲑鱼。

流水：352.99 镑

顾客人数：27

10 月 14 日，星期二

网店订单：2

找到的书：2

偏巧，两个完全互不相识的客人同时走进店里，竟然同

* *A Royal Passion*，Kate Whitaker 关于查理一世与王后亨丽埃塔·玛丽亚（Henrietta Maria）的作品。

时要买加文·麦克斯韦的《埃尔利格之屋》。可惜这本书我们没有，不然可以安排一场竞标。

电工罗尼来了。当时店里都是人，他却大声向我描述起炸掉 Kindle 的各种方法。关于制作炸弹，他简直博学得叫人尴尬。我可能会选糖加氯酸钠的混合物，不过他好像特别想试一把氧乙炔炸弹。中途听到我们对话的顾客都站得离他远远的。

跟昨天相比，今天很冷清。

流水：72.30 镑

顾客人数：11

10 月 15 日，星期三

网店订单：2

找到的书：2

弗洛今天在店里。她似乎学会了控制脾气，差不多一整天都在证明这点。

我看柜台的时候，一个多年未曾造访的吉卜赛老人拿着一张做成两本巨型书模样的咖啡桌来到店里。他开价 60 镑。最后我们 35 镑成交。上一次看到他（大约十年前），他走进来想找一本《吉卜赛补锅匠》。当时我爸在店里，立刻就认出了他。大概三十年前，我爸还在经营农场时，这个吉卜赛人向他“买了”报废的机器，但始终没回来付钱。他问我有没有他要找的书，听到我回答“有的，《吉卜赛补锅匠》”时，他一脸惊愕。《吉卜赛补锅匠》是纽顿·斯图尔特一位名叫安德鲁·麦考密克的律师1906年的作品。书中详细介绍了那段时期盖勒韦吉卜赛人社区的情况，是很有价值的历史和社会记录。此书一度能值100多镑，而且来一本卖一本，但现在有电子书了，也许远没有那么值钱了吧。

筹建风力发电机农场的“生态电能”公司向苏格兰政府发出请求，呼吁推翻市政会的否定决议。

流水：382.32镑

顾客人数：30

10月16日，星期四

网店订单：2

找到的书：1

今天收到一封斯图尔特·凯利的邮件，他在附件里放了一封他某位申请书店工作被拒的朋友收到的回信：

亲爱的某某：

我们这边人手太多。虽然她们都是白痴，这一点倒无关紧要。我喜欢她们。她们很结实，屁股也漂亮。她们的工钱是每小时3镑。老兄作为一个有志进入出版行业——在那里，艺术上的天才正被利益榨干——的人，我想这种待遇不会有吸引力的。

她们中间有一位正在狂聊邦尼王子查理*。我在乎吗？不，我不在乎。但我喜欢她。她本职工作干得不错。换句话说，她“出活儿”。你能出活儿吗？我表示怀疑。我觉得你会逃去意大利，整天醉醺醺，无所事事地度过一生。

证明我错了吧。来店里连续免费工作几个月试试，其间你会遭受虐待，有时还是性虐待。你会戴上笨蛋高帽†，围上腰带，被迫吞下生虾，日复一日。你对二手书行当的热爱足以让你愿意忍受这一切吗？愿意吗？这就是我们这边的“实习期”。写进简历会非常棒。

让我们拭目以待。

你的，

某某

今天早上，邮递员送来了另一张匿名明信片。上面写着：“‘书店’里有图书千册，各种颜色各种光泽，每一个封面都是

* Bonnie Prince Charlie，即 Charles Edward Stuart（1720—1788），英格兰斯图亚特王室觊觎王位者。

† 原文为 a dunce's cap，指旧时学生在学习上屡犯错误时需戴的圆锥形纸糊帽子。

一扇门，在神奇的铰链上转动。”估计上星期放在脸书主页上的第一张明信片还会带来更多明信片。

迪肯先生的书到了，我打电话去通知了他。

流水：309.49 镑

顾客人数：26

10 月 17 日，星期五

网店订单：3

找到的书：1

我开门没一会儿，妮基就来了。她把一个一眼看上去就像从医院病房废物箱里取出来的东西一下塞到我鼻子下面。看起来像坨肉，上面沾满了血一样的东西。“这是莫里森的垃圾箱里弄到的果酱甜甜圈。放在车后面被压瘪了一点。尝一口，很好吃的。”它的味道比外形更恶心。“今天是‘老饕星期五’。”她提醒我。

正跟她聊着今天要干些什么，这时我突然想起有好一阵没见到她那位愈挫愈勇的追求者“臭凯利”了，或者说我的鼻子有好一阵没受到百露 33 那经久不散的恶臭荼毒了。我问妮基最近有没有看到过他，她淡淡答道：“你没听说吗？三个星期前他死了。”

今天，三个人带了好多箱书来卖，其中有位七十多岁的老先生，身材高大，谈吐文雅，他拿来了十七个塑料箱子，里面装着各种书，甚至有本奥布里·比亚兹莱[*]的签名插图本。我总共给了他 800 镑。

我们聊了聊各自的家庭，他说他家原本极其富足，直到他曾祖父在"滥饮、赌博和女人"上把家底败了个精光。他的祖父成了多少代里唯一一位被迫去找一份正经工作的男性继承人，于是他上了剑桥，当了妇科专家。因为他的家族人脉深广，他最后做了王室的妇科御医："他是玛丽王后[†]的阴道修理工。"

又来了两张匿名明信片。一张写道："朋友来来去去，敌人越积越多。"另一张写道："你得知道，我持有的是绿色的护照。我们不会举杯祝女王安好。"第二句有点眼熟，我上谷歌查了查。引用自谢默斯·希尼的《公开信》，之前他的作品被收录进《企鹅当代英国诗选》，他一气之下便做此诗作为回复。[‡]

每年图书节结束后，我和安娜都会找一家比我们平时享用的标准高一点的酒店住上一晚。今年安娜选了巴兰特拉埃[§]附近的格伦纳普城堡，于是我们中午离开书店去了那儿。大半个下午，我都躺在一张超大的床上读《绑架》。

明天由妮基来开店。

流水：228.44 镑

顾客人数：21

---

* Aubrey Beardsley（1872—1898），英国插图画家。

† Queen Mary（1867—1953），英国王后，乔治五世之妻。

‡ 出版于 1982 年的 *The Penguin Book of Contemporary British Poetry* 收入了谢默斯·希尼的作品，虽然希尼生于北爱尔兰，持有的却是爱尔兰护照，于是他愤而写下了《公开信》（"An Open Letter"）一诗。另，当时的爱尔兰护照封面是绿色的。

§ Balantrae，位于苏格兰南埃尔艾尔郡卡里克（Garrick）。

10 月 18 日，星期六

网店订单：3

找到的书：3

妮基在店里过了夜，早上由她开门。安娜和我大概午饭时候从格伦纳普回到书店。

一位客人拿了四袋书来。大部分是垃圾，但其中有本《一日顾客，终生顾客》，我怀疑这是他有意放在里面气我的。

下午 4 点，迪肯先生来拿书，今天他打理得异常漂亮。我说他看上去非常帅气，他呢，一边出门一边简单回了一句："葬礼。"

一对夫妇带着个小男孩来买书。小男孩看到妮基贴的布告上说欢迎朗读自己挚爱之书里的精彩段落给我们拍视频，问他能不能参加。他七岁，名叫奥斯卡。他读了一本"哈利·波特"中的部分章节，口齿非常清晰。妮基问他手上有没有正在读什么书，他答道："《杀死一只知更鸟》。"妮基脸上流露出了钦佩之情，他父母则骄傲得理直气壮。他们解释道，虽然书里有些元素不太适合小孩子读，可他们觉得以他的年纪，还不足以完全理解让汤姆·罗宾逊受审的"罪行"。奥斯卡应该事先征询过是否可以读此书。

流水：245.49 镑

顾客人数：19

10 月 20 日，星期一

网店订单：2

找到的书：1

妮基今天上班，所以我有空开车带安娜去邓弗里斯坐火车去伦敦开会。开完会，她会飞去美国拍一部电影，她朋友拉到了经费。回到店里，我发现那个卖我书本形巨型咖啡桌的回来买《吉卜赛补锅匠》了。他问能不能打折，但妮基一分钱不肯便宜。

又来了三张匿名明信片，都写有与书相关的故实。

今天苏格兰开始施行一项法规：店家必须向索要袋子的顾客收取 5 便士。违规不收费的店家会被处以最高可达一万镑的罚金。也许正因如此，我才好一段时间没看到马歇尔·威尔逊的推销员了。马歇尔·威尔逊是一家总部设在格拉斯哥的公司，我们之前常从他们家买购物袋。推销员大概每个季度来一次，不过，早在这项法规初次讨论前，我已经注意到要购物袋的顾客人数在稳步下降，而推销员来得也没那么勤快了。2001 年刚买下书店的时候，我都不需要问客人要不要袋子——他们觉得买了书有购物袋是理所当然的。这些年来情况有了改变，我现在问客人要不要袋子，说要和说不要的大致五五开吧。看看这项法规怎样影响对塑料袋的需求会很有意思。我颇为同情马歇尔·威尔逊的员工，他们怕是要丢饭碗了。一项立法，虽然初衷是好的，却可能会对经营这类买卖的小公司造成预计之外的后果。好比说书的增值税从 0 上调到 20%，书业会遭受的严重损害就跟这 5 便士的税收给塑料袋产业带来的影响差不多。

流水：250 镑

顾客人数：23

10 月 21 日，星期二

网店订单：3

找到的书：3

今天的第一个客人拿了一箱书来卖，其中有本《比格尔斯兵来将挡》*。

邮递员凯特送来了今天的邮件。又有两张匿名明信片。我问她能不能转告维尔玛那六袋“随缘书”都就绪了，不介意的话，再问声傍晚揽件的邮递员能否来一趟把它们取走。

一个女人花了十分钟在店里看了一圈，随后告诉我她是个退休的图书管理员。大概觉得这是我俩之间的某种纽带。并不是。总的来说，书商不喜欢图书管理员。一本书要卖上好价钱，品相必须挺括，可图书管理员最喜欢干的就是拿起一本外观完美的书，在上面盖满印戳贴满标签，然后——我一点没有开玩笑的意思——在护封上包一张塑料书套，免得它被翻阅的

* *Biggles Takes it Rough*，英格兰“一战”飞行员、作家约翰斯（W. E. Johns，1893—1968）出版于 1963 年的惊险小说（“比格尔斯系列”之一）。

人弄坏。落到公共图书馆可疑的照料之下的书，最后还要蒙受奇耻大辱——被人撕掉前环衬，在扉页上恶狠狠盖一个“废弃”的印记——直到这时，才能作为处理品让大众买到。同样一本书，借助图书馆系统流通而实现的价值，连跟这一系统不发生关联时的四分之一都达不到。

4 点 30 分，邮递员来取走了要寄给“开卷随缘俱乐部”会员的书。

刚要打烊，来了两个电话。第一个电话是达勒姆的一位退休牧师打来的，他有大约两千本神学方面的书。我跟他约定周五去看。打来第二个电话的是个女人，她父母以前住在纽顿 · 斯图尔特。今年夏天，她守寡的母亲也过世了，下星期房子就要挂出去卖。她从伦敦专程赶过来，明天晚上之前房子里的书一定得清走。

流水：166.99 镑

顾客人数：17

10 月 22 日，星期三

网店订单：2

找到的书：2

妮基今天在，所以她到了没多久我就开车去纽顿 · 斯图尔特看那户人家的书。其中有不少当地历史的材料。清理那栋房子显然是桩苦差事；屋里摆满了廉价家具，而且足足有一两年没吸过尘了。妮基通常是星期五和星期六上班，但做暑期工的学生一开学，店里就只剩下我了，好在她是个热心肠，时间又自由，如果我没法跟卖家约在星期五或星期六看书，其他日子她也会来帮忙。

妮基和我都忘记问顾客收购物袋的钱了。我们商量了一个解决方案：不主动提供购物袋，等客人开口要了再给。

妮基接到洛克马本的一个男的打来的电话，说有书要卖。我跟他约好星期一晚上去看。

流水：203.55 镑

顾客人数：14

10 月 23 日，星期四

网店订单：6

找到的书：4

今天早上有本找不到的书叫《陌生的性爱：电影院里的身体与欲望》。贝唐把它归到了神学类别里。

我花大半天核对了店里的古书，确保我们的是网上最低价。多数情况下，我们之前把书录进"季风"时，都确认过售价低于竞争者，除非我们这本以外的书是馆藏书或者品相不佳。如果我们设的是固定的价格，也会确保我们的书最便宜。只有最便宜的那本才卖得动。往往没过多久就会有更低的价格压过我们，但除非我们重新打开系统查一查，这是无法得知的，而如果我们这本不是最便宜的，就永远卖不出去。我们店里的大部分古书在网上都有了更低的价格，但不光是因为别人卖得便宜，而是因为出现了“按需印刷”的书。一本书过了版权期，随便谁都可以印。

在离开现在相对不远的若干年前，做一本按需印刷品需要把书扫描一遍或者打一遍文字，再打印出几百（或几千）册。你得投入成本，还要承担经济风险，所以大部分重印的都是关于地方历史的书籍，重印的人知道这些书在当地有市场。不过，本世纪的最初几年里出现了新技术，只要拥有一台 POD* 打印机，随便谁都能以较低的代价印出一本绝版书。这么一来，当你在 AbeBooks 或者许多其他网站上搜索一本珍本书时，跳出来的会是大量在客人订购前根本不存在的便宜选项。这直接压低了原本珍本书之所以为珍本书的价值，因为书商要在一个充斥着复印本的市场里竞争。我们现在只好仰赖那些为了要那本真正的书而不单单是书里的内容而买单的顾客。还有“谷歌图书”工程，照他们估算，印刷史上大约存在一亿三千万册版本独一无二的书，他们计划数字化这些书，供大家免费阅读——把它和按需印刷品结合着用，这相当于给我们这些二手书行业里所剩无几的人喝一杯鸩酒。

流水：852.50 镑

顾客人数：9

---

* 即 Print on Demand（按需印刷）的缩写。

10 月 24 日，星期五

网店订单：2

找到的书：1

妮基带来了一样完全不像食物的东西。“巧克力泡芙。很好吃的。”又一个“老饕星期五”拉开序幕。

上午 9 点 15 分，我都准备要上路去达勒姆郡看那批神学书了，她这才想起来告诉我那位牧师星期三来过电话，说书已经卖给另一个书商了。

安娜的朋友黛安娜发来邮件说她十四岁的女儿伊娃下星期一下午会到邓弗里斯，过来积累一个星期的工作经验。我完全忘了之前答应过让她来上一星期班，不过印象中她是个很可爱的姑娘，所以但愿一切顺利。

一个客人问我能不能帮她给四个女儿选礼物，但她既说不清楚她们对什么感兴趣也给不出具体预算，我又没见过她的孩子，自然没法提供建议。不过她能来二手书店选礼物，对此我感激不尽。我推荐了菲利普·普尔曼*和 C. S. 刘易斯，这两位的作品好像都广受欢迎。

要袋子的顾客的数量明显下降了，尽管当你问英格兰人收取 5 便士时，他们往往一脸愤慨。我怀疑他们没意识到现

---

* Philip Pullman（生于 1946 年），英国小说家，著有畅销书《黑质三部曲》、少女莎莉·洛克赫的“冒险三部曲”等，被认为是继托尔金之后最优秀的盎格鲁—撒克逊奇幻小说家，其作品曾获“英国国家图书奖”“卡耐基儿童文学奖”“林格伦儿童文学奖”等多项大奖。

在这已经是成文的法规了，还以为贪婪的苏格兰人在薅他们羊毛呢。

附近的滨海村庄加列斯顿的一位退休教师拿来了几箱书，大部分是些品相不佳的“图书俱乐部”版小说，不过我也找到了几本很有意思的马术书，都是关于双轮马车比赛的。这批书我给了他 20 镑。

《绑架》读完。这个相对较早的版本封面上印有图画，所以我把书放回了书架。这部作品一直很好卖。

流水：149.39 镑

顾客人数：16

10 月 25 日，星期六

网店订单：2

找到的书：1

妮基留在店里过夜，今天是她开的门。

船长在“苏格兰室”的一只空纸板箱里睡了一下午，客人们看了都很开心。

流水：170.99 镑

顾客人数：12

10 月 27 日，星期一

网店订单：6

找到的书：5

妮基又来上班了。邮递员凯特又送来三张匿名明信片。

上午 9 点 05 分，电话铃响了。

我："早上好，这边是'书店'。"

来电者："噢，你好。今天开门吗？"

今天的第一位客人是个男的，他极为不明智地留着罗尔夫·哈里斯*式的胡须，说话的声调很跋扈："你家有没有弗利欧书社的书？弗利欧书社听过的吧？"这就相当于问一个农夫他知不知道啥叫拖拉机。我回答道，是的，我听过弗利欧书社，而且店里有 300 本他们出版的书。他买了两本插图最漂亮的弗利欧，《黑暗的心》和《蝇王》。离开的时候，他道歉说之前态度不太好，因为他前面去的三家书店完全不知道弗利欧书社是什么。

吃过午饭，我开车去邓弗里斯见约好 3 点 15 分看诊的背伤专家，然后赶往火车站接伊娃。她会住到星期五。接上她后，我俩去洛克马本的一座平房里看那批书。大部分是血腥的犯罪小说，平装本。那个男的要卖书是因为他太太癌症晚期，他准备送她去护理中心。他买了套小公寓，这样能离她近些，但放书的地方不太够。我给了他 40 镑，买了大概六十本书。

---

* Rolf Harris（生于 1930 年），澳大利亚作曲家、演员、画家。

在驾车回家的路上，伊娃好奇想知道我是如何充实库存的，又有哪些因素影响着哪些书我会买和随后的出价。我尽力解释了，这也促使我反思，原来整个过程是如此复杂。除了你给自己制定的一套规则，并不存在所谓的惯例。

我给弗洛发了封邮件，问她明天有没有空过来待几个小时——就是想让伊娃有个同龄人做伴。为了给她换换环境，我安排了伊娃星期三去图书节办公室上班（安娜提议的）。

流水：205.90 镑

顾客人数：27

10 月 28 日，星期二

网店订单：2

找到的书：1

上午 11 点左右，伊娃终于来了。依照所有新员工的惯例，我让她先在店里看一圈，收拾一番书架，以此熟悉书店的布局。

今天上午，邮递员凯特送来了一张明信片。它背后写着：“不要温柔地走进那个良夜，再来一杯双份威士忌，千愁得解。”* 匿名明信片似乎有越收越多的趋势。这张的邮戳是爱丁堡。

弗洛是 3 点来的店里，一来就教了伊娃好几个坏习惯，包

* 前半句出自英国诗人迪伦·托马斯（Dylan Thomas）的代表作《不要温柔地走进那个良夜》（“Do Not Go Gentle into That Good Night”）。

括对我恶语相向和我说什么都别听的重要性。谢天谢地，伊娃待人非常礼貌，从小受到良好教育，终究学不来弗洛的坏榜样。

流水：314.46 镑

顾客人数：30

10 月 29 日，星期三

网店订单：1

找到的书：1

今天伊娃在图书节办公室上了一天班。一上午她都在登记数据，中午回来时显得疲惫不堪，然后吃完饭又赶过去，下午还有更多数据等着她处理。5 点回到店里的时候，她说她“差点就无聊到昏过去了”。

邮递员凯特又送来四张匿名明信片。

有位客人要买关于狗的书，我便带她去放那类书的区域。可一路上她不断地跟我拼嗓门。最后我只好由她说，默默计算着多久她才能安静下来。两分四十三秒。

打烊后，我跟伊娃去散了个步，带她参观镇上一些更有意思的地方。去了殉道者的坟墓、中世纪的水井和温蒂山上的纪念碑。

流水：106 镑

顾客人数：26

10 月 30 日，星期四

网店订单：6

找到的书：4

今天的邮件里又有四张匿名明信片，有一张引用了《里弗的意思》[*]里的话。在这部作品里，道格拉斯·亚当斯和约翰·劳埃德搜罗了各式各样的英国地名，然后给它们定义，就像编写词典一样。这张明信片上写道："Moranjie（形容词）：隐隐有些紧张，生怕在寄一封重要信件时某个邮箱'不好使了'。"不过我想，我在《里弗的意思》里最喜欢的一个词条是"Mavis Enderby（名词）：你几乎已经全然忘记可你太太对其怀有毫无道理的妒忌和仇恨的陈年女友"。

我打开店门没多久，进来了一家五口。那位父亲——戴一顶棒球帽，喝着一听醍泽[†]——一边走来走去，一边自言自语反复念叨着"雪貂书"。我这才知道现在还能买到醍泽。

下午 1 点左右，我正坐在柜台前同伊娃聊天，一个彪形大汉和他太太从书店后面走出来，又直奔正门而去。走的时候，他太太问他："准备买点什么吗？"他答道："不买，没啥看得上的。"伊娃难以置信地张开嘴看着我，说这位老兄上午 10 点起就坐在炉火边的扶手椅上了。他拿了一大堆书，一直读到现在。不用说，他一本书也没有放回书架上，我和伊娃只好等他

* *The Meaning of Liff*，一部关于地名和词源的趣味词典，出版于 1983 年。

† Tizer，英国经典软饮料。

离开后平分这苦差事。

上午，伊娃妈妈发来邮件问她今晚能不能回家，因为出现了意外情况，他们得离开家几天，于是我打电话给弗洛问她下午能否来代个班——这是她第一次独自守店。出乎我意料的是，她并没有搞砸。我开车送伊娃去邓弗里斯坐 5 点 58 分的火车。很舍不得她走；有她在店里陪我真是太好了，冬天即将来临，我只能和猫咪做伴了。

流水：292.99 镑

顾客人数：32

10 月 31 日，星期五

网店订单：2

找到的书：1

妮基在店里。

今天早上，邮递员凯特送来了一张匿名的万圣节明信片，上面写着："雷·布拉德伯里 * 是某位撒冷女巫的后裔。"我叫妮基在这星期收到的明信片里评选一张"最佳"。她做得远比我预想的认真，以至于开发了一套建立在五条标准之上的评价体系：

* Ray Bradbury（1920—2012），美国科幻小说家、编剧。

卡片背后的引文她必须看得懂。

卡片正面的图片必须与背后的引文有关联。

卡片必须是循环使用的。

必须让她发笑。

引文必须跟文学有某种联系。

正要打烊，迪肯先生同两位我估计是他一半年纪的女士来了。今天他穿得不像上次那么帅气，衬衫似乎沾上了一组全新的污点。他去参加婚礼和在花园里干活大概是穿同一件衬衫的。他买了一本安东尼亚·弗雷泽[*]的《查理二世》，随后把同伴介绍给我认识。原来是他的两个女儿。和迪肯先生一样，她俩都看了那段射碎 Kindle 的视频，这让我很吃惊。我原以为他对科技一窍不通，所以才通过我而不是亚马逊或者 AbeBooks 购书，可他其实对电脑相当 au fait[†]——他只是更愿意支持当地的书店。在见到他女儿之前，我一直以为迪肯先生是个单身汉。比起之前对他少之又少的了解，朝他的私生活里这样看上微不足道的一眼似乎就相当于一幅充满信息的广阔画卷了。

下班后，我和屈塞去喝了一杯，庆祝她履行完了和 RSPB 的合同。整个夏天，她都坐在郡大楼的“鱼鹰屋”里告诉人们鸟巢里空空如也，到今天她的工作终于画上了句点。

流水：245.99 镑

顾客人数：8

---

* Antonia Fraser（生于 1932 年），英国作家，创作了大量历史作品、小说和传记。*King Charles II* 是她出版于 1979 年的作品。

† 法语：熟悉、精通。

十一月

> 假如拥有一个不错的店面和足够的资金，应该说，每个受过教育的人都能通过开书店来挣得一份收入不高却稳定的生计。除非你从事的是“珍本书”买卖，开书店不算是非常难学的行当，如果你了解书的内容，那你的起步便有优势。（大部分书商并不懂书。只消看看行业报纸上登的那些缺货广告，就知道他们几斤几两了。就算你没看到求购鲍斯威尔《衰亡史》的广告，也准会看到有店家求购 T. S. 艾略特《弗洛河上的磨坊》*）。而且这总归是个高雅的行业，再庸俗也庸俗不到哪儿去。
>
> 乔治 · 奥威尔，《书店回忆》

在奥威尔的时代，书商会搞混作者和书名，今天犯错的却是顾客了。好几次有人问我店里有没有阿尔多斯 · 赫胥黎的《一九八四》，而想买海伦 · 菲尔丁的《汤姆 · 琼斯》的请求也不是没有听到过。† 妮基最近提醒我说在过去的一个月里，《向加泰罗尼亚致敬》既被顾客记成海明威的作品又被顾客记成格

* 《衰亡史》即《罗马帝国衰亡史》（*The Decline and the Fall of Roman Empire*），作者实为吉本（Edward Gibbon）；《弗洛河上的磨坊》（*The Mill on the Floss*）作者为乔治 · 艾略特。

† 《一九八四》的作者是乔治 · 奥威尔；《汤姆 · 琼斯》的作者是亨利 · 菲尔丁。

雷厄姆·格林的作品。至于奥威尔写到的“行业报纸”，到了网络时代已经基本绝迹。即便在我接盘书店的时候，行业内部还是有不少买卖往来的，书商藉以为客人找一本书的关系网络依然比较健康。如今，顾客当然不再需要我们来帮忙找书。在网上查两分钟，他们想要的书就在寄来的路上了。偶尔还是会有书商上门，不是想淘一两本便宜货，就是——如果他们是某领域的行家——在某类书里爬梳一番，找点可以让他们保持有效库存的品种，但这种情况已经屈指可数了。早些年这很常见，一星期买上一两本，他们在店里就有了存在感，最后会抱着一堆书来到柜台，拿出商业名片，享受百分之十的同行折扣。而现在连顾客也会开口要打折，而且往往不止百分之十。随着行业内部买卖的终结，“跑书人”这一职业也消失了——“跑书人”熟悉书业，认识一批书商，在全国各地的书店里广泛搜罗，再把买到的书装进货车，这些书他们知道能以微薄的利润转手卖给其他书商。“跑书人”的库存里会有许多地方志——前网络时代，对一家多塞特的书店来说，一本写盖勒韦的书价值不大，反之亦然，所以“跑书人”可以通过把这类书重新分配到更合适的地理位置来牟利。可用了亚马逊，书在地球上的哪个位置已经没啥区别了。至于开书店这一“高雅的行业”——无疑，确实高雅过，只是被亚马逊生生变成了凶暴粗野的行当。

11 月 1 日，星期六

网店订单：6

找到的书：6

妮基住了一晚，今天早上开了店。我问她哪张明信片得了“最佳”，她指了指一张明显是她自己写的卡片。上面甚至贴着我们的皇家邮政邮票：

> “辛德瑞拉！”那邪恶的后妈咆哮道，唾沫和红头发波及了旁边的顾客，“**为什么**火炉烧了火？**为什么**这四十箱发霉的书整整齐齐码着堆？**为什么**你处理起所有订单来都很高效？”“你把我**逼疯**啦！去给汤里加点水，拿勺子给猫喂点奶油。”“柜台抽屉里**又为什么**会有这些钱？”“再也不给**你**做鸡毛蒜皮的事了，你这坏蛋。”

我决定读一读安德鲁 · 麦克尼利写他父亲约翰 · 麦克尼利的传记。约翰 · 麦克尼利写过《威格敦庄稼人》，这本出版于 1939 年的小说描绘了苏格兰农村恶劣的公共卫生状况，最终引发了整个国家社会福利的大变革。买下书店以来，我和安德鲁一直是好朋友。我很好奇他会怎样写这部书，还有他如何利用一封他父亲写给读者的信件——那信是我在一本书里找到后给他当作研究材料的。

流水：233 镑

顾客人数：15

11 月 3 日，星期一

网店订单：7

找到的书：7

两个 AbeBooks 订单，两个亚马逊订单。

今天收到的明信片："过去的时光构成了一面面密不透风的书墙，包围着他，隔开了他与当下的世界和世上的苦难。"上面盖的是一个本地的邮戳。邮递员凯特送了张皇家邮政的票据来，说是有个件我没付邮资。东西在纽顿·斯图尔特的邮件分拣处。明天去拿。

卡勒姆来帮我改造柜台那一块地方。我们准备把一个橡木酒瓶架装进去，那是大概十年前我在巴克卢庄园的农场拍卖会上买的。装上它是为了让我和顾客之间有一道结实的屏障。

一个留着浓密胡子、三十多岁的男人走进店里，问我们有没有兴趣收购他纽顿·斯图尔特郊外农庄里的 2,000 册书。我说有兴趣；稍后会同他联系。他刚走，另一个客人问："你们这儿有洗手间吗？"我说没有，但市政厅里有，就在广场尽头。客人："噢，真是遗憾。外面下着雨呢。"

流水：238 镑

顾客人数：15

11 月 4 日，星期二

网店订单：6

找到的书：5

上午 9 点，卡勒姆又来了，继续装那个橡木酒瓶架。为了把石膏灰泥板安进去，他只好拆掉了昨天装的一些东西。

晚上 9 点，艾略特来了，这周晚些时候他要开董事会议。我生了火，他坐在炉火前，抱怨说冷死了。大概这就是为什么他今天没有像往常那样一进厨房就一脚踢掉鞋子。

流水：82.50 镑

顾客人数：8

11 月 5 日，星期三

网店订单：2

找到的书：1

早晨 6 点 30 分，被关门声和跺脚声吵醒了，这时我想起艾略特在我家过夜，所以接着睡了。最后是 8 点 30 分起床的。我去刷牙，结果发现艾略特正在洗澡，于是我下楼做了早餐。他的衣服全扔在厨房的地上。我泡了杯茶，走进大房间，看到他吃过早餐的桌上一片狼藉——盘子、杯子、刀叉、面包屑。他还成功地把猫关在了里面。他倒不是故意要这样的，我很确定，他是因为脑袋里装了一大堆要在会上跟董事们通气的信息。

下午菲利普斯太太打电话来（“我九十三岁了，失明了”），要买海伦·麦克唐纳*的《海伦的苍鹰》。我们刚好有一本库存。海伦·麦克唐纳来今年的图书节上演讲了，她那场是人气最高的活动之一。

午饭后，卡勒姆继续来改造柜台。他蹲在下面的时候，被一声“你好”吓了一跳——一时分心——在紧要关头一松手，榔头飞出去砸穿了一块玻璃。错误方是迪肯先生，他是来订购南希·米德福德†的《寒冷气候里的爱情》的——“那种东西，不是给自己买的。是给我女儿的礼物。不读小说。小说主要是写给女人家看的。”我们架子上正好有一本，所以不必专门去为他订购了。

店里很冷清。11 点 45 分之后，除了迪肯先生，店里一个客人也没有。网店的一个订单挽救了这一天的生意。卖掉的是我 8 月 15 日从“厄尔河上的浩克”那间小屋里觅来的两卷本《堂吉诃德》。书售出了 400 镑，是日本的客人买的。

流水：152.50 镑

顾客人数：5

---

* Helen Macdonald（生于 1970 年），英国作家、自然主义者，*H is for Hawk* 是她出版于 2014 年的作品。

† Nancy Mitford（1904—1973），英国小说家、传记作家，著名的“米德福德姐妹”之一。*Love in a Cold Climate* 是她的小说代表作，出版于 1949 年。

11 月 6 日，星期四

网店订单：3

找到的书：2

今天没收到明信片。

妮基问我能不能把脸书账号的密码给她，这样她就能从她的角度为那一千来位关注我们的人发布新动态了。她还告诉我，卡勒姆改建的柜台有个地方她不喜欢，等下次我不在店里，她会把它拆掉。跟往常一样，对于为什么她独独讨厌柜台的那个地方，她给不出任何合理的解释："就是八喜欢。"

这星期的匿名明信片比赛（奖品是一本可以自己选择的书，价格不超过 20 镑）的胜出者来自伦敦，卡片上写道："'你知道叶芝吗？酒吧？不，是 W. B. 叶芝，诗人……'* 为了押半个韵，把整个的韵律都破坏了。"这段话引自威利 · 罗素笔下，几年前他来参加过图书节。

伊莎贝尔来做了账。新做的"书螺旋"令她印象深刻。

我读到安德鲁 · 麦克尼利为他父亲写的传记里引用我那封信的地方了。我的姓经常被人拼错，不过安德鲁的拼法别具一格："Bithyll"。

流水：88

顾客人数：5

* 以上引自威利 · 罗素（Willy Russell）的剧作《教育丽塔》（*Educating Rita*），舞台剧版在英国大受欢迎，电影版则于 1983 年上映。"酒吧"指的是 Yates Wine Lodge（Yeats 和 Yates 读音相近），英国著名连锁酒吧，创始于 1884 年。

11 月 7 日，星期五

网店订单：3

找到的书：2

最近来了好些客人要买特里 · 普拉切特[*]的小说。也许是因为听说了他身患阿尔兹海默症、日渐衰落，大家都感到难过吧。像约翰 · 巴肯、P. G. 伍德豪斯和 E. F. 本森[†]，还有许多其他作家，普拉切特的书我是从来不嫌多的。他们的书卖得很快，而且常常一卖就是好多本。去年的某一天里，三位客人就买光了我们店里所有的企鹅版伍德豪斯小说，二十多本呢。

流水：198.77 镑

顾客人数：15

11 月 8 日，星期六

网店订单：2

找到的书：1

相当忙碌的一天——大部分时间都在读安德鲁 · 麦克尼

* Terry Pratchett（1948—2015），英国奇幻小说作家。
† E. F. Benson（1867—1940），英国小说家、传记作家、考古学家。

利为他父亲写的传记《伊恩 · 尼尔：人生中的一段》。伊恩 · 尼尔是约翰·麦克尼利的 nom de plume*，书名呼应他父亲最重要的一部作品，《威格敦庄稼人 ：人生中的一段》。

流水：132.83 镑

顾客人数：17

11 月 10 日，星期一

网店订单：2

找到的书：1

上午 11 点 15 分，有位客人要买《远离喧嚣》。尽管我试着向他说明了好几次书名其实叫《远离尘嚣》†，他还是坚定地拒绝接受事实，哪怕铁证如山，书都摆到他眼皮底下的柜台上了，他依然嘴硬："哎呀，印刷厂印错了啊。"

虽然这笔买卖做得叫人窝火，我还是应该心怀感激：至少他给了我自传标题的灵感——如果我能活到退休的话。

我用订书钉把那些匿名明信片在画廊里的书架上钉成了一排。约翰 · 卡特当店主的时候，那房间是用来挂画作的，虽

---

* 法语：笔名。

† 哈代（Thomas Hardy，1840—1928）这部小说的书名正确写法为 *Far from the Madding Crowd*，但这位顾客非要说是 *Far from the Maddening Crowd*，可直译为"远离令人发狂的人群"。

然现在那里一幅画都没有，我们还是叫它“画廊”。有个相似的例子，威格敦有家酒吧至少叫了一百年“郡客栈”。六年前，有人把它盘了下来，改叫“威格敦庄稼人”。当地人依然称它为“郡”，可能永远都会如此吧。

流水：57.99 镑

顾客人数：6

11 月 11 日，星期二

网店订单：3

找到的书：3

匿名明信片很快就没地方钉了，往后我们大概只能把它们钉在妮基身上。

一个客人拿着本 C. H. 迪克的《盖勒韦与卡里克的大路和小道》来到柜台前。此书出版于 1916 年，蓝色麻布装帧，烫金标题。我们这本品相完好，标价 16.50 镑。我开口收钱时，来客——一个上了年纪、谈吐文雅的妇人——厉声道：“16.50 镑？这光天化日的是要抢劫吗？我才不会为一本旧书花这么多钱呢。”我跟着她走出门外，眼看她钻进她那辆崭新的路虎扬长而去。

通过《大路和小道》，我们确实能很好地对百年前的盖勒韦地区做一番简单而全面的了解。从那时到现在，附近的风貌竟然鲜有改变。以下的事实尤其令我讶异——正如迪克所说——“这一地区不为外界所知的时间比苏格兰其他地方都要长，可能只有罗卡尔岛*是例外吧。”

流水：125.03 镑

顾客人数：7

11 月 12 日，星期三

网店订单：2

找到的书：2

今天的网店订单里有本企鹅版的赫胥黎作品《加沙的盲人》†，卖掉了我才知道原来店里有这本书。

快到饭点时，一个客人拿来了四箱破破烂烂的垃圾小说。我好赖挑了几本，出价 15 镑。他遂开始抱怨 15 镑还不够他开车来这儿的油钱。我说我非但没叫他带书来，而且根本就不知道他要来。他的牢骚一直持续到离开，嘴里还嘀嘀咕咕，说他家里有一大书房珍稀的古董书，但他“是百分之百不会拿来这种地方卖的”。

冬天真的是来了，店里明显比几个星期前要冷，哪怕开

---

* The Island of Rockall，其实是矗立在北大西洋水域中的一块巨大的岩礁，Rockall 即“整块岩石”的意思。

† *Eyeless in Gaza*，阿尔多斯·赫胥黎出版于 1936 年的小说。

着暖气，而从十月开始，店里每天都会生火炉。

流水：67.95 镑

顾客人数：7

11 月 13 日，星期四

网店订单：4

找到的书：2

早上 8 点 55 分冲下楼梯，去接已经响了一阵的电话。En route 正好把茶全洒在裤裆上。接起电话，那头问我：“你知道下一班从威格敦开往纽顿 · 斯图尔特的公交车几点出发吗？”

找不到两个亚马逊买家要的书，只好给他们写了奴颜婢膝的道歉信，希望不会给我差评。

想在店里钉上一张“开卷随缘俱乐部”的海报，却发现订书钉枪好像坏了，于是把手放上去试了试，这时它决定复工了。

流水：34.50 镑

顾客人数：3

11 月 14 日，星期五

网店订单：4

找到的书：3

妮基到得很早，兴兴头头的，带来了从莫里森超市垃圾箱里淘的恶心的燕麦饼。她强行登录了我的脸书，发了以下这段：

> 今日特别活动！
>
> 一直想要那本配有手工上色马洛嗡嗡虫、小黄五月虫等插图的《蝇钓客的昆虫学》但偏偏拿不出 70 镑余钱？喏，这个周末书就有可能是你的了！来物物交换吧！
>
> 木柴、威士忌、母鸡、花斑矮脚马都可以用来交易！把它们带来吧！

一个大约五岁大的小男孩独自来到店里，问我们能不能帮他选个送给妈妈的生日礼物。他身上有 4 镑。问了问，原来他妈妈喜欢园艺，于是我们为他选了本关于盆栽园艺的书。书标价 6 镑，妮基 4 镑卖给他了。

午饭后，我开车去了离道格拉斯城堡不远的罗恩豪斯，之前约好要看一位退休长老会牧师的遗孀要卖的藏书。我下午 2 点到了那边，见到了她和她儿子。她儿子比我小几岁，专门从爱丁堡搬回来照顾年迈的母亲。她给我们一人倒了一杯茶，领我去了餐厅，书都已经摆出来了——书脊朝上放在餐桌上。正聊着书呢，不料她放了个超级响亮的屁，呼啸的口哨声持续了整整几秒钟。过了一会儿她出去了，慢悠悠走向花园，这时他儿子恰巧进了屋，明显是嗅出了屁味，冲我恶狠狠地瞪了一眼。

我带走了四箱精装神学书，落下了胃胀气的名声。

流水：105.90 镑

顾客人数：11

11 月 15 日，星期六

网店订单：2

找到的书：2

妮基留宿了一晚，今天早上是她开的门。

今天的第一个电话：

来电者："打电话给您是想确认一下您在《犯罪预防期刊》上刊登广告的事宜。我们已经给您留出了四分之一个版面。您在八月份签字同意了的。"接着又说了一通有关发行和受众等的胡话。

我："我不记得跟你们谈过，我也不可能在一本叫《犯罪预防期刊》的东西上登广告。听起来像你胡编的。"

来电者："但您同意了的，八月份的时候；这里都有记录。"

我："不见得吧。你电话多少？我核实一下给您回电？"

他们挂了电话。

噢，真是讽刺啊。用《犯罪预防期刊》这么个名字来招摇撞骗。这种电话一年大概会接到两次。让我常常愿意赞助一把的刊物大概会叫《对生病的孩子好一点》之类吧。

流水：145.98 镑

顾客人数：20

11 月 17 日，星期一

网店订单：3

找到的书：2

妮基今天在店里。我开车到洛克比坐火车去爱丁堡苏格兰国家图书馆开会，讨论是否有可能利用他们馆藏的公版经典作品录音带筹备一个广播站，店家只要支付一点订阅费就能播放，以此避免 PPL* 和 PRS† 强行征收的罚款——这两家组织存在的意义似乎就是从在工作场所放音乐的人那儿榨钱。火

* 全称为 Phonographic Performance Limited（留声机表演有限公司），由 Decca 和 EMI 两家唱片公司于 1934 年成立，旨在确保音乐作品在公开播放时没有损害著作权人的权益。

† 全称为 Performing Right Society（表演权协会），主要负责为作品著作权人（作曲家、摄影师、作者等）管理授权并收取费用。

车上我身边坐着一群人，其中有位拿着台 Kindle。他花了一小时向他那些目瞪口呆的同伴宣讲那鬼东西的妙处，嗓门很大，吵得剩下的人都没法读书、看报刊杂志。最后——不带丝毫反讽的意味——他大吼道："当然咯，如果屋里有人说话，我就读不成书了。"听到这儿，车厢里的所有人齐刷刷转头怒视着他。

妮基今天在脸书上发的新动态：

> 昨天烦死人啦——把很多我们最好的货寄给了德国的一位新客户，书架看着空落落的！
>
> 今天的"最佳"顾客肯定要属那个带着她已经成年的女儿来店里的女人，她把店里的古书几乎摸了个遍，而且掉了一本在地上，啪嗒弄断了皮面硬封。然后，她打着喷嚏问我们有没有斯坦贝克的书（"有的，我们有的"，笑容满面，顾客是上帝嘛），鼻涕口水溅了我一身。
>
> 好吧，她最后什么也没有买。

在爱丁堡和我妹妹露露一家子过了一夜。

流水：170.99 镑

顾客人数：14

11 月 18 日，星期二

网店订单：3

找到的书：3

上午 10 点离开爱丁堡。妮基在店里，我问了问她是否介意打包一下“随缘书”。到家时刚过饭点，让我想不到的是，她不光书包好了，还预约了邮递员来取那七袋邮包。

整理箱子里的书时，我翻到了一本威格敦郡的旧导览手册，里面夹存着一张 1950 年代本店的广告——当初还是杂货铺。偶尔会有来店里的人对我说起以前他们住在威格敦时这家铺子的老板叫宝琳，或者他们跟经营杂货铺的人有亲戚关系。

流水：90.50 镑

顾客人数：5

11 月 19 日，星期三

网店订单：5

找到的书：5

上午 11 点，一个十几岁的少年笨拙地拖着脚走到柜台前，把一本平装本《麦田里的守望者》放在我面前，拿出 2.50 镑零钱付账。在我跟他差不多年纪、正经历长大成人的痛楚的时候，很少有书像《麦田里的守望者》那样影响过我。塞林格此书出版于 1951 年，几十年来，他笔下那位与被迫身处其间的世界格格不入的霍尔登·考菲尔德引发了数以百万计青少年的共鸣。

流水：48 镑

顾客人数：9

11 月 20 日，星期四

网店订单：3

找到的书：3

妮基来店里继续录入那批从罗恩豪斯买的书。开始征收 5 便士购物袋税已经过去一个月，妮基算了算，要袋子的人的比例从大约五成降到了不足一成。

流水：149 镑

顾客人数：10

11 月 21 日，星期五

网店订单：2

找到的书：2

现在劫持脸书已经成为妮基的常规操作。这是她今天发的：

> 昨天客人抱怨店里太热，因为我们生了火炉，还烧掉了不喜欢的书，我是说，不想要的书，比如那些用不对“引号”的——再也没有罗迪·多伊尔*或欧文·威尔士了——丢人呐！
>
> 你愿意提名几本供今天烧的书吗？

这次“老饕星期五”的美味佳肴是一包过期的燕麦饼。

迪肯先生来订购一本书，却找不到他写了书名的那张纸片了。

有一阵闲极无聊，我计算了一下今年寄出的书的重量——超过一吨。打开皇家邮政的发票前我肯定得先坐坐稳。

流水：57.30 镑

顾客人数：5

---

* Roddy Doyle（生于 1958 年），爱尔兰小说家、编剧。

11 月 22 日，星期六

网店订单：3

找到的书：1

妮基在店里，所以我和几个朋友去惠特霍恩岛的“蒸汽班轮”上吃了午饭。下午两三点我回到店里，发现她自说自话地在童书区域旁边糊了层墙纸，上面有她从一本百科全书里剪下来的动物插图。

我绝望了。她真是一意孤行。

迪肯先生打来电话。他想订一本伊夫林·沃*的《衰落与瓦解》。我说他不是说过小说是写给女人家看的嘛，他回答：“大部分是，但不是所有。”

一个从艾尔开车来的客人带了两箱书要卖给我。多数是维多利亚时代的欧洲各国导览，但品相都不太好。这些书是她在拍卖会上失手买下的，原本以为自己拍的是一个俄式茶壶。我给了她 200 镑，她让我放心，说我给的钱足够让她不白跑这一趟了。

下班时，妮基对我说：“我有个好主意，把书店改成迪斯科舞厅怎么样？”

流水：345.99 镑

顾客人数：19

---

* Evelyn Waugh（1903—1966），英国小说家。*Decline and Fall* 是他出版于 1928 年的作品。

11 月 24 日，星期一

网店订单：5

找到的书：4

昨天经历了有点窘的一幕。我睡了个懒觉，醒来下楼去了厨房，泡了杯茶，穿着微微飘动的晨衣晃荡进起居室，正好撞见清洁工在外面的梯子上边擦窗边盯着屋里看。我赶紧撤了。今天早上他来收 5 镑工钱时我俩都没提这茬儿。

一个客人拿着本 1817 年出版、皮面装订的苏格兰历史书来柜台结账。他指了指环衬上用铅笔写的“1.50 镑”，但这显然不是我们的真实标价。我进数据库查了查，我们的定价是 75 镑，而我们这本是全网最低价。我说这书 1.50 镑是绝对不可能卖给他的，他气冲冲地走了。后来妮基告诉我她看到他在店里的一本书上写了点什么，怀疑他揭掉了标签，然后自己写价格。多年前，有个臭名昭著的书贩子定期出入威格敦各家书店蹲点，一等柜台后面出现新面孔——他觉得那会是个不如他懂行的人——就擦掉珍本书上的铅笔标价，写上低价浑水摸鱼。据我所知，此君已经死了。

今天最后的客人——一对买了几本科幻作品的年轻夫妇——对我说他们正利用假期把全英国的二手书店逛个遍。我们这行还是有一线希望的。

流水：78 镑

顾客人数：7

11 月 25 日，星期二

网店订单：7

找到的书：4

忘记设闹钟，起晚了。上午 10 点才开门，发现那些老太太的艺术课在 9 点 30 分就该开班的，她们都等在外头，瑟瑟发抖。

流水：64 镑

顾客人数：3

11 月 26 日，星期三

网店订单：2

找到的书：1

今天早上邮局送来了《衰落与瓦解》，于是我打电话通知了迪肯先生。

“文身控异教徒”桑迪带着个朋友来了。他留下六根手杖，选中了一本关于凯尔特神话的书。

下午 4 点，一个客人拿来了一箱平装本的现代小说，其中有若泽·萨拉马戈的杰作《失明症漫记》和安东尼奥·塔布其*的《佩雷拉的证词》。这两本书，一个意大利朋友都送过我，

* Antonio Tabucchi（1943—2012），意大利作家、学者。*Pereira Maintains* 是他出版于 1994 年的作品。

因为我对当代欧洲小说的无知把他给吓坏了。《佩雷拉的证词》我很喜欢，《失明症漫记》则令人惊叹。很少有别的书能那样让我身临其境的同时——说来有点矛盾——又清晰地想见故事的一幕幕场景。一个所有人都失明的世界里肮脏而悲哀的乱象，一种感官丧失后社会契约的脆弱与社会迅速的分崩离析，经由萨拉马戈生动的描绘，让读者仿佛成为故事的一分子而非旁观者——就像霍格的《清白罪人忏悔录》——最后如火焰喷射般道出你心中所想，激励你向周遭的世界提出更多问题。

流水：90.55 镑

顾客人数：9

11 月 27 日，星期四

网店订单：8

找到的书：6

今天，广场上竖起了圣诞树。

一群俄罗斯女客人来到店里，其中一位（显然是唯一一个会说英语的）问我们有没有俄语书。看到我们有不少，她好像真心很吃惊。不过她们啥也没买。

今天下午，我们接到一个爱尔兰买家的订单。是一套八卷本的套书，“季风”上的标价显然错了：

书名：《欧洲历史：伟大领导人和里程碑》

作者：H. J. 蔡特牧师大人、威廉 · 科林奇、沃尔特 · 默里

价格：3.48 镑

运费：8.85 镑

总计：12.33 镑

这套书重达 8.2 千克，寄到爱尔兰的运费是 88 镑。我给买家写了封邮件说明情况。

三个客人分别问我："你们收不收书？"有位带来了三本"哈利·波特"，非常吃力地拿到我面前，指出其中一本是初版。我告诉他，"哈利 · 波特"系列里后出的几本初版印量巨大，所以实际上根本不值钱，他听了连忙把书塞进它原先的袋子，走了。我想他是不相信我的话吧。

正锁门呢，我有幸目睹了非凡的一幕：迪肯先生以一个超重的中年人特有的方式全力向书店冲刺。他那件不合身的外套（有点太小了）的分叉随风摆动，加上他遮盖秃顶的那绺头发（垂直翻了起来），仿若旗鱼的一对发育不良的鱼翅和背部的鳍：前者奋力助他前行，后者操控方向。他显然是想在书店打烊前赶到。我开着门等他，他付完书钱，一步一拖地离开了，气喘吁吁，向昏黄的暮光里走去。

流水：88.99 镑

顾客人数：6

11 月 28 日，星期五

网店订单：1

找到的书：1

妮基还是老样子，9 点 15 分才到。一来她就递过来一个塑料碟——上面的东西在几天前应该是可以被当成食物的——问我："吃不吃肉桂卷？"（乐购的"优惠价：27 便士"标签昭然可见）。我回答道："来一个吧，谢谢，妮基。"我伸手正要去拿起一个时，她猛地打掉我的手，说："那个还是算了。上班路上我把它的糖霜舔掉了。"

今天上午的唯一一个订单是一本叫《人见人爱小跟班》* 的书。

在给各种地方买来的很多箱书标价的时候，我翻到一本《监禁的群兽》†。费恩向我推荐过此书，所以我就把它收到一旁，准备等有空了开读。

妮基决定今晚留宿，和我一起喝喝酒吹吹牛。可想而知，我俩都喝多了。我递给她一瓶"长脚秧鸡艾尔"，她竟然告诉我她不喜欢任何瓶子上印有鸟类名字的啤酒。她做的所有决定，都是基于这种逻辑。

流水：62.50 镑

顾客人数：5

---

* *A Toast-Fag*，英国作家埃弗里（Harold Avery，1867—1943）的儿童文学作品，但 fag 一词现在会用来指男同性恋。

† *The Restraint of Beasts*，米尔斯（Magnus Mills，生于 1954 年）出版于 1998 年的作品。

11 月 29 日，星期六

网店订单：1

找到的书：1

今天妮基开店，所以我睡了个懒觉。

来了个订单，买的是马克 · 忒勒的《年轻人的旅程》。[*]朱利安 · 克拉利[†]有本同名自传，但我无法想象他选这个书名是出于同样的理由。

我和妮基一边把新货上架，一边同时说道（当时我俩刚走进画廊），画廊里冷死了。而且那里也生了火的。自从去年我们在底楼装了空气能热水器[‡]，画廊就从店里最暖和的房间沦为了最阴冷的房间，这也许是因为画廊里的那堵石墙没有装衬里或隔热层。我打电话给卡勒姆问了问他的想法。他说会过来看一眼。

流水：100 镑

顾客人数：10

---

* 原文似乎有误：*A Young Man's Passage* 的作者名叫 Mark Tellar（而非原文中的 Teller）。又，此书出版于 1952 年，副标题为“维多利亚时代的私密自传”（An intimate autobiography of the Victorian Age）。

† Julian Clary（生于 1959 年），英国喜剧演员、主持人、小说家。

‡ 空气能热水器通过吸收空气中的热量来达到加热水的目的。

十二月

> 圣诞节期间，我们要如火如荼地卖整整十天圣诞卡片和日历，非常累人，不过收益很好。那时候，我常饶有兴味地看着商人们一边利用基督徒的感情赚钱一边对其冷嘲热讽。圣诞贺卡厂家的推销员往往六月份就带着产品目录来了。他们的发货清单上有句话我到现在还记忆犹新：“两打。婴孩耶稣与兔子。”
>
> ——乔治 · 奥威尔，《书店回忆》

圣诞节与圣诞节前夕也许是一年中书店最冷清的时候。我们的生意太依赖于游客的流量——十二月里几乎没有游客——甚至可以说，还不如索性把书店从十一月关到第二年三月呢。不过，会在圣诞节送二手书当礼物的人通常都是异类，所以就算单纯为了这些怪人给你带来的乐趣，开店也是值得的。他们是最有意思的顾客。店不能关；如果书店不开门，那些敢于在冬季深入盖勒韦乡村的人会大失所望，下一次肯定就不愿意来了。来店里的人，时不时还是会花点钱的，而且冬季白昼短，又冷，即便不开书店，可供选择的其他活儿也很少，所以最好还是自由决定开店时间，利润虽然微薄，总好过歇业，一分钱没有。圣诞节和除夕之间的一星期肯定是值得开店的——这段时间里，人们会回来和亲人度假。不过他们很快就会发现，亲情这东西，相隔数百英里时要比共处一屋时浓烈得多。这一星期里，书店会很忙，到处都是在一年最黑暗的月份跟亲戚近距离相处了太久的人；他们没办法逃走，只好聚集在书店里看书消磨时光——通常都会买上几本。

12月1日，星期一

网店订单：1

找到的书：1

圣安德鲁节，苏格兰的法定假日。

有位顾客打电话来找本书。

女人："图书节时我在你店里的新书区找到一本关于破败的旧花园的书。能告诉我书名吗？"

我："恐怕不行。但我知道你要的是哪本书，我很乐意寄给你一本。"

女人："为什么不能告诉我书名呢？"

我："因为我一旦告诉你书名，你就会上亚马逊买一本。"

女人："不会的，我会让我妈来你店里取。"

我："噢，那敢情好。那么能否告诉我你的信用卡信息和你母亲的名字？你一付款书我就给你留着。"

这时她挂了电话。

今天下班后，我和屈塞去酒吧喝了一杯。一个当地的农民进来问道：“有人要大头菜吗？我卡车里有一些。”站在吧台后面干活的劳拉说她想要一颗。随后他拿来了一颗我这辈子见过的最大的大头菜。看来他今年收成很好。

开读《监禁的群兽》。

流水：28 镑

顾客人数：4

12 月 2 日，星期二

网店订单：3

找到的书：2

卡勒姆顺道来坐了坐。我俩讨论了一下给走廊那面石墙装一层隔热材料的可能性。这会大大改观店里的温度。他答应做这件事，这星期选个时间就开工。

今天阳光灿烂，天气和暖；十二月和一月日头很低，把“企鹅版”那块区域照出了别样的神采，面貌和一年中其他时节都不同。毫无疑问，今天的高潮是我卖掉了一本 1892 年出版的《唐纳德·麦克劳埃德的悲伤回忆》。那位顾客找了这本书整整六年。

流水：33 镑

顾客人数：2

12 月 3 日，星期三

网店订单：4

找到的书：2

早上很冷，所以我生了火，开始处理网店订单。拿着包裹走去邮局的路上，我与一个手里拿着一块砖头、嘴里叼着一把钥匙的男人擦肩而过。他挺友好，咕哝着向我说了一声“你好”，这时钥匙从他嘴里掉了出来，不偏不倚落在那块砖头上。

下午 2 点 30 分，一个老头拿着一箱军事史来卖，其中包括好几本关于 KOSB（“国王自己的苏格兰边境居民”*——尽管盖勒韦郡并不属于边境地区，盖勒韦人自古以来会参加这一步兵兵团）的书。最后花 120 镑买下了这批书。

流水：6 镑

顾客人数：4

12 月 4 日，星期四

网店订单：3

找到的书：3

上午 10 点，卡勒姆来了，继续给墙面装隔热层。花了大

* 原文作 King's Own Scottish Borderers，缩写为 KOSB。

半天把书装箱，拆掉他准备改造的那面墙前的书架。

流水：48 镑

顾客人数：5

12 月 5 日，星期五

网店订单：1

找到的书：1

妮基看店。她早早到了，脸上的兴奋表露无遗："噢，给你带了超赞的东西！"上星期五早上，她舔掉了肉桂卷上的糖霜，所以这"超赞的东西"是作为某种补偿而给我的。她拿出一个缠着"减价"胶带的盒子，里头装着一只"小猪佩奇"蛋糕。

卡勒姆一天都在店里给墙装隔热层。

11 点，我给妮基布置好了一些工作（她热情地点头应允，随后决定不干活），立即动身去距离威格敦六英里的索比看一批书。书是我爸的一位朋友的，他今年早些时候过世了。遗产由他侄子负责处理。有意思的书并没有多少，大部分是工程学教材，但我还是装了两三箱，写了张 100 镑的支票给他。

2001 年我从布里斯托尔回到苏格兰时，死亡对我来说是相对陌生的东西，只亲身经历过年长的爷爷奶奶或者伯叔祖母的离世。也许是我运气好，至今还没有尝到痛失亲近朋友的滋味。不过，乡村生活会让你不由自主接触各种年纪各种背景的人，如果你在城里，这些接触是很容易避开的。在我买下书店的 2001 年，客人们常常会说我“作为一个书商看上去非常年轻”，也许当时我确实年轻。最后一次听到这句话已经是五年前了，而我参加的葬礼数量则逐年增长。过去的这一年里，我父母的好几位朋友都过世了。我妈最近对我说：“现在我和你爸也在危险区了。”

下班后，我和卡勒姆去喝了一杯。我们邀请妮基同去，但她说她想待在店里，于是我为她生了火，还从联合超市（终于不是啥也买不到的冒牌超市了）买了几罐精酿啤酒给她。我 8 点回来时，她正坐在炉火前缝合一只奶牛样子的填充玩具——这手工她准已经做了不止二十年。一点都不像奶牛。

这星期，有好几个来店里的客人抱怨忘记带老花镜了。这很不寻常。跟妮基提起，她却说她也经常忘带这东西。

流水：22 镑

顾客人数：2

12 月 6 日，星期六

网店订单：2

找到的书：2

早上 8 点，我听到妮基在做早饭，便决定睡个懒觉，让她开店。没一会儿我就被吵醒了——楼下，卡勒姆用冲击钻在墙面上打洞。我花了大半个下午把唱机扬声器的一根电缆挪到了书店前部的位置，这样孩子们就碰不到它了，不然他们每次经过，好像都非得摆弄两下——常常会调高音量。

流水：72.29 镑

顾客人数：9

12 月 8 日，星期一

网店订单：9

找到的书：8

店里一整天都极其冷清，第一个客人是 11 点 30 分上门的，问我："营销和财务战略方面的书你们放在哪儿？"挑这种圣诞礼物送人怪刺激的。

整理邮件的时候，我发现了一封市政会寄来的信，妮基在上面画了一幅非常粗糙的素描，戴眼镜的圆脸、鬈发——明显画的是我。我把画拿到她眼前，问："妮基，这是啥？"她回答："这个？镜子咯。"

流水：78.44 镑

顾客人数：6

12 月 9 日，星期二

网店订单：2

找到的书：1

安娜打电话来说，她不准备做那部她一直以来和朋友在美国共同创作的电影了，因为觉得预算太低了。她订了回伦敦的机票，星期四就到邓弗里斯。

今天有个上了年纪的客人拿着本书一步一拖脚地走到柜台前，神情很是激动。“这本书卖多少钱？”那是一本拉丁语教科书。他急切地翻开书，指了指环衬上用水笔写的名字：“这书以前是我父亲的。”标价是 4.50 镑，不过我说可以免费送给他。我不记得书是怎么来的了，但我看他找到书那么高兴，不这么做好像说不过去。他是从肯特郡来这边度假的，所以这本书可能来自几年前我在坎特伯雷*郊外的一栋宅子里买到的一批书。

流水：80 镑

顾客人数：9

---

* 坎特伯雷（Canterbury）位于英格兰肯特郡。

12 月 10 日，星期三

网店订单：1

找到的书：0

妮基今天看店，所以我有空离家去洛蒙德湖东岸斯特林附近看一眼某家人家的藏书室。那座宅第建在一条美轮美奂的峡谷里，道路两旁是古老的阔叶林，一幢幢豪华的维多利亚式别墅点缀其间，我去的便是其中一幢。宅子主人是一对和我父母年纪相仿的夫妇,屋里摆满了高档家具与艺术品。他们和善、友好，我穿梭在几间房间里看那千把本书时，他俩不停给我倒茶送饼干。他们的几个儿子上过佩思郡的寄宿学校，其中一个与我同龄，看来，我和他的人生在某个时间点肯定有过交集，或许参加了同一场橄榄球比赛。跟许多要清掉藏书的人一样，他们要出售这座宅子，找个小一点的住处，眼下正在看一套格拉斯哥西区的公寓。

这批书里什么类型的都有，不过包含了一些颇有意思的古董书，比如一本 1887 年初版巴纳德《英国威士忌酿酒厂大全》。我是第一次亲眼看到此书的初版。关于威士忌的其他好书也不少，包括两三种古籍珍本。聊着聊着我才知道，原来他退休前是威士忌的业内人士，在酿酒厂里我们有一些共同的相识。经过几轮礼貌的磋商，他们同意了我对选定的十箱书的报价：1,200 镑。

回家的路简直骇人。我失算走了山路：二十英里的单车道。路面为积雪覆盖，下着雨，狂风呼啸。我遇到了几辆满载木材的货车；然后，随着海拔越来越高，雨慢慢变成了雪，在道道闪电的照射下，山间的风景时明时暗。傍晚 6 点，我终于回到了家里。

流水：85.98 镑

顾客人数：7

12 月 11 日，星期四

网店订单：3

找到的书：3

今天的订单里有本书叫《瘾君子手记》。我拿着包裹去见维尔玛，却不见威廉的踪影。我问维尔玛他去哪儿了，她不怀好意地回答道“在打盹儿呢”，脸上还挂着一抹邪恶的笑容。要我说，哪怕睡再多，他的心情也是好不了的。

打烊后，我开车去邓弗里斯火车站接了安娜。

流水：27 镑

顾客人数：5

12 月 12 日，星期五

网店订单：1

找到的书：0

跟平常一样，妮基穿着那身黑色滑雪服来上班了。她拿着一个从莫里森超市垃圾箱淘来的馅饼，那东西与其说像食物，倒不如说像一块巨大的痂。“啊，很好吃的。来吧，尝一口。”我都要吐了。尤其是经过肉桂卷事件之后，“老饕星期五”已经沦为一星期里最差劲的一天。

今天书店里格外没有生气，加之寒冷刺骨。妮基在脸书上发了这么一条：

> 亲爱的朋友们，妮基来了！今天早上，一到店里就发现柜台边亮着一盏红灯，我的心里顿时五味杂陈……是台取暖器？难道我可以脱掉保暖内衣了？
>
> 是也不是。确实是台取暖器，但那是台亮着灯而已的取暖器。保暖内衣要一直穿到四月份。
>
> 这星期的《言论》* 上有条新闻太令人难受——停在农场里的一辆车上的一枚硬币失窃了。这个世界要变成什么样子啊？
>
> 别告诉他我在发文。

* 原文为 *Free Press*，指的应该是苏格兰的 *The Press and Journal*（1922 年，由 *Free Press* 和 *Aberdeen's Journal* 两份报纸联合而成）。

妮基带来了五副她在巴斯盖特*的“一镑商店”买的老花镜，以防顾客忘记带。

有个低地酿酒厂的人听说我们搞到了那批关于威士忌的书，专程跑来书店。他出价 600 镑要买那本巴纳德，我高兴地接受了，因为这就意味着几天之内我就赚回了一半的本钱。那书如果品相更好点，定价也许能翻一番。

卡勒姆给那面墙装好了隔热层。现在我们需要找个人来抹上灰泥，然后就能赶在圣诞节前摆好新书架了。

流水：79.50 镑

顾客人数：3

12 月 13 日，星期六

网店订单：3

找到的书：2

上午 9 点 22 分，我都处理完今天的订单了，可妮基还是不见人影。10 点钟，我收到了她的短信：“困在离‘五月杜恩’† 不远的一条沟里。等拖拉机拉我出去呢。”深陷沟中，她终究还是设法搭到了便车。杜恩是风景秀丽的埃尔利格村附近的一

* Bathgate，苏格兰西洛锡安区的一个市镇。

† Doon of May，苏格兰邓弗里斯和盖勒韦的一片针叶树林区。

小块地方。它归一个叫杰夫的人所有，而他把它当成一个村落来经营。10 点 45 分，妮基终于出现了。

下午我爸来了，叫我复印点东西，他星期三开会要用。他和我妈能摸索着使用 iPad，但除此以外，一切跟电脑相关的事情都要靠家里人帮忙。我们在店里反复讨论什么时候“下午”算正式开始。我说正午。安娜说上午 11 点。我爸说 ：“我啥时候吃完午饭就啥时候开始。”

流水 ：121.79 镑

顾客人数 ：10

12 月 15 日，星期一

网店订单 ：2

找到的书 ：1

在今天整理的几箱书里——也许是牧师藏书的一部分——我发现了两本你准想不到会放在同一个箱子里的书 ：一本《我的奋斗》和一本来自耶路撒冷的橄榄木封面《圣经》。

从道德层面上讲，经手一本《我的奋斗》会让你处于一个微妙的位置。我们手里这本大概值 60 镑，许多书商不会去碰它，这可以理解，但此书确实有需求——虽说不大，但足以让你知道这书一个月内准能卖出去。可有个问题你永远得不到答案 ：这本书最后会落到谁的手里去？某个极端右翼的疯子，抑或一位揭穿大屠杀否认者谎言的历史学家？不论如何，等明年德国的版权期限到了，《我的奋斗》的市场会发生变化。*

流水：149.50 镑

顾客人数：11

12 月 16 日，星期二

网店订单：1

找到的书：1

因为 11 点我约了邓弗里斯医院的背痛专家看诊，妮基来帮忙看店。医生叫我去做一个核磁共振。既然在邓弗里斯，我趁机去看了一批书。书主是一位老太太，她先生五月份过世了。她住的公寓离医院很近，过去方便。那些书都是关于钓鱼的，其中有些相当稀罕。我选了四箱书，她同意了 250 镑的报价；听说我热衷蝇钓，她便坚持要把她先生的旧假蝇盒送给我。在书架上浏览的时候，我发现许多桌子和架子上的相框都是正面朝下放的。好奇心作祟，我把其中一些翻了过来。照片里都是同一个人，估计就是她先生。也许她是受不了睹物思人之苦吧。

妮基在脸书上更新了一条：

---

* 德国的版权保护期是作者有生之年加死后七十年。希特勒 1945 年去世，所以他的作品 2015 年进入公版领域。

亲爱的朋友们，妮基来了！

你们中的一些人也许还不知道肖恩是多么贴心和慷慨。那天黑咕隆咚、冰冰凉，我好不容易回到店里，他准许我把一个双层厚度的纸板箱展开，平摊在工作台下面的地上，多少挡一挡寒风。多体贴啊！取暖器的红灯亮着(哪怕并没有一丝暖气)，我感到很舒服。他真是个好人！

我一直在想方设法找个粉刷匠来给新装隔热层的墙完成最后一道工序。圣诞节近在眼前了。

流水：58.49 镑

顾客人数：8

12 月 17 日，星期三

网店订单：3

找到的书：3

有位客人——他在店里大概逗留了两个小时，而且是这段时间里唯一的客人——问我："现在肯定是你一年里的忙季，圣诞节快到了嘛。"他在店里的时候，真的是一个其他客人都没有。实在搞不懂在他的想象中，一年里的其他时间我的店是啥样子的。

《监禁的群兽》读完了。

12 月 18 日，星期四

网店订单：2

找到的书：2

上午 10 点，今天第一个客人走进门来："我其实对书不感兴趣。"接着又说："让我来告诉你我对核能的看法。"听他聊到 10 点 30 分，我基本上已经丧失活下去的动力了。

我拿着包裹去找维尔玛，到了邮局撞见威廉正在用一个极端政治不正确的玩笑跟一位满脸不情愿的顾客打趣，如果这种事也有蒲普风级*一说，那他那个玩笑的恶劣程度必须得专门创造一个新的等级来衡量了。我问维尔玛能否让邮递员明天收完当天的货后来一趟我店里取件。

邓弗里斯买的钓鱼书虽说称不上"飞也似的"销售一空，却明显比其他书好卖。哪怕在我们这家面积相对较大的店里，这也是个普遍现象：新到的货永远走得更快。估计这里头是有道理的，因为一本书在架子上放了一年都卖不出去的话，可能是标价太高或者缺乏任何市场。不过从感觉上说却不是这样；刚到货的书好像真的看起来更新鲜，而在书架上待了很久的书仿佛沾上了某种陈腐感，变得卖不出去了。

在整理从洛蒙德湖购入的那几箱书时，我又发现了一本

* 英国海军将领蒲普（Francis Beaufort）所拟定，一般分为 0 到 12 级。

希尼签名的索利·麦克莱恩小册子[*]。一共才印了五十本；我得其二。每本能卖 100 镑。就像沃尔特·司各特的签名本和南丁格尔的签赠本，经手这样的东西会让你感到与他们发生了联系。也许更有趣的奥秘在于你永远无法知道谁碰过那些流入书店的没有签名、没有赠言的书，它们有过怎样不为人知的历史。

我们又收到一封威尔士科尔温湾书店发来的邮件。他们就要关张，想问问我们是否有兴趣吃进他们的库存。他们显然在其他地方都碰了壁。我让他们发些照片来看看。

流水：184.49 镑

顾客人数：7

12 月 19 日，星期五

网店订单：1

找到的书：1

科尔温湾书店回复过来了几张照片，他们店里看上去有大约两万本书。有人报过价了，但远低于他们的心理价位。恐怕我的出价也在那个范围内，所以就不多此一举了吧。如今很

---

* Sorley MacLean（1911—1996）是以盖尔语写作的苏格兰诗人，向为谢默斯·希尼所推崇（希尼认为他拯救了苏格兰盖尔语诗歌）。文中所说的“索利·麦克莱恩小册子”指的是出版于 2002 年的《哈莱格》（*Hallaig*），限量 50 册，带译者希尼签名。

少有书商会一口气拿下这个体量的库存，所以你完全可以咬定价格不放松。估计他们要出手这批书会大费周折。

店里悄无声息，冷得像座坟墓。说起这个，我得问问妮基，最近有没有哪位常客过世了。

整理几箱书的时候，我注意到有本佩特罗尼乌斯的《萨蒂利孔》。草草翻了一遍，觉得自己应该读得进去。

下午 3 点 30 分，邮递员来拿走了“开卷随缘俱乐部”的书。

妮基今晚留宿，明天看店，就是说我可以有余暇去做点刺激的事情了，比如跑一趟银行，然后去锯木厂取制作新书架的原木，甚至洗一洗车。

流水：122 镑

顾客人数：8

12 月 20 日，星期六

网店订单：5

找到的书：5

妮基当班。我开车去附近的潘基林锯木厂取原木，那些木材是用来制作放在新装隔热层的墙前面的书架的。妮基趁机再次劫持了我的脸书主页。

亲爱的朋友们，妮基来了！

哇哦，昨晚没有吵到左邻右里吧？我们办了场“年终”嘻哈音乐和摇摆舞步轰趴，然后吃了点带劲的药*（一人两片布洛芬!），免得年长的员工今天下不来地。我们就是这样浪的。耶。

我对妮基说找不到粉刷匠来给卡勒姆装了隔热层的那面墙收尾，而我需要圣诞节前就搞定这件事。她说了句“交给我吧”，便走出了店门。五分钟后，她带着一个叫马克的人回来了，他看了看要干的活，说明天可以来刷墙。原来她刚才去了公共汽车站，对着排队的人问：“这里有粉刷匠吗？”他说他正是。

妮基发现格拉斯哥有个叫斯莫菲特·卡帕的公司愿意要我们的次品书，加以回收利用（“换钱买衣服”最近告诉我们他们的办公地点不在格拉斯哥了）。他们愿意以40镑一吨的价格收书，这样的话，跑一趟的油钱就有了，所以我准备过年时送一车书过去。

流水：82镑

顾客人数：9

12月21日，星期日

早上8点30分左右，粉刷匠马克来刷了墙。

---

* 原文作hard drugs，本意为容易成瘾的烈性毒品（如海洛因、可卡因、吗啡）。

12 月 22 日，星期一

网店订单：3

找到的书：2

为了给那面墙装隔热层，我们把原本放在架子上的书都装了箱，放在从来无人问津的门类——地质学——前头。卡勒姆开工后它们就堆在那里了。今天的第一位顾客腿脚不灵便，他拄着 T 字形拐杖走进店里，问道："地质学分类在哪里？"

"文身控异教徒"桑迪进来祝我昨天冬至快乐。

花了一晚上组装书架，把箱子里的书重新放了上去。

科尔温湾书店把全部库存放到了 eBay 上卖，标价两万镑。绝对卖不了这个价。能卖出 5,000 镑就不错了。

流水：181.50 镑

顾客人数：13

12 月 23 日，星期二

网店订单：4

找到的书：4

今天早上，收到一本退回的上星期寄出的书，附来的纸条写道："请退款。书看着像二手的，没有预想中新。"遭到退货的书是约翰·麦考密克*的《风中的旗帜》，封面是故意设计成破旧磨损的样子的。其实是崭新的。

从圣诞节到新年第一个星期一，书店的开门时间从上午 9 点调至 10 点，所以我在商店的橱窗上贴了张告示。

我为书店做的圣诞节装饰品是如此拙劣。今天统统布置完了，具体有贝弗送的几根冬青树枝和从当地一个农民的车道旁剪的一点常春藤，我在上面挂了一些廉价的彩色小灯。我给每一扇窗和门厅的一两个地方也做了装饰。

我开车带安娜去爱丁堡我妹妹露露家过圣诞节。我给妮基（她不过圣诞）留了张纸条，嘱咐她保持店内整洁，别忘了喂猫。

流水：140.10 镑

顾客人数：13

12 月 24 日，星期三

网店订单：6

找到的书：5

圣诞节期间，妮基照看书店。

---

* John MacCormick（1904—1961），苏格兰国家主义政治家，*The Flag in the Wind* 是他出版于 1955 年的作品。

12 月 25 日，星期四

圣诞节。歇业。

12 月 26 日，星期五

节礼日[*]。歇业。

我和安娜开车从爱丁堡回来了。

12 月 27 日，星期六

网店订单：3

找到的书：3

妮基今天在店里。据说从早上 9 点起她就在门外等了——我忘记告诉她圣诞节期间要到 10 点才开门。她气疯了。今天的订单里有本书叫《布谷鸟问题》。

我花大半天清理了一堆说可以为我提升网站访问量、增大阴茎和提供借贷的邮件。不幸的是，这些投资，卖书这一行都拿不出资金来。翻遍垃圾邮件，终于看到四封“开卷随缘俱

* Boxing Day，圣诞节次日或圣诞节后的第一个星期日，英联邦部分地区庆祝的节日。

乐部”的新征订信，说明有人把这个当作圣诞礼物送人了。

冷清的一天，令人泄气。也许来这边参观的人以为我们没开门。

流水：140.20 镑

顾客人数：14

12 月 29 日，星期一

网店订单：2

找到的书：2

今天很冷，路上结了霜，阳光倒不错。在厨房做早餐的时候，我看到窗户上结着冰。10 点开门。圣诞节到新年这段时间，能在床上多睡一个钟头是奢侈的享受。我打开邮箱，收到妮基发来的信："你今天上班吗？哈哈哈哈哈哈！"

店里很安静，直到 11 点 30 分才稀稀拉拉有些客人进来。午饭后，有个十几岁的姑娘——她在炉火边读了一个小时书——拿着三本阿加莎·克里斯蒂的平装书来到柜台；总价是 8 镑。她递给我一张皱巴巴的 5 镑纸币，说："一起 5 镑钱可以吧？"我说不行，亚马逊上买的话，光运费就要 7.40 镑。她慢悠悠走了，嘴里咕哝着去图书馆借。祝她好运吧：威格敦图书馆里都是电脑和 DVD，书不多的。

下午 4 点 30 分时，我正在考虑要不要提前关店，结果来了九位客人，在店里四下逛着选书。我到 5 点 30 分才打烊。他们花了 60 镑。

我还没有提交詹姆斯·帕特森补助金的申请，于是心急火燎地打开他的主页，发现截止日期是 2015 年 1 月 15 日。

《萨蒂利孔》读来有点费劲，但主要是因为内容的缺漏而非文章本身。远比想象中有意思。

流水：323.97 镑

顾客人数：25

12 月 30 日，星期二

网店订单：1

找到的书：0

忙碌的一天，光顾的主要是两种客人：来拜望爷爷奶奶外公外婆的一家子和从父母那儿逃出来的小夫妻。没什么大买卖，但一整天生意都很稳定。

流水：401.33 镑

顾客人数：30

12 月 31 日，星期三

网店订单：3

找到的书：2

店里从早忙到晚。整个上午，没人表现得很粗鲁或者讨价还价。这如梦似幻的平静最终被彼得·贝斯特尔打破了——他来店里告诉我有条狗在我门口的台阶上拉了屎。彼得是我朋友，他女儿佐伊正立志成为一名歌手兼词曲作者。她极有天赋，几年前我和安娜为她拍过一段视频。彼得是“开卷随缘俱乐部”网站的幕后智囊，我需要技术方面的建议时，他总是有求必应——大部分时候我都是需要的。

我刚用铲子弄走那坨狗屎，一个五口之家就走进了店里。那三个孩子在门旁边跺掉了靴子上的泥，不过是在门内侧而不是门外侧。他们两两相隔一段距离在店里逛了一圈，一本书都没翻就走了。

我和安娜开车去惠特霍恩岛同朋友一起过除夕。

流水：457.50 镑

顾客人数：37

一月

> 书商不得不说一些关于书的谎话，这样一来，他们就会对书心生厌恶；更糟糕的是，他们还得不停掸去书上的灰尘，把书拖过来运过去。我曾经非常喜欢书——喜欢看见书、闻到书、触摸书，我是说，至少对那些五十年以上的旧书是这样的。在乡下的拍卖会上，花一个先令买一大堆旧书，再没有什么比这个更让我高兴了。
>
> 乔治·奥威尔，《书店回忆》

我得承认，奥威尔在文章这部分写到的感想我多少可以体会。我依然喜欢书，但对我而言，书籍不再像曾经那样神秘了——除非是配有手工上色铜版画或者木刻画的古书。我经手过一部《百合》，是桑顿*的《福罗拉神殿》中的八幅手工上色版画装订成册的。很难说我还是否有缘再次看到那么漂亮的一本书。书原本在艾尔郡一位老寡妇的宅子里。我把她要卖的书从头至尾扫了一遍——一千来本吧——基本没看到有价值的东西，连有意思的都很少。正准备离开时，我发现有本书靠在餐厅的桌角上。我问她是否介意我过去看一眼，因为那本书我是

* Robert John Thornton（1768—1837），英国医生、植物学作家。“Temple of Flora”指的是他在 1798 年至 1807 年间与人共同制作的一系列上色版画，共有三十三幅。

头一次见。等我告诉她那本书值多少钱后，她问我能不能帮忙代售（我当时向她坦白了，那本书超过了我的经济能力）。我把书拿回了家，找了一位当地的装订师傅稍加修缮，然后送去了爱丁堡的礼昂腾博拍卖行。最后大概以8,000镑落槌。

哪怕是我短暂拥有过的八开本奥杜邦《美国鸟类》（在任何一个书商眼里，那都是圣杯）也不能与《百合》相提并论。这种东西永远不会丧失吸引力。每次我前往一户人家，即将面对那些我可能买入却尚未得见的藏书时，都会获得狩猎般的乐趣。不过，跟买下书店前比起来，我现在阅读量很小，只有坐火车或者飞机旅行途中才会翻翻书。之前坐火车去伦敦见安娜，我在路上从头至尾读完了詹姆斯·霍格的《清白罪人忏悔录》。我清楚地记得自己走出霍格超凡脱俗的世界、眨着眼睛呆滞地走进尤斯顿车站的画面——从来没有在哪个地方如此晕头转向过。

在跟一个卖家讨价还价的过程中，他的藏书看上去就像一份光鲜亮丽的奖品。等到价格谈拢、握手言欢、支票离手的那一刻，书就成为了我的重负——我得把它们装箱、搬上车、卸货、检查、挂到网上、定价、上架，然后才能看到我的投资一点一点有回报。一旦书到了你手里，奥威尔写到的那种厌恶便会现身——它们突然间变成了"工作"——不过，有缘摩挲一本像《百合》那样的书实在是难得的乐事，带来的非凡享受足以抵消那种不安。

1月1日，星期四

网店订单：3

找到的书：3

宿醉没醒，店休。

1月2日，星期五

网店订单：7

找到的书：4

妮基穿着那身滑雪服来上班了。

今天的订单里有本书叫《普遍的个别》*。寄出去前妮基把书擦了一通，因为上端书口有点积尘。

科尔温湾书店为挂在 eBay 上的书设的最低价格没人出价，流拍了。他们把底价降到 14,500 镑，重新上了一遍，还写了条说明："这是最后一次降价了。"我敢打包票这个价位他们还是卖不出去。做大宗买卖的网上卖家向公共图书馆收书的价要低得多，大约在每千克 15 便士。科尔温的那批书差不多要每千克 1.20 镑。他们开的价格，没有哪个大书贩会去碰的。

---

* *The Universal Singular*，笔名为 Pierre Emmanuel 的法国诗人 Noël Mathieu（1916—1984）出版于 1950 年的自传。

安娜说服我带她去格拉斯哥看她最喜欢的书《魔法黑森林》的电影版，迪士尼把那部作品改编成了歌舞片。这就是我理解中的地狱：我既不喜欢歌舞片也不待见迪士尼，在电影院里看一场两者结合的产物相当于在关塔那摩湾*的牢房里受一个星期水刑。

那个11月3日造访书店说要清掉纽顿·斯图尔特农庄里2,000册藏书的蓄须青年回来了，这次还带着他女朋友。他自我介绍说叫尤恩，女朋友叫萨拉。他问我明天有没有空去看他的书。

妮基留宿了一晚，我俩喝掉了很多啤酒。

流水：145镑

顾客人数：15

1月3日，星期六

网店订单：3

找到的书：3

上午10点，妮基开了店。她起床后到处走了走，状态显然不在最佳，却没坏到阻止她劫持书店的脸书账号，她发了以下这段：

---

* 关塔那摩湾靠近古巴东南部，1903年起一部分被美国占为海军基地，故有“水刑”一说。

2014 年度好人

1.“常春藤叶”的木匠（斯特兰拉尔）——我掉了张 5 镑钞票他帮我收着；苏格兰最好、最诚实的人。

2. 有本书是一个客人在 2014 年 3 月订购的，可两个星期前我们才找到，他还想要吗？“是的，请寄来吧”，而且给的钱比我们要的还多。

3. 有个客人听到一个戒指的价格是 3.50 镑，大叫道：“多少钱？”——是银的，我们让她放心——“我以为它至少要 35 镑呢。”

暖心啊！

我开车和安娜去纽顿 · 斯图尔特附近的农庄取那 2,000 本书。天气好极了，农庄的大小屋舍古朴而美丽。书放在乳品屋的一间备用卧室里。我们同尤恩聊起天来，原来他的美国女友让移民当局给赶走了，这跟安娜的遭遇出奇相似。2010 年，安娜也被驱逐出境过，理由是在没有居留签证的情况下无意间让入境次数超过了许可范围。最后花了九牛二虎之力和很多钱她才得以回到苏格兰——这个所谓的愿意接纳一切受过良好教育的、有才智的、努力工作的人的国度。蹊跷的还在后头，他叫“尤恩”，恰好也是我在安娜的书里给自己选的名字。我们在往小货车上装书的时候，他告诉我，住在牛奶房里的是他兄弟威尔和他女朋友艾玛。大约五年前，艾玛在我店里干过一个夏天，现在在邓弗里斯行医。

书都装了箱，我没有一本本检查，而是直接拉走了。我跟他们说好，我会晚点再看。这批书我开车跑了两趟才运完，不过幸好人手有好几个，没有花费太久。

今天的《卫报》上有一篇谈威格敦生活的文章叫《一起搬去威格敦和马查斯半岛吧》。副标题为“有一点点落后，但这里的‘落后’完全是褒义词”，文中有以下这句：“无论你走到哪里，都会受到友好的欢迎。”书店的脸书主页炸了，尽是些这样的评论，“他们肯定没去过你店里”“他们显然没碰上你”。

把车上的书卸下来后，我和安娜拆掉了店里的圣诞节装饰。考虑到我为庆祝圣诞节付出的区区心血，这几乎算不得什么苦差事。身为犹太人，安娜或许是全威格敦唯一对圣诞节比我还淡漠的人。妮基除外。

流水：63.98 镑

顾客人数：12

1 月 5 日，星期一

网店订单：4

找到的书：4

上午 9 点开的店。到下午 2 点为止，店门一共就开了三次：第一次来的是邮递员凯特；第二次是我爸，他来送报纸；第三次是我爸离开五分钟后的一阵狂风，因为他没关好门。

在找订单里的书时，我发现船长沮丧地凝视窗外。白昼最短的那一天过去了两个星期，这种日子，不管对猫还是书商来说，都是忧郁的。

我花了大半天翻了一遍那许多箱从农庄里运来的书，几乎无一例外地令人失望。

下午彼得·贝斯特尔来讨论“开卷随缘俱乐部”网站的某些技术问题。虽然在决定零宣传后不久又多了三十二位新订户，我还是推迟了销售，因为我们在2013年建起的数据库管理系统无法完美适应想把会员资格当作礼物送人或不愿续订等各种复杂状况，所以我打算先解决这些问题，再吸收新会员。

3点，我就快放弃今天生意开张的希望时，罗宾逊家（当地经营农场的大家族）的人来店里买了点书。肯最近刚成为他们的家庭成员，他找出了一本关于圣基尔达列岛*的书——这本书他一直在等我降价。我早就注意到他看了好几次。他上一回来过后，我把标价从40镑提到了45镑。他不大高兴，但还是买了。我把价格降回了40镑。

流水：50镑

顾客人数：2

* St Kilda，苏格兰群岛名，包含赫布里底群岛最西的一些岛屿。

1月6日，星期二

网店订单：1

找到的书：0

今天的亚马逊信箱里收到一封抱怨《普遍的个别》的邮件，那本书是大概一星期前卖掉的："书口（尤其是上书口）有一层厚厚的霉斑——翻书对健康而言是严重的威胁。现在书给包了起来，绝不能放在屋子里。"

我毫无必要地挖苦了她一番，回信说既然她觉得这书对健康威胁如此之大，我会派个穿埃博拉病毒防护服的人去取书。

流水：70.47 镑

顾客人数：7

1月7日，星期三

网店订单：3

找到的书：2

暴风雨来了，风大雨大。

又是冷清的一天。午饭后来了三个人。他们在拉特兰湖做一个鱼鹰的项目，专程造访。他们想知道我们是如何对待之前栖居在这里的一对鱼鹰的。其中一位买了册《1895 年英国火车时刻表》* 的重印本。

下午 4 点，屈赛顺道来向我打了个招呼。她现在在纽顿·斯图尔特的一家酒吧上班。

3 点 55 分，一对小夫妻来到店里，从书架上取了一堆书坐在炉火旁读了整整一个半小时。5 点 25 分，我说书店要打烊了。走的时候，他俩啥也没买，任凭那一大堆书乱摆在炉火旁边。

上詹姆斯 · 帕特森的官网提交了补助金申请表。看起来非常不错，我暗自觉得十拿九稳——说明这事儿基本上没戏了。

流水：46.99 镑

顾客人数：6

1 月 8 日，星期四

网店订单：3

找到的书：3

关于那本发霉的《普遍的个别》，又有了精彩的后话。

我在之前的信里挖苦说等她给我地址，我就派个穿埃博

* *Bradshaw's Rail Times 1895*，印刷商 George Bradshaw（1800—1853）于 1839 年开始在曼彻斯特发行的火车时刻表，1961 年废止。

拉病毒防护服的人去取书。她是这样回复的：

地址是：

13RTX77-X11 卫星

金星 3 号轨道

银河系

开门后，我花了半个小时把昨天坐在炉火旁的那对夫妻堆在地上的书物归原位。

今天令人丧气的消息是去年全球数字音乐下载的总收入超过了 CD 的销售额。既然数字化的时候，音乐、书籍和电影可能是最容易、成本最低的三种媒质，看来书业走上这条路只是时间问题了。不过，听到许多书店的访客说他们不喜欢 Kindle，比起那个，可以触碰的阅读体验带来的快乐远远更多。不用说，那个我一枪射碎后安在盾形木头底座上的 Kindle 是店里最常被人拍照的东西。

安娜提醒说，我答应了明天带她去格拉斯哥看《魔法黑森林》。她的激动之情叫人难以置信。我是真不情愿。

流水：36.49 镑

顾客人数：10

1 月 9 日，星期五

网店订单：1

找到的书：1

妮基来上班了，还是穿着那身滑雪服。吃过午饭，她继续处理那批从农庄运来的书。书的内容都没给她留下深刻印象，大部分是馆藏书，很多阿拉伯语的，还有一堆无聊名人的自传。她估计每三十本里只能留下一本。不知道该如何向尤恩交代。

安娜提议，我们拍一部《说唱歌手之乐》* 的书店版音乐录影带，把歌词改成《读者之乐》。于是我俩差不多一上午都在弄这个。

跟妮基道别后，我开车带安娜去格拉斯哥看《魔法黑森林》。我的期望值非常非常低，可那电影比我预想的还要烂。简直糟糕透顶，安娜也坐不住了，问我要不要早走。晚上 9 点到家，发现妮基还穿着滑雪服，正喝我的啤酒呢。

流水：41.99 镑

顾客人数：5

---

* "Rappers' Delight"，美国嘻哈音乐团体"糖山帮"（The Sugerhill Gang）发行于 1979 年的一首歌曲，是让嘻哈音乐为大众所知的里程碑式作品。

1 月 10 日，星期六

网店订单：2

找到的书：2

妮基开的店。

早上我去威格敦书画店看看能否为去年在拍卖会上买的一幅版画裱框。看到店主杰西一脸病容坐在椅子上，我惊呆了。她很想去看病，说她没法再照顾自己了。安娜很担心，找到医生说他应该去看看她。杰西八十多了，可还是每天到店上班。斯特兰拉尔的医院和妇产科建立之前，婴儿都是在盖勒韦岬——马查斯西部的一个半岛——的一座房子里出生的，杰西是那代人里尚在世的唯一一位了。

安娜、妮基和我花了大半天排练我们作词的《读者之乐》。贝斯特尔一家过来吃饭，我们一起编了一套随性的舞蹈。我们定了下星期五拍摄，由妮基喊麦。

下午一个客人拿来两箱书，其中有本路易斯·斯特恩*的《喋喋不休》。路易斯 2011 年来过图书节，是个棒呆的人物。她是个聋哑人。在威格敦的大部分时间里她都有个手语翻译，翻译不在的话，她就在纸上简单写几句来与人交流。活动结束第二天，她说她想在海里游泳，于是我带她去了蒙雷斯，一起挑战了一把十月的海水。刚到威格敦的那天晚上，大概 10 点，她来了“作家休憩处”。那边人头不少，酒也喝到位了。她的到

* Louise Stern（生于 1978 年），美国作家。*Chattering* 是她出版于 2011 年的作品。

来让气氛稍微有点严肃，纯粹因为我们中的多数人没接触过聋哑人。她察觉到了这层紧绷感，便建议我们轮流互相问问题。她指了指我，我一紧张问了个很路人的问题，奥利弗（她的翻译）用手语传达给她："你在这儿玩得开心吗？"她回答："是的，谢谢。轮到我了。你什么时候破处的？"气氛顿时活跃了起来，大家又开始像她到来前那样开黄腔了。

那天晚些时候，凌晨 2 点左右，好几杯酒下肚后，她想回自己的住处，却想不起地方在哪儿了（只看到身上有把标了数字"3"的钥匙）。她东走西逛，到了一栋房门上写着同样数字的房子。她试了试钥匙，门打不开，于是开始擂门，直到一个身穿条纹背心、睡眼惺忪的男人走出来问她想干吗。她咿咿呀呀了几声，挥舞起手臂来。他臭骂了她一顿，当着她的面甩上了门。所幸她是最后一个离开"作家休憩处"的，没有锁门，所以能回到我这儿用沙发当床将就一晚。第二天早上 7 点，珍妮特（图书节期间她负责清理"作家休憩处"）来打扫房间；她瞧见路易斯在沙发上睡觉，于是踮起脚走来走去，轻声地收拾着。8 点，特威格从他房间里下来了。看到珍妮特来了，他大声打招呼："早上好，珍妮特！"珍妮特赶紧把食指放在嘴唇上，指了指躺卧的路易斯，让他别出声。特威格看了她一眼，说："别担心，珍妮特，她是聋子。瞧。"说完他走到路易斯跟前，靠近她的脸大吼一声："醒醒！"对方当然毫无反应。珍妮特遂拿出真空吸尘器，开始收拾昨晚留下的一片狼藉，而路易斯依然安安静静睡着。

1 月 12 日，星期一

网店订单：4

找到的书：4

打了两张单子，打印机没墨了，于是我拿了另一个牌子的墨盒代替，结果电脑死机了，弹出来一条惠普的提示，说一定要同品牌的墨盒才能打印。我又定了两盒墨，但这就意味着星期三之前都不能打印单子了，搞不好会被人差评。

今天邮局送回来了那本“发霉”的书。根本就没发霉。我给买家发了邮件，感谢她寄还书，说“眼睛发霉的人看什么都是霉的”，还问她金星上的生活怎么样。

安娜去书画店看看杰西是否还好，回来对我说她已经在纽顿 · 斯图尔特的医院里了。我们打算星期三去探望她。

继续在尤恩的书里挑货。这批书的构成太奇怪了，我忍不住想问他书的来源。

“发霉书”的那位客人回复了我的邮件：

> 不算糟，但我还是喜欢住在另一个星球上，只可惜现在它已经消失了。
>
> 在这里，我们从来看不到星星，年复一年只有白天。我们头顶上的保护层是橙红色的，很恶心，不怎么变化……我们的领导人“她者阁下”也许有点不正常。
>
> 我得走了；在神殿外面使用电脑是严令禁止的。

“书店乐队”（本和贝思）入驻了“打开的书”，成为它揭牌后的第一任店主。安娜、艾略特和费恩一起想出了这个点子，并且付诸实践，所以我请他们来店里吃晚饭，同席的还有我们的好朋友理查德。他和我都是在盖勒韦长大的，从小就是好朋友。他现在是演员，平时在伦敦。我上一次见他是在纽约，他出演了萨姆 · 门德斯 * 执导的一版《暴风雨》。

流水：61.50 镑

顾客人数：4

1 月 13 日，星期二

网店订单：2

找到的书：1

弗洛过来帮忙看店，所以我和安娜就有空去邓弗里斯参加拍卖会了。我又买了个五斗橱，还有一只松鼠标本。安娜花 3 镑，也就是拍场里的最低起拍价买了一批同威格敦湾相关的东西（本质上相当于一箱子垃圾）。每当价格降到这一档，她的手会立即自动举起来，仿佛本能反应一样。天知道这次她买回来的都是些什么垃圾。

从拍卖会回去的路上一直在下雪；非常寒冷的下午。回

* Sam Mendes（生于 1965 年），英国戏剧和电影导演。

到店里，发现三昧耶林送来了四箱书。

流水：51 镑

顾客人数：4

1 月 14 日，星期三

网店订单：5

找到的书：4

开店前，我把车开去修车厂做保养。我忘记这茬儿了，没意识到这么一来我们就没代步工具去看望杰西了。听我说杰西住院了，文森特向我保证他会尽快给车做好保养。

上午 11 点，希尔林公司的旅行团来了。通常情况下，这时就会有一群抠门的退休老人从大巴上拖着脚走下来，入侵书店。他们从来不买东西，看到什么免费就一把拽走，还要抱怨东西贵。可今天走进店里的只有一位年轻女士，既礼貌又风趣，甚至买了几本书。我问她他们是不是绑架了她。她茫然看着我，慢慢退出了门外。

下午，一位客人在店里逛了一个小时。最后他走到柜台前，说道："我从来不买二手书。你不知道都是什么人碰过这些书，它们曾经又放在哪里。"这种话二手书商听了当然来气，但除此之外，谁又知道来书店碰过书的都是什么人呢？不用说，从牧师到谋杀犯，什么人都有。书本来源的隐秘历史让许多人兴奋不已，点燃了他们的想象。一个朋友曾和我讨论过旧书的评注和页边笔记。对这一点，大家还是有意见分歧的。我们有些亚马逊订单会遭人退货，因为买家发现书里有之前的读者写的笔记，而我们疏忽了。在我看来，这并不是一个贬损书本价值的缺点，而是意外之喜——可以借此一瞥跟我读过同一本书的另一个人的思想。

流水：77.80 镑

顾客人数：8

1 月 15 日，星期四

网店订单：4

找到的书：2

今天又是狂风大作，但往好处看，至少天沟里的水没有漏进屋里。

今天的第一位客人问我："《杀死一只知更鸟》是谁写的？"我说哈珀 · 李，她答道："你确定不是 J. D. 塞林格？"

下午 3 点，电话响了。是位《观察家报》的记者，想跟我聊聊筹建中的风力发电机农场的事。

我 3 点 30 分关了店门，开车带安娜去纽顿 · 斯图尔特的医院看望杰西。她精神很好，我们 4 点就回来了，于是我又开了一个小时店。没有客人。

流水：30 镑

顾客人数：3

1 月 16 日，星期五

网店订单：4

找到的书：4

开门时正在下雪，结果妮基迟到了二十分钟。她看了一眼我星期二买的五斗橱，说："这东西绝对卖不掉的。"

我们拣出了卖掉的几单书，随后演练了一下《读者之乐》音乐录影的走位。下午 2 点 30 分，彼得、他太太希瑟和他女儿佐伊来了，我们正式开拍。拍了三遍镜头，终于拍出了一个完美的版本。安娜坚持不用后期剪辑。这可害苦了执掌摄像机的彼得，他只好全程边后退边拍摄。

拍摄途中，马修（常来光顾的伦敦书商）恰好来了，表现得很淡定。他花了 30 镑。

会计打电话来说我还没有将去年的报税表签字寄回，于是我发疯似的在我乱糟糟的归档文件里一顿乱翻，终于找到了他说的表格，签好字寄了出去。

妮基住了一晚，跟我们讲了许多奇闻趣事——她用金属探测器和挖掘莫里森超市的垃圾箱收获了哪些宝贝——我们听得开心极了。

流水：313 镑

顾客人数：3

1 月 17 日，星期六

网店订单：2

找到的书：2

妮基开的店。我正在上架，一位客人拿着本书来问我多少钱。我说 3.50 镑。他看了我一眼，指了指身穿滑雪服、在柜台后面刷牙的妮基说："钱给你太太吧？"顿时吓得妮基牙刷都拿不住了，我手里的书也掉在了地上。

早上，我让妮基留在店里打包这个月要寄给"开卷随缘俱乐部"会员的书，随后和安娜去散了个步，因为雪融了的话，天光和景色就不一样了。一个小时后我们回到店里一看，妮基压根就还没动那几箱"随缘书"，倒是又劫持了书店的脸书主页，发了下面这一段：

> 克雷加德画廊刚刚送来了沾满奶油芝士和肉桂粉的自制切尔西果肉面包（跟中号的芜菁差不多大）！我们的邻居就是这样子的——你们的呢？

读完《萨蒂利孔》，半夜才睡。

流水：44.50 镑

顾客人数：8

1 月 19 日，星期一

网店订单：3

找到的书：2

醒来看到电话机上卡勒姆的留言，说昨天的《观察家报》上有篇关于在威格敦湾另一头筹建风力发电农场的文章里引了我的话。开发商准备——当然是出于他们自己才清楚的原因——管它叫“加利福尼亚农场”。没过多久，那位土地被征用来建农场、为了谋取最大利益坚持立场的老兄出现在我店里，说要聊聊我的反对意见。他的开场白是“我不是来改变你的想法的”，接着花了三个钟头拼命改变我的想法。在跟他的交锋中，安娜令我肃然起敬，她问他允许他们在自家土地上建农场他能获得多少报酬（比周边居民每年将会得到的收入多三倍不止），还有，他在自己的任何一座房子里能不能看到那些发电机。他看着地板，窘迫地回答道，从他为数众多的房子里的任何一处看出去，确实看不到那些发电机。

安娜对盖勒韦的爱热烈而深沉，她决心既要将这地区推向世界又要排除任何她觉得会对它造成损害的因素，尤其是有损于当地的经济支柱——旅游业——的因素。

今天我们接到一个订单，系统里查到书被妮基归在她新设的天文学 / 物理专架上。就跟上一本书一样，压根找不到。当我把包裹送去维尔玛那里时，我问她晚点可否派个邮递员来取“随缘书”。我踏进邮局的时候，威廉正在因为她不拘小节痛斥她。

上午 11 点，五斗橱卖掉了。妮基肯定得气死。

我好像感染了病毒，准是某个客人传给我的。一整天都在咳嗽、打喷嚏，抱着取暖器还是瑟瑟发抖。老师天天处于浑身都是病菌的小孩子的威胁之下，一直在生病，这似乎是职业的诅咒，不过，在书店工作的人同样如此。顾客最喜欢把他们的病传给我们。

午饭后我给斯莫菲特 · 卡帕公司打了电话，对方好像很乐意我运一车滞销货过去让他们回收利用，还说随时都可以。我打算等整理完从农场买来的 2,000 本书中的最后几箱——大部分只能用于再循环——就过去。

下午 3 点，把《读者之乐》音乐录影传到了脸书上。

流水：99.99 镑

顾客人数：7

1 月 20 日，星期二

网店订单：3

找到的书：2

收到我住在希腊的表亲的邮件，说一个希腊的书话博客介绍了我的店。刚买下书店的时候，有次我正在把书摆出来，一个北爱尔兰人来搭讪："你这儿有希腊语版《新约》吗？"我说库存里没有，他回答道："任何一家名副其实的书店都应该有一本希腊语版《新约》。"我嘀咕了几句他爱怎么想就怎么想之类，随后继续干我的活了。他买了几本关于加尔文主义的书，走的时候不失礼数地道了歉，还称赞了店里的藏书，尤其是神学类别。

下午 1 点，老太太们来上艺术课。

下午 4 点，邮递员来取走了五袋"随缘书"。

流水：22.50 镑

顾客人数：4

1 月 21 日，星期三

网店订单：1

找到的书：1

中午我接到另一家书店打来的电话，说要买我们的一本书。我们用来管理网店库存的“季风”在网络售书中是相当常用的软件，我想当然以为她应该听说过。查找她要的书的信息时“季风”卡住了，但电话还没挂，所以我跟她说了声抱歉，解释道“季风”出了点问题。她回答道：“什么？真的吗？你们那儿来季风了？噢，听到这个我很难过。”

拿了本奥登*的《全集》，翻到《某晚当我外出散步》，这是我最爱的诗之一。我下定决心要在月底前把诗背出来。

流水：57.97 镑

顾客人数：4

* W. H. Auden（1907—1973），英国诗人、文学评论家，1946 年加入美国国籍。《某晚当我外出散步》（“As I Walked Out One Evening”）是他的诗歌名篇。

1 月 22 日，星期四

网店订单：1

找到的书：1

今天早上卖了一本关于第二次世界大战的书。在一排排书架上找它的时候，我不光看到了《十九世纪的殖民地战役》和《萨达姆的战争》，还看到了《威灵顿的军队》，这些书都出现在“二战”的分类里。一看就知道是妮基放的。明天跟她说起，我敢说她的解释肯定会是：“啊，军事类那块放不下了，反正都是写打仗的嘛。客人会理解的。”

下午 2 点，一位顾客走进来要买一本巴纳德的《英国威士忌酿酒厂大全》。贝尔林出版社在 2008 年重版了这本书，我进了好几本（十二月我在洛蒙德湖买入的那批书里有本初版）。我对他说这书我们有五本，他听了转过身去，“哼”了一声，走了。

我上星期订购的保暖帘和杆子送到了，我花了大半天在书店几个风大的角落里装了起来，希望晚上它们锁住一点微不足道的热量吧。

从 3 点开始就一直在下雪，这必然意味着人们没那么想出门了，客人就相应少了。

4 点 30 分，住在威格敦湾另一头的一个朋友过来看我。他听说了我们不太赞成建风力发电机农场的计划。他就住在规划选址的中心位置，说一旦建起农场，他的房子很可能变得毫无价值。

尤恩回复了我关于从他农场买的那 2,000 本书的邮件。他并不指望那批书能卖出什么钱来，我松了口气。他说它们原本的主人是他一个表亲的父亲，他年轻时从巴基斯坦来到伦敦，切断了同所有相识的联系。直到有天当局通知他家里人他去世的消息时，他们才知道他的存在。

流水：40.50 镑

顾客人数：5

1 月 23 日，星期五

网店订单：1

找到的书：1

下了一天大雨，冻死人了。妮基老样子，9 点 15 分到的。我都隐隐有些眼红她那身加拿大滑雪服了。她告诉我她发烧整整一个礼拜，到礼拜三她连神志都模糊了，说："啊哈，感觉太棒了。像回到了从前。"她做的第一件事就是兴高采烈地揶揄我挂在店里各处的保暖帘——"噢，啊哈，真漂亮。看起来就像邦瑞地产在瑞典郊区的展厅。'幽管'上看到的。"*

谢天谢地，病中的她没法去莫里森超市的垃圾箱淘宝了，所以这星期的"老饕星期五"取消。

---

* 妮基把 Sweden 念成 Swindon，把 YouTube 念成 Ya Tube。

迪肯先生来买了本我们放在橱窗里展示的露西·因格里斯《乔治时代的伦敦》[*]。他的左臂打了石膏，但我没问原因，他也并不做解释。

一个住在中国的女人今天早上发来邮件。她专门写书话博客，看了《读者之乐》，她问我可不可以把视频分享到中国一个类似“油管”的网站上，我说她这么做我高兴还来不及呢。她似乎是中国版的珍·坎贝尔，去各地的书店旅行，写游记。我邀请她来住上一阵。

我把这星期找不到的书的列表拿给妮基看，她立马怪贝唐——她九月就不在店里工作了——把书放错了书架。

我和安娜又去医院探望了杰西。她气色好多了，来了不少看她的人。她刚听说她丈夫克里斯突发心梗住进邓弗里斯的医院了。这可怜人的母亲几天前刚去世，享年 106 岁。

妮基身体不舒服，不在这儿过夜了，决定回家。

流水：118.95 镑

顾客人数：8

* *Georgian London*，英国作家 Lucy Inglis 出版于 2013 年的作品。

1 月 24 日，星期六

网店订单：3

找到的书：2

开店时阳光很好，但 11 点天就阴沉了下来。妮基几乎算是准点到了。一整天她都在抱怨被流感折磨了一星期，还偷吃了我的止痛片和咳嗽药。

流水：447.05 镑

顾客人数：15

1 月 26 日，星期一

网店订单：6

找到的书：5

“文身控异教徒”桑迪来了，从下午 2 点一直待到 4 点，买了几本苏格兰民间传说的书。他看书的时候，那个忧郁的威尔士女人打电话来了。这次她发现我们在网上卖一本 1642 年版的《西塞罗代表作》，所以我没法撒谎说我们店里没有任何她要的书了。她问我们能否在电话里用信用卡付款，我让她提供姓名和地址，她回答：“戴维兹 · 威廉斯。”这么说来，他自始至终是个忧郁的威尔士男人。

这周主持“打开的书”的是一个来自刘易斯岛*的女人，叫以西。她正考虑在这里开书店，是来试水的。麦克 TV 准备拍点关于她的内容作为 BBC 阿尔巴†的纪录片的一部分。她来店里吃了晚饭。原来她已经在非洲做了两年观光预告片，最近刚感染了伤寒。她已经过了会传染的阶段，但安娜——她总是怀疑自己的健康状况——听到以西的话，肉眼可见地退避了。

流水：12.99 镑

顾客人数：5

1 月 27 日，星期二

网店订单：

找到的书：

今天妮基看店。这种潮人总是要迟到一会儿的。

“季风”决定要系统升级，打不开了，所以我根本不知道今天有没有订单。

下午有艺术课，所以我中午生了火，唯一的后果是引来了其中一位老太太的长篇大论，说她烧柴的炉子比我这个暖和

* Isle of Lewis，苏格兰外赫布里底群岛最大的岛屿“刘易斯和哈里斯”（Lewis and Harris）的一部分。

† “BBC 阿尔巴”（BBC Alba）是 BBC 和 MG Alba 公司共同拥有的苏格兰盖尔语数字电视频道。麦克 TV 是为他们生产内容的一家独立公司。

多了。这星期的课教肖像画，模特非常漂亮。记得几年前我上课时，肖像画的模特是个八十岁的老大爷，我们画到一半他就去世了。

妮基接到一个顾客的电话，问她："你在街道哪一边？"——这问题的答案显然取决于你从哪个方向来。他运了一车书来卖。妮基一本也没要。

天气预报说明天有大雪。

流水：110 镑

顾客人数：5

1 月 28 日，星期三

网店订单：7

找到的书：6

上午"季风"恢复运行了，所以今天我们有两天的订单得处理。

流水：90.50 镑

顾客人数：5

1 月 29 日，星期四

网店订单：6

找到的书：5

妮基今天在店里，她又变回了那个叽叽喳喳的自己。

快到饭点时来了一个客人。她一进门，我和妮基就感到呼吸困难。她准是把自己从头到脚在香水里浸泡过，味道十足令人窒息，我只能说，那香水估计是由一群冷战中的严重施虐狂科学家在生化武器实验室里研制出来的。

今天店里很冷清，所以即便是那个发散着生化毒气的女人我们也装作热情洋溢地欢迎了一番。下午 3 点，开始下雪了。

流水：32 镑

顾客人数：3

1 月 30 日，星期五

网店订单：6

找到的书：5

妮基又来上班了。生病后，她好像把“老饕星期五”给忘了，我不禁长舒一口气。

找一本书的时候——今天卖掉的——我发现一本鲁德亚

德·吉卜林的《军营歌谣》* 放在苏格兰诗歌类别里，一本《鲁拜集》放在历史类别里，还有一本《滑铁卢战役日志》放在一战类别里。我已经放弃试图去了解妮基的想法了。

“今日最烂顾客”当属一个扎着黄色马尾辫、正在谢顶的男人。他在色情书那边喘着大气看了整整一个小时，还用手指把每本带插图的书几乎都摸了个遍。什么也没买他就走了。说实话，我不知道他空手而去是不是一件好事，这样就省得和他打交道了。

流水：107 镑

顾客人数：7

1 月 31 日，星期六

网店订单：5

找到的书：5

妮基又在店里：一连上了三天班。忍她忍到打烊，我都准备好去精神病院报到了。

终于把《某晚当我外出散步》背诵了出来。

流水：383 镑

顾客人数：12

---

* *Barrack-Room Ballads* 虽是诗歌作品，但作者吉卜林并非苏格兰人。

二月

> 联合企业可以将食品杂货店和牛奶工坊挤压得没有活路，却奈何不了独立书店。但是，书店的工作时间太长了——我毕竟只是个兼职店员，可我的老板每周得干七十个小时，还不算在常规时间以外得一趟又一趟出去购书——而且于健康有害。通常来说，书店在冬天都冷得可怕，因为如果店里太暖，橱窗就会蒙上雾气，而书商全靠橱窗招徕顾客。再者，书本飘散出的灰尘比世上任何其他东西都脏，书顶还是小虫子最爱的葬身之所。
>
> 乔治·奥威尔，《书店回忆》

奥威尔所说的“联合企业”终于快把独立小书店挤压得没有活路了：奥托卡*、水石和迪龙斯处心积虑要做的正是这个。现在三家中的两家自己都被挤压得没了活路，拜“联合企业联合而成的企业”亚马逊所赐，唯一尚未倒下的水石也面临着岌岌可危的前景。水石试图靠在店里售卖 Kindle 和这家“万有商店”结盟，可同魔鬼共进晚餐你得有一把长勺子，而我想，没有哪把勺子——哪怕在亚马逊“厨具和家居”品类里找一把最长的——足以让水石在同亚马逊走得那么近的同时还得到好处。

---

* Ottakar's，英国书店，创立于 1987 年，2006 年并入“水石”。

不过，书店在冬天——不管怎样，我的店肯定是——确实冷得要命。我店里冷，倒不是因为担心橱窗结雾气，而是因为店里空间太大，屋子之间没装门，墙上隔热材料又不足，穿堂风会犹如死去作家的鬼魂一般呼啸而过。考虑到冬天客流稀少，我们每天只开两三个小时暖气。

2月2日，星期一

网店订单：7

找到的书：5

麦克 TV 打电话来说星期三来拍摄。我跟以西说了，同她约好那天下午 2 点书店见，聊聊经营一家二手书店的真实状况。

今天上午接到的电话：

来电者："喂！喂！我好像打错电话了，是阿里森汽车厂吗？"

我："你打错了，这里是'书店'。"

来电者："没关系，也许你能帮上忙的。你那儿有适用于'新沃克斯豪尔'的交流发电机吗？"

关门的时候，屋外天色很黑了。不过近来白昼明显变长了。

流水：32.50 镑

顾客人数：5

2 月 3 日，星期二

网店订单：2

找到的书：2

今天的订单里有本书叫《英国的树：人手一册指南》。根据妮基的定位器代码，查到这本书归进了苏格兰诗歌类别。

吃过午饭，我开车去纽顿 · 斯图尔特跟会计碰头。他的结论让我大吃一惊——经过朝不保夕的若干年后——我的财务状况相当健康。没错，我是觉得我比十四年前买下书店时要干得卖力，但如今，我应该是把更多的时间花在了把图书信息录进电脑里，网上的竞争又很激烈，不像那时候，网络销售的规模还比较小。不管怎么说，我会尽一切努力不让这艘船沉掉。这种生活比给别人打工不知道要好多少。

一个留着油腻腻的八字须的男人让我非常不爽，他买了一套维多利亚时代真皮装帧的“威弗莱小说”，书价是 110 镑，我说给他 20 镑的优惠，他回答道：“就便宜这么点？”

下午在苏格兰相关平装本那边上架时，我看到了一本罗宾 · 詹金斯*的《球果收集者》。晚饭后读了起来。

流水：141 镑

顾客人数：5

---

* John Robin Jenkins（1912—2005），苏格兰作家。*The Cone Gatherers* 是他的代表作，出版于 1955 年。

2015 年 2 月 4 日，星期三

网店订单：5

找到的书：4

妮基来了，所以下午我就去爱丁堡看一个私人藏书室。

查到一本关于中世纪哥特艺术的书被妮基归在了“印度”类别，可怎么也找不到。

下午摄制组来了，我们拍了以西主持的纪录片的一些镜头。一整天，店里都死寂死寂，可摄制组一开机，客人们突然就拥了进来，问各种问题，被电线绊得跌跌撞撞。一个穿着皱巴巴黑色套装的男人格外讨嫌。起初他还没去炉火前落座，我把一本书放进诗歌专架时正好经过他身边，竟然发现他摘掉假牙搁在桌上一本托尼·布莱尔的自传上。

拍摄途中，我看到妮基在乱翻一箱我做了标记要寄给格拉斯哥的回收厂的书。她跟我讨论了死亡的问题。妮基：“如果我在哈米吉多顿*来临前死了，我朋友乔治会用旧床垫给我做一口棺材，把我安置在我车的后面，扔进森林的某个地方。”我说我想要一场维京海盗船上的葬礼，对此她回答道：“办八到的。唯一接近的办法是吉卜赛式葬礼。你得先给自己造一个移动小屋，然后点火烧掉它。噢，等等，那时候你已经死了。你得叫别人放这把火。”

那个穿着皱巴巴黑色套装的男人买了本陀思妥耶夫斯基

* Armageddon 是基督教《圣经》中善恶最终决战的地方，借指世界末日。

的《白痴》。他来柜台前结账时，我委婉提醒他门襟开了。他低头看了一眼——仿佛是在确认这点——又看了看我，说："一只死鸟是不会掉出鸟巢的。"说罢离开了书店，门襟依旧敞开着。

下午4点，迪肯先生来订了一本艾莉森·威尔的《塔中王子》*。他手臂上的石膏拆掉了。今天的交流堪称简洁而务实，直到他准备离开时我爆发了一阵咳嗽。他说："我很同情你，我也病了。"好奇想知道他得了什么病，我史无前例地多打听了几句，他回答："阿尔兹海默症。最近记不得很多词了。"道出了这个令人悲伤的真相后，他第一次和我聊起了人生，想想之前，同他像样的交流只有那一次他介绍说陪他逛书店的人是他女儿。他以前是律师，失去找到准确字眼的能力让他深感沮丧。

4点30分，我离开书店向爱丁堡出发。店门在我身后关上时，我转身望去，只见妮基正用透明胶带把另一批自制标签贴到书架边缘。看起来，可恶的"大后方小说"又要卷土重来了。

流水：18.50镑

顾客人数：4

---

* *The Princes of the Tower*，艾莉森·威尔出版于1993年的作品。

尾 声

日记是 2014 年写的，而今天是 2016 年 11 月 1 日：我买下书店已经过去十五载了。写完日记第一稿到现在已经过去了将近两年，有些事情起了变化。

酿酒厂最近重开了，一位澳大利亚企业家把厂子翻修一新，希望可以大幅提升产量。

“一箱青蛙”（我们隔壁的店）一年前转手了，现在是“鬈发故事书店”，由杰恩（弗洛的妈妈）经营。

“威格敦庄稼人”也转手了，现在是“工艺酒店”。

船长越来越胖，来的客人十有八九要点评一下他的身材。

2015 年，“水石”不再出售 Kindle 了，一来销量不佳，二来实体书有复苏之势。

“打开的书”在继续吸引游客，如今在威格敦图书节下面运转。它获得的成绩超出了所有人最乐观的预计。远道而来的住客有加拿大的、南北美洲的、法国的、西班牙的、意大利的、新西兰的和中国台湾的。其中许多人会回威格敦和周边区域度假，除了少数例外，大家都很享受。后面的十八个月已经预约满了。

妮基找了份离她那破屋子更近的新工作，现在在格伦鲁斯的“开士多”* 卖彩票、香烟和廉价苹果酒。

劳里在格拉斯哥开了家巧克力店。

凯蒂念完了医科学校，在法尔科克医院当医生。

弗洛在爱丁堡大学里倾倒众生。

艾略特还在打造一年比一年壮大的威格敦图书节，成绩斐然。

很不幸，日记写完后没几天，书画店的杰西过世了。

听他说起自己患有阿尔兹海默症后，我只见过迪肯先生一次。他的身体大不如前，显然是不认识我了。

安娜和我分道扬镳了，不过还是好朋友。

书店依然开着。

---

* Keystore，应该是苏格兰的一家连锁便利店。

译后记

文 / 顾真

毛姆写过一篇小说，叫《书袋》（“The Book-Bag”），主人公是个嗜书成瘾的作家，在一次东南亚旅行中，他带了一个巨大的亚麻布袋子，里头装满了他可以根据不同场合和心境拿出来阅读的书籍，“袋子重达一吨，压得脚夫们站都站不稳”。派驻当地的代理公使接待了他，还热心组局打了桥牌。其中一位牌友沉默寡言，引起了作家浓厚的兴趣，他再三向代理公使询问后，听到了一个比装在书袋里的传奇更为精彩的故事。肖恩·白塞尔（Shaun Bythell）当然没有拖着书袋四处旅行，这位坐拥十万藏书的二手书商正守着“书城”威格敦（Wigtown）的书店，等待好故事上门来。因为开书店，他接触到了形形色色的客人：声音忧郁、每次打电话来都要找十八世纪的神学书却从来不买的威尔士“女人”；拿自制手杖来换取购物积点、倾心苏格兰民间传说的“文身控”桑迪；写信文句不通却自以为是、非要来当图书节嘉宾的所谓作家；身患阿尔兹海默症、明明可以网购却始终支持实体书店的迪肯先生。肖恩是电子阅读器（他店里最著名的装饰便是一台被猎枪射碎屏幕的 Kindle）的坚定反对者——毛姆如果活到今天，单凭这一点，或许也愿意同他喝上一杯，他老人家怕是不会指望笔下的人物对着一位手持 Kindle 的作家袒露心扉。

肖恩是苏格兰最大的二手书店的老板，出版于 2017 年的《书店日记》记录了他从 2014 年 2 月至 2015 年 2 月的开店经历。肖恩的店名丝毫不会引起歧义，直接就叫“书店”（The Bookshop），可即便如此，还是有顾客来问 ：“你们该不是卖书的吧？”每个月日记的开篇放了乔治 · 奥威尔《书店回忆》（“Bookshop Memories”）中的一段。奥威尔此文写于 1936 年，但文中记述的许多现象完全没有过时。肖恩写道 ：

> 《书店回忆》里的记述放到今天依然真实，对于幼稚如我者更是逆耳的忠告：别以为二手书商的世界是一曲田园牧歌——炉火烧得很旺，你坐在扶手椅上，搁起穿着拖鞋的脚，一边抽烟斗一边读吉本的《罗马帝国衰亡史》，与此同时，络绎不绝往来的客人个个谈吐非凡，在掏出大把钞票买单前还要同你来一段充满智慧的交谈。真实情况简直可以说完全是另一个样子。最贴切的评论或许还要数奥威尔那句“上门来的许多人不管跑到哪里都是讨人厌的那一类，只不过书店给了他们特别的机会表现”。

《书店日记》的读者大概很难不被他犀利的言辞逗笑，不仅光顾书店（往往只看不买）的客人是他的吐槽对象，店员、活动嘉宾、书商同行都在他的攻击范围之内，不过，他并不承认自己天生脾气差，自辩说：“记得在买下这家书店前，我还挺温顺友善的。连珠炮似的无聊问题，朝不保夕的资金状况，与店员和一个接一个没完没了讨价还价的顾客漫无休止的争论，害我成了这副模样。”每篇日记的前后清楚记录了网店订单、每日流水和到店顾客的数据，让我们在满屏毒舌中汲取慰藉心灵的养分之时，也看到了二手书业惨淡的现状。其实“书店”的财务状况应该已经是业内相对健康的了，可即便如此，如今的肖恩也雇不起全职店员。

旧日的爱书人去大小书店或者冷摊上淘书的过程，其实是买家卖家间一场知识的角力。网络固然让搜罗心仪的旧书变得空前便捷，却也无可逆转地扼杀了披沙拣金的雅趣。藏书大家罗森巴哈（A. S. W. Rosenbach）在《谈旧书》（“Talking of Old Books”）一文中生动地回忆过他的书商叔叔摩西。听闻侄子也想走边藏书边卖书的道路，摩西叔叔认为他完全具备资质：记性好、毅力强、品位佳、文学知识丰富、拥有一定资金。这几条是前网络时代当一名合格书商的基本要求。确实，过去的书商往往是学有所长的版本学家、目录学家，其中的佼佼者更是时有书志学著述行世。哪怕是肖恩刚买下书店的2001年，还会有亦商亦儒的高人对他指点一二，如今这代人已凋零殆尽。《书店日记》中写到的戴维是老一辈书商的代表，令肖恩高山仰止：

> 在亚马逊和AbeBooks这些你可以很快核查书价的网站尚未出现的年代，书商必须掌握和携带所有信息，而戴维是一座人物生平、目录学和文学知识的宝库。如今

这种知识——倾注大半辈子心血积累、曾经那样为人所珍视、可以藉此谋得体面生活的知识——几乎没了用处。那种看一眼封皮就能告诉你出版年份、出版社、作者和该书价值的书商难得一遇，而且数量在日渐减少。我依然认识一两位这样的行家，他们是我在这行中最为钦佩的人。

旧书有着不足为外人道的神奇魅力，罗森巴哈在同一篇文章中说，佳本汇集之处，自会透出一股神秘气息与难以捉摸的美感，让整个空间染上异色。这样的观点也许不算荒谬吧：并不是看过同样的内容，就称得上看过“同一本书”的。1865年麦克米伦初版《爱丽丝漫游仙境》和当下印行的“企鹅版”黑皮经典，即便内容与插图几乎一样，根本不是同一本书。每一册旧书都独一无二，参差的“书品”下藏着一段甚至几段历史，后人很难确切知道新入手的旧书曾经身在何处，归何人所有，却也不能说毫无蛛丝马迹可循，有时是页边笔记，有时是藏书票（ex libris），有时是夹存的老照片、老剪报，“书本来源的隐秘历史让许多人兴奋不已，点燃了他们的想象”。

一直很佩服那些敢于将自己的书架一览无余向外界展示的人，怯弱如我，总觉得这么一来，会被某双经验老到的眼睛看出书主人性格中的阴暗面。对书痴来说，自己的藏书和本人之间已经难以分割；夜阑人静坐在书房里，看着架子上的一道道书脊，有时难免会想：如果某天此身化作尘土，这些书的命运将会如何？卡里埃尔（Jean-Claude Carrière）在与埃科的对话录《别想摆脱书》中给出了自己的回答：“我可以想象，我太太和女儿将卖掉我的全部或部分藏书，用来付清遗产税等等。这个想法并不悲哀，恰恰相反：旧书重返市场，彼此分散，到别的地方，给别的人带来喜悦，激发别的收藏热情。”很潇洒，很豁达，如果他不是在逞强的话。《书店日记》中最引人感伤的当属肖恩去新近过世的人家里收书的部分，随着主人离开人世，那些映射着他的人格，甚至可以被视作他存在过的证据的书籍也将流入旧书店，迎接未知的命运。作为二手书商的肖恩常常要以处理遗物的方式同素不相识的亡故者告别：

> 对大部分从事二手书买卖的人来说，清走逝者的遗物是很熟悉的经历。你会渐渐对此感到麻木，尤其像今天这种情况：去世的老夫妻没有子女。不知何故，墙上的照片——丈夫穿着挺括的 RAF（译者按：英国皇家空军）制服，妻子则是个游览巴黎的少妇——会带给人某种愁绪，而在处理尚有子女在人世的过世夫妇的旧藏时则没有这种感觉。带走这样一批藏书好比是对他们人格毁灭性的最后一击——是你抹去了他们存在过的最后一点证据。这个女人的藏书表明了她是什么样的人：她的兴趣爱好同她本人的密切关系不逊于她遗传下来的基因特征。

相信很多爱书人都有开书店的梦想，或者说，幻想。作为个体户，肖恩自然有着令上班族艳羡的自由。前一晚和朋友酩酊大醉，第二天尽可以睡到中午；只要店里有人看顾，随意同好友去山上骑行、去海里游泳；开车载着女朋友去古宅收书，顺便饱览湖光山色。不仅如此。除了任性而认真地经营着“书店”，让二手书业成为威格敦的经济支柱，肖恩还在家乡起着更多积极的作用：为当地的展览拍摄宣传短片，尽心参与操办威格敦文学节，不遗余力反对唯利是图的开发商修建风力发电机农场破坏自然景观。虽然面临着不小的经济压力，遭受着伤痛的折磨（“我的背都僵了”“我的背痛得要命”“我的背正嘎嘎作响，使不上劲”），肖恩依然坚定地说：“不管怎么说，我会尽一切努力不让这艘船沉掉。这种生活比给别人打工不知道要好多少。”

瑞克·杰寇斯基（Rick Gekoski）在《托尔金的袍子》（*Tolkien's Gown and Other Stories of Great Authors and Rare Book*）的开头交代了开启自己贩书生涯的契机：当年还是穷学生的杰寇斯基想送女友圣诞礼物却囊中羞涩，只好心一横，把一星期前刚购藏的一套二十卷本《狄更斯全集》送去牛津的布莱克威尔书店（Blackwell's），没想到换得的钱是自己买入这套书时价格的两倍。这让他意识到，原来收藏旧书不仅可以满足自己的兴趣，还能够获得不小的收益，最后索性连大学教授都不干了，成为职业珍本书商。肖恩踏足二手书行业并没有这样戏剧化的开端。十八岁时，他第一次看到了当时还属于老书商约翰·卡特的“书店”，向朋友预言，它一年之内必然倒闭。三十岁时，兜兜转转找不到心仪工作的肖恩回乡看望父母，发现“书店”并未倒闭，但老板年事已高，想找人接手。在卡特的建议下，肖恩办了贷款，一年后接过了他的生意，一直干到今天。个别客人不怀好意的祝愿——“希望下次来的时候你还在”——并不能改变肖恩在全书结尾说出的事实：书店依然开着。

最后简单说几句跟此书翻译相关的话。书中出现了不少苏格兰，尤其是盖勒韦地区的盖尔语地名，与英文发音不尽相同，译者在音译的时候参考了网上的音标并在脚注中附了原文，供感兴趣的读者参考；另外，对于书中几乎每页都会提及的各种作品，译者尽量采用现成中译本的译名，但有一部分图书不惟没有中文译本，而且年代久远，难以查到准确的内容概要，在翻译时只好主观臆测，不过，脚注中也通常放了原文，若有纰漏，文责在我，还请大家不吝指正。感谢我的朋友、理想国编辑雷韵约稿，实现译者一直以来想翻译一部“关于书的书”的心愿；也感谢《书店日记》的作者肖恩·白塞尔言简意骇地回答了去信中提及的几点疑问，祝你生意兴隆，早日告别背痛。

说起来，我也不是没有尝试过开书店——好吧，是摆书摊。大约两年前的一个周末，早上醒来，我突然决定弃文从商，把一部分藏书运到离家不远的周末集市，花两百块钱租下个市口不错的位置，唯我独尊地当起店老板来。满以为凭我的独到品位和高冷姿态必然顾客盈门，结果一天下来，遇到最多的问题跟肖恩一样：“小伙子，请问厕所怎么走？”书呢，一本也没卖出去，只好回去踏踏实实继续朝九晚五。但即便遭遇了这样的挫败和耻辱，开书店依然是我心中的理想职业，正如我非常喜欢的一位“书人”文森特·斯塔雷特（Vincent Starrett）在自传《生在书店里》（*Born in a Bookshop*）中说的那样：“在书店里，我第一次认识了书籍的芳香，第一次读到了乔治·阿尔弗雷德·亨蒂的不朽作品，第一次隐约感受到了妒忌、钦佩和作家身份带来的悸动。如果没有当作家，我会是个书商，在柜台后面把其他作家做的梦和为生活开出的良方卖给大家。”

著作权合同登记图字：20-2021-151

图书在版编目 (CIP) 数据

书店日记 / (英) 肖恩·白塞尔著；顾真译．
—桂林：广西师范大学出版社，2019.9（2021.11 重印）
ISBN 978-7-5598-1781-5
Ⅰ．①书… Ⅱ．①肖… ②顾… Ⅲ．①日记－作品集－英国－现代
Ⅳ．① I561.65
中国版本图书馆 CIP 数据核字 (2019) 第 095507 号

广西师范大学出版社出版发行
广西桂林市五里店路 9 号　邮政编码：541004
网址：www.bbtpress.com

出 版 人：黄轩庄
责任编辑：雷　韵
特约编辑：李恒嘉
装帧设计：邵　年丨shao-nian.com
内文制作：陈基胜

全国新华书店经销
发行热线：010-64284815
山东韵杰文化科技有限公司

开本：1168mm×850mm　1/32
印张：13.25　字数：260 千字
2019 年 9 月第 1 版　2021 年 11 月第 9 次印刷
定价：79.00 元

如发现印装质量问题，影响阅读，请与出版社发行部门联系调换。